BESTSELLER

Victoria Dana es hija de inmigrantes sirios, nacida en la Ciudad de México. Su interés por las letras nació desde que era muy pequeña, cuando se nutrió de todas las lecturas que caían en sus manos. Es licenciada en ciencias de la comunicación social por la Universidad Anáhuac. Tuvo la suerte de conocer y estudiar teatro con el maestro Hugo Argüelles, cuyos conocimientos la han acompañado hasta ahora. Forma parte del taller literario del doctor Miguel Cossío Woodward, quien ha trabajado con toda una generación de escritores mexicanos contemporáneos. En 2012 incursionó por primera vez en la narrativa de ficción, y así fue como nació su primera novela, *Las palabras perdidas*. *A donde tú vayas, iré* es su segunda novela, con la cual trata de demostrar que sólo desentrañando los secretos del pasado podemos enfrentar el presente. Victoria es esposa, madre y feliz abuela.

VICTORIA DANA

A DONDE TÚ VAYAS, IRÉ

DEBOLSILLO

A donde tú vayas, iré

Primera edición en Debolsillo: septiembre, 2022

D. R. © 2016, Victoria Dana

D. R. © 2022, derechos de edición mundiales en lengua castellana:
Penguin Random House Grupo Editorial, S. A. de C. V.
Blvd. Miguel de Cervantes Saavedra núm. 301, 1er piso,
colonia Granada, alcaldía Miguel Hidalgo, C. P. 11520,
Ciudad de México

penguinlibros.com

Diseño de portada: Penguin Random House / Daniel Bolívar
Pintura de portada: *Carina* (1910) © John William Godward
Fotografía de la pintura: cortesía de © The Athenaeum
Fotografía de la autora: © Ailin Hanono

ISBN: 978-607-381-865-0

Impreso en México – *Printed in Mexico*

A mis hijas Miriam, Esther y Denisse
A mis nietos Marián, Victoria y Rafael

A Carlos, mi compañero en el tiempo

A donde tú vayas, iré.
Tu pueblo será mi pueblo,
y tu Dios será mi Dios.

Ruth 1:16

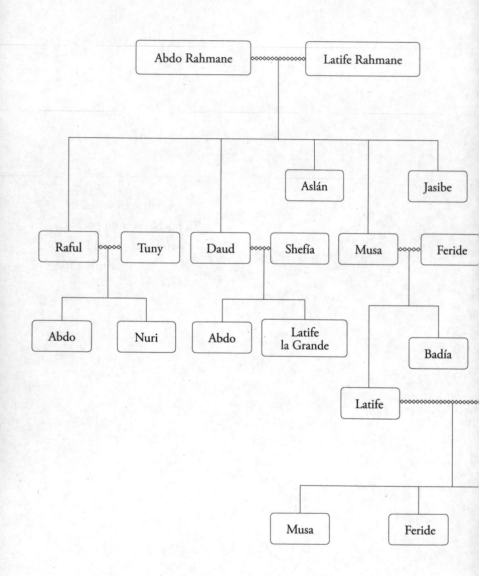

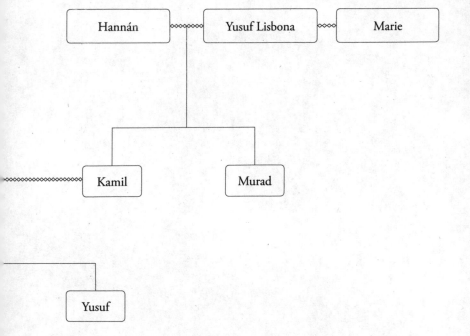

Damasco, 1912

A TODO PRIMOGÉNITO
ME CONSAGRARÁS

El universo de Latife se reducía a unos cuantos espacios cotidianos, tan estrechos, que ella era capaz de adivinarlos a ojos cerrados. Acostumbrada al encierro se movía delicadamente, casi flotando por la habitación. Eso era todo: un cuarto. Sin contar el pequeño patio que daba a la zanja, construida a un costado de la casa, que se usaba desde la mañana hasta la noche para desechar los excrementos y cuyo mal olor persistía como una pesadilla.

La niña, de escasos nueve años, no tenía la menor duda en cuanto al porqué de su destino, en su mente no cabía cuestionamiento alguno. El universo conocido era así, y así también su vida. Las reglas claras, la rutina inalterable. Por ser hija única se le exigía una gran cantidad de responsabilidades, que cumplía diligentemente siempre con la intención de complacer a sus padres para que olvidaran, aunque fuera por unos segundos, que ella representaba la desgracia viviente de la familia. ¡Un primogénito mujer! ¿Qué mal habían hecho ellos para merecer ese castigo?

Después de años de esterilidad y cuando perdieron la esperanza de concebir, Feride Mugrabi quedó encinta ante el asombro de parientes y conocidos, en especial frente al estupor de su suegra, Latife Rahmane, quien había tramado, por todos los medios posibles, que su hijo dejara a esta mujer seca de cuerpo y espíritu. Pero Musa, su vástago, cegado por el amor o la brujería de su nuera, se negó a abandonarla. Latife Rahmane aprovechó su posición de viuda y jefa de familia para valerse de todo su poder en contra de Feride, la mujer estéril. Así que, sin meditarlo ni por un momento, a los tres años de matrimonio desterró a la pareja de la propiedad familiar dejando a su suerte al hijo menor, al más querido.

Ocho años de espera. De soportar comentarios y humillaciones, de rezos y súplicas, le aseguraban a Musa la absoluta misericordia del Todopoderoso. Estaba convencido de que tras este embarazo tardío, llegaría a su casa el ansiado varón capaz de perpetuar su apellido y su buen nombre, aquel hijo anhelado que recitaría el *kadish* en la tumba de su padre. Hizo una promesa y negoció con el Creador como si lo hiciera con un cliente:

—Te doy mi palabra —prometió—. Si me concedes la gracia de tener un hijo, lo educaré para servirte. En toda la sinagoga no se escucharán oraciones más piadosas que las suyas, nadie se entregará con tanto fervor a cumplir cada uno de tus preceptos.

Musa no contaba con las maldiciones de su propia madre que atrajeron el mal de ojo a su hogar. Así que, al término de ocho largos años y nueve meses de tortura quejumbrosa, entre gritos de parturienta y rezos desesperados de su padre, Latife llegó al mundo. Tan deseada y tan odiada. Tan mujer.

Nombrada Latife, igual que su abuela Rahmane, para Feride era tener un pedacito de su suegra en casa, algo así como haber abierto las puertas de su hogar para que entrara el diablo. El padre, por el contrario, se enamoraba cada vez que miraba su rostro pálido, sus grandes ojos azules, la diminuta boca rosada. Latife hacía honor a su nombre. En medio de una familia de morenos, casi negros, nacía esta niña rubia de deslumbrante belleza. Un motivo más para que la suegra recelara: "Hijo de mi hija, mi nieto será; hijo de mi hijo sólo Dios lo sabrá".

De pronto divisó
un pozo en el campo

Al alba, justo después de la salida del sol, un delgado hilo de luz penetraba por debajo de la puerta al cuarto sin ventanas, mientras el aire se tornaba caluroso y seco. Latife abría los ojos y se los frotaba hasta convencerse de que un nuevo día comenzaba, igual a los otros. Había que traer agua del pozo. Se apresuró, nerviosa. Pensó que si Nuri llegaba por ella y no estaba lista, empezaría con sus malos modos. A pesar de que el primo tenía que acompañarla por deseo expreso de su padre, le molestaba esta tarea de "niñera". La pequeña, de escasos nueve años, tomó sendas cubetas, una en cada mano, y salió de la casa dispuesta a comenzar el trajín matutino.

—¡*Merhaba*! —saludó ella al muchacho, que ya la esperaba impaciente e intentó darle los cubos.

El primo se cruzó de brazos y advirtió:

—Desde hoy no pienso ayudarte. A mí me exigen que te lleve y eso haré, lo de llenar y cargar las cubetas será tu problema, ya estás grandecita.

La niña bajó la vista en señal de asentimiento. Caminaron las cuatro cuadras que los separaban del ansiado líquido y, por primera vez ante la mirada de sus primos, tuvo que encaramarse en el escalón, introducir el balde hasta el fondo y jalar la cadena con toda la fuerza de que fue capaz, hasta recuperarlo ahora lleno. Repitió la operación y, llevando los dos pesados recipientes, se dirigió a su casa. El esfuerzo la hacía encorvarse y caminar con dificultad. Nuri la seguía como su sombra, remedando sus movimientos hasta que soltó la carcajada sin poder contenerse. Al escuchar las risas, los otros primos se acercaron.

—¡Miren, ahí va Latife! Pobre, en su casa no tienen nada, ni agua —gritó Latife la Grande.

Los demás niños también se burlaron, pero ella no contestó. Sabía que su prima deseaba provocarla, hacerla pelear y luego echarle la culpa de todo para que la castigaran. No voy a contestar esta vez, que diga lo que quiera. Y mientras daba pequeños pasos, la niña pensaba en cuál sería su mejor venganza: Cuando yo crezca, mi padre no sólo tendrá un pozo, tendrá una alberca... no, mejor, un río donde bañarnos. Tú serás tan pobre que sólo comerás cuando yo diga. Inmersa en sus reflexiones, no se dio cuenta de que Latife la Grande se acercaba. Sigilosa, la empujó con fuerza hasta hacerla tambalear y caerse, derramando el agua de las dos cubetas.

¡Día de fiesta! Las risas de los primos inundaron el patio mientras señalaban a la víctima.

La niña se levantó adolorida y humillada, pero con la dignidad intacta. Apenas se frotó un poco la rodilla derecha. Tomó las cubetas y regresó al pozo para llenarlas de nuevo, mientras que las lágrimas se derramaban contra su voluntad y se confundían con el agua.

—¡*Yallah*! —gritó Nuri, mientras la miraba divertido—. ¡No soy tu sirviente para esperar hasta que se te antoje!

Regresó temblando. Al tiempo que avanzaba, el agua se derramaba poco a poco; apenas alcanzaría para las necesidades más urgentes.

En cuanto abrió la puerta de la casa, una especie de gruñido desde la penumbra la hizo reaccionar. ¡El café! Debía llevarlo recién hecho al rincón donde sus padres dormían y donde en ocasiones se quedaban despiertos. Latife acababa por escuchar sus jadeos, ya que los separaba tan sólo una cortina de tela burda, así que los intensos suspiros, que se acentuaban acompasados, la despertaban también a ella.

Aún no había encendido el fuego. Acomodó los leños y los prendió con dificultad, soplando varias veces sobre el brasero de barro. Su cara enrojeció y el calor intenso la hizo sudar. Se frotó los ojos tratando de olvidar la escena que regresaba como una pesadilla. Una sensación de vergüenza y enojo la inundaba. Sirvió agua en la jarra de cobre y la acercó a la lumbre. Primero el azúcar: media cucharadita por cada taza; luego el polvo oscuro: añadió cuatro cucharadas, revolvió y esperó, sin distraerse, a que soltara el hervor para retirar la jarra en el momento preciso. A su padre le gustaba tomarlo con espuma, que flotara suavemente en la parte superior.

El asunto del café era riesgoso. Si se pasaba de hervor y se cortaba la espuma, él se enojaría con ella y saldría rumbo al trabajo sin despedirse, sin mirarla siquiera. "Sólo las mujeres que saben preparar adecuadamente el café tendrán un buen *nesib* y se casarán." Cuando escuchaba la palabra mágica comenzaba a imaginar: ¿cómo sería su destino, traducido en el hombre protector que se uniría a ella?

Hacía apenas unas semanas de la última boda en el barrio. Latife recordaba, soñadora, el paso de la novia por la calle. Pudo entrever, en medio de la multitud, el hermoso vestido de seda bordado con hilo de oro, el velo cayendo desde la cabeza moviéndose al mínimo soplido del viento, y algo parecido a una emoción en los ojos húmedos de la joven cuando se acercaban las mujeres a felicitarla, a obsequiarla con dulces y a ofrecerle el *shrab,* la acostumbrada bebida de almendra o chabacano. Acompañada de cantos, gritos agudos de las mujeres y buenos deseos de todos los habitantes, la joven avanzaba temerosa de su futuro, sin apenas conocer al hombre con quien habría de compartir el resto de su vida. Imaginó ser la afortunada. Vestida así, se vería tan hermosa o más que la novia. Caminando con gracia, la ilusión brotando del rostro y, por supuesto, sin miedo. Ella no tendría miedo el día de su boda. Cumpliría su más grande anhelo: un hombre para amarla y llevarla al altar. Alguien que se ocupara de ella. Saldría de la casa paterna y del yugo materno para convertirse en una mujer completa, realizada, feliz. ¿Quién sería su compañero, su protector?

A veces, cuando su prima Latife la Grande estaba de buen humor, platicaba con ella de "esas cosas", las que no se hablan con los padres. Ella le contestaba que comprendía, pero no era cierto. Su mente vagaba entre dudas: ¿cómo creer lo que dice del pedazo de carne que cuelga entre las piernas de los hombres? ¿Cómo puede saberlo? No es verdad, es una enredosa. Mentira que haya visto a sus hermanos desnudos, piensa la pequeña, mientras la confusión se pasea en medio de su desconcierto. Dice esas cosas porque me odia, quiere llenarme de mentiras para que me vuelva loca. Aunque Latife no puede negar haber visto a los perros del barrio montados en las hembras y a las cabritas retozando. No, asegura, alejándose de los malos pensamientos: los hombres no pueden hacer eso, ellos sólo trabajan y rezan.

Preparó la charola: dos tazas y un platito con las roscas de harina, agua y sal que su madre amasaba todos los viernes, mientras guisaba la cena de *lel sebet,* la víspera del séptimo día de la semana.

Esperó a que se descorriera la cortina que la separaba del rincón donde sus padres dormían y les dio los buenos días, con el grato aroma que acabaría por despertarlos. Besó la mano todavía sudorosa de su progenitor y le alcanzó la palangana que ocupaba en su aseo diario. Dejó junto a su madre la charola: ella debía servirle, hacer los honores a su esposo. Enseguida tomó la bacinilla y, con asco, la llevó a la zanja para vaciarla y enjuagarla.

Roció los escalones de la entrada con agua y jabón y restregó hasta el último rincón, consciente de que su madre vendría a revisar su trabajo. Inútil tratar de salvarse. Ella la obligaría a ponerse de rodillas y a limpiar de nuevo cada piedra, con la escobeta, hasta blanquearla. Escuchaba la conversación sin pretenderlo: las voces se filtraban libres, más allá de los muros. Latife no pudo contener la curiosidad y se asomó con precaución, por la rendija entreabierta.

—Hace ya un tiempo que tu piel desnuda no se oculta de mis ojos. Semanas en que tu cuerpo no se aleja de mi lecho —reclamó Musa—. ¿Será, Dios no lo permita, que has perdido el pudor?

Feride desvió la vista, avergonzada. El marido obtuvo un silencio pesado.

—Bien conoces nuestra ley —prosiguió el hombre—, yo mismo te he explicado que la mujer debe alejarse del lecho matrimonial y abstenerse de ser tomada durante sus días de impureza. ¿Acaso quieres condenarme, condenarte tú misma?

No hubo una respuesta al extraño monólogo de su padre. La niña no era capaz de comprender lo que sucedía porque, entre sombras, no alcanzaba a percibir la radiante sonrisa en el rostro de la esposa.

—¿Es verdad? —preguntó él, asombrado—. Tu gesto me habla sin palabras, pero con infinita dulzura... ¡No puedo ser más necio! ¿Es acaso la mano del Todopoderoso la que entra a mi casa? Entonces es cierto, dime que mi imaginación no me engaña.

—Voy a tener un hijo —respondió la mujer con una sonrisa en los labios.

—¿Estás segura? Han pasado diecisiete años desde que nos casamos y nueve desde que nació Latife. ¿Es éste, acaso, un milagro de la vejez como el del anciano patriarca Abraham, cuando preñó a Sara?

Feride no contestó. Sonriendo levantó sus ropas mostrando el vientre abultado que él acarició como si fuera una joya. Amaba a esa mujer de rostro delicado, cabello abundante, ojos en forma de almendra y carnes generosas. Su mano descendió desde su vientre al vello púbico que se le ofrecía como una flor. Acarició la abertura rosada y húmeda que le prometía su entrada al paraíso y reverenció cada una de sus partes, dando gracias al Creador por su belleza, la que resplandecía con el paso del tiempo.

—Mi hijo nacerá sano y fuerte, lo prometo. Haré todo lo que esté en mi mano para cuidarte —aseguró, besando varias veces su vientre.

Latife, desde el patio, comprendió que su madre estaba embarazada. En un principio, la noticia no le provocó ningún sentimiento;

apenas podía digerirla. Luego, cuando terminaba su labor, se alegró profundamente. Un nuevo ser, alguien a quien enseñarle lo poco que sabía. Un recién nacido a quien prodigar toda la ternura que mantenía guardada en el fondo de su alma.

Entró corriendo al cuarto, ansiosa de felicitar a sus padres, pero la cortina se había cerrado de nuevo. Los gemidos tan cotidianos y a la vez misteriosos, trascendían la tela.

TEME AL CREADOR Y SÍRVELE
CON TODO TU CORAZÓN

Musa se lavó con especial cuidado, al tiempo que recitaba las oraciones matutinas agradeciendo al Señor: le permitía despertar con su alma intacta y asear su cuerpo. Prosiguió con las bendiciones de rigor mientras vestía una especie de chaleco desde donde colgaban varios hilos anudados; cada uno, el recuerdo de un mandato a cumplir. Siguiendo con sus oraciones, se puso encima la larga camisola:

—Bendito seas, nuestro Dios, Rey del Universo, que no me hiciste esclavo, no me hiciste gentil y no me hiciste mujer.

Cubrió su cabeza con el *tarbush,* el sombrero negro y, con una sonrisa, se despidió de Latife, quien lo miraba intrigada mientras enjuagaba las tazas. Ella hubiera querido preguntarle acerca del bebé, pero se dio cuenta de que su padre murmuraba palabras ininteligibles dirigiendo su mirada al cielo. Le estaba prohibido interrumpir su diálogo sagrado.

El padre salió rumbo al *midrash* de la familia Maslatón. Aunque tenía por costumbre rezar en una de las sinagogas del barrio, este día prefirió hacerlo en un cuarto de oración familiar, donde pudiera guardar la emoción para sí mismo.

Se detuvo unos segundos en la esquina de la estrecha calle. Todo le parecía distinto, hasta el aire se sentía más limpio que otras mañanas. El sol se anunciaba con un brillo intenso, como si también compartiera su dicha. El olor a pan emanaba desde el horno. El mismo aroma delicioso de cuando era niño.

Saludó, con un gesto, a los que habían llegado más temprano y comenzó a recitar cada bendición, consciente de su significado. Ataba los *tefilim,* largas tiras de cuero, a su brazo y a su cabeza mientras repetía cada palabra con fe absoluta: "Bendito eres, Eterno, Dios nuestro, Rey del Mundo, que con tu bondad renuevas continuamente la obra de la Creación".

Esa mañana no tuvo que regresar a casa para comer algo. Se conmemoraba el aniversario de la muerte del patriarca, Haim Maslatón, y la familia ofrecía la primera comida del día en su honor, con el deseo de elevar su alma. Musa lo recordaba con afecto: Haim Maslatón era un *jaham,* sabio conocedor de las sagradas escrituras. Todavía podía imaginarlo fumando el *narguile,* rodeado de jóvenes a quienes enseñaba con relatos amenos. Desde niño le fascinaba escuchar sus historias, alegorías que terminaban con una enseñanza. Ya mayor, cultivaba la costumbre de sentarse junto al gran hombre todas las tardes. Gracias al justo, *Allah irjamo,* que Dios se apiade de su alma, aprendió el significado de las oraciones y, aunque no comprendiera algunos de sus comentarios, repetía hasta el cansancio sus sentencias, las convertía en verdades irrefutables: "Todo se fundamenta en el origen de la Creación", decía el viejo con voz entrecortada al tiempo que exhalaba grandes bocanadas de humo. Amén, asentía Musa; sin embargo, no alcanzaba a comprender que el Creador del universo hubiera sido incapaz de contener su propia energía y explotara para colmar al mundo de sus atributos. ¿La fuerza de Dios incontenible? Intentaba imaginar el Gran Estruendo, como cuando se escuchaban los relámpagos en época de tormentas. El estallido del Todopoderoso, el Creador fragmentado… Todos tenemos una parte de ese infinito destello de Dios, declaraba categóricamente el sabio. Eso sí lo comprendía Musa, en especial cuando discutían su mujer y su madre. De la mirada de Latife Rahmane, la matriarca de la familia, parecían brotar miles de esas chispas provenientes de la furia... ¿divina? Nuestra razón de existir es el *tikún olam,* nacemos para reparar el universo. Pero... ¿cómo podría ayudar al Altísimo justo él, si ni siquiera era capaz de sanar su pequeño mundo donde reinaba la violencia femenina, contenida en su presencia, pero desatada en cuanto Musa se daba la vuelta? El *jaham* Maslatón lo miraba sonriendo. Tosía y se aclaraba la garganta hasta que reunía las palabras precisas: "El hombre está constituido de tierra blanda, así que su alma es ligera; pero la mujer está hecha de hueso sólido, le es difícil deslizarse en el mundo de las ideas, por eso se aferra a su dureza". Frente a la mirada de incomprensión del joven, proseguía: "Tus dos mujeres luchan por tu preferencia y deberás colmarlas a ambas de distintas maneras. Deseo que el Creador te bendiga con una familia numerosa, así tendrán las dos de quien ocuparse aparte de ti; así tu misión estará cumplida".

Le parecía escuchar la voz profunda del sabio a la vez que saboreaba jocoque seco, *zaatar,* aceitunas negras y pita. Musa sonrió: el *jaham,* durante toda su vida, había alimentado su espíritu y ahora, desde el más allá, satisfacía su cuerpo. ¡Qué alegría le hubiera dado compartir mi secreto!, pensó, sintiendo la presencia del viejo. Salió del *midrash* después de agradecer con una expresión: *shuf arkon,* que el difunto los contemple, dondequiera que esté.

Continuó su camino por las calles del *Hara el yehud,* el barrio judío, rumbo a la carnicería. Esta vez, contra su costumbre, sin apresurarse. Aún no podía creerlo, repetía: "Tendré descendencia, mi nombre no desaparecerá, será pronunciado en otras voces, en otros tiempos". Lo decía como si su hija no existiera. Ella no engrandecería su nombre, no llevaría su apellido. Caminaba por la calle principal que, a pesar de su estrechez, era considerada una gran avenida: la Calle de las Piedras, la única en el viejo barrio que lucía un empedrado rústico.

Desde el taller de Mujaled, el herrero, se escuchaba el repiqueteo de golpes constantes y firmes. Los responsables eran unos cuantos orfebres, de cuyas manos brotaban utensilios hermosos como por acto de magia: platos, jarrones y charolas de latón, plata y oro, piezas que se exportarían a lejanos lugares, los que ninguno de ellos podía imaginar.

En el piso superior, mujeres viudas que no tenían otro medio de sustento realizaban el trabajo de grabado e incrustación de piedras preciosas. Musa hubiera querido encargar una charola nueva como regalo a Feride, pero todavía no era el momento. Las perspicaces mujeres de inmediato descubrirían su secreto y él prefería callar hasta que fuera oportuno, al menos hasta que el abultado vientre de su esposa hablara por sí mismo. Le parecía necesario protegerse del mal de ojo por todos los medios, más ahora cuando la criatura era tan pequeña, incapaz de defenderse contra la maldad. Hay que tener discreción, cuidarse del *ein,* del ojo, la envidia puede ser terrible. Bien lo sabía él, quien había compartido el sufrimiento de su mujer cada vez que, a destiempo, el vientre expulsaba su fruto negándose a cobijarlo.

De todas formas, no pudo escapar de la mirada penetrante de la viuda, Bulín Salame, jefa de las artesanas. Acostumbrada al trabajo pesado y a la responsabilidad terrible de mantener por sí sola a ocho hijos, Bulín era una mujer amarga; al verla se sentía el sabor ácido del limón, exprimido directamente en la boca. Musa tragó saliva y saludó con una inclinación de cabeza. Ella no contestó, simplemente batió las dos manos como si estuviera espantando pollos, después señaló la puerta: no pensaba perder el tiempo con un muerto de hambre que apenas conseguía el sustento diario. Qué mala suerte la de Feride, pensó la viuda, siendo tan hermosa y viniendo de tan buena familia, acabó casada con este inútil. Al menos no se llenó de hijos como yo, no tiene que repartir el alimento en porciones cada vez más pequeñas. Él comprendió, como si escuchara cada uno de los pensamientos de la viuda: tristes y negros, tan oscuros como sus ropas. Estaba consciente de su realidad. No, no tenía para comprarle a su esposa un regalo, por sencillo que fuera, aunque le hubiera gustado tratarla como se merecía. Invadido por una sensación de vergüenza que parecía encender su rostro, salió del taller.

Se asomó, unas cuantas casas más adelante, a la puerta de Abu Jelil, el peluquero del barrio. Necesitaba contratar sus servicios. Un corte de cabello y un arreglo de barba no le vendrían mal. Deseaba que su esposa lo encontrara atractivo, en especial el viernes por la noche. Este *lel sebet* será único, pensó Musa.

Abu Jelil lo miró sorprendido y lo saludó afable.

—¿Acaso estoy presenciando un milagro? El mismo Musa Rahmane en persona… si no me apresuro en atenderte… ¡la barba te llegará a las rodillas! ¡Acabarán por confundirte con el profeta Elías, aunque todavía falte mucho para *Pesaj*! Abu Jelil bromeaba constantemente, su chispa se desbordaba a medida que batía las tijeras o utilizaba el cuchillo con destreza. Musa, sonriendo, prosiguió su camino después de ponerse de acuerdo con el peluquero.

—Mañana, a esta hora.

EL FUTURO DEL MUNDO PENDE
DEL ALIENTO DE LOS NIÑOS

Antes de dirigirse al trabajo, pensó hacer una visita a la carnicería de Laham y, como de todas maneras ya era tarde, se atrevió a desviarse: caminó hasta *Hosh el Basha* para internarse en el jardín donde crecía toda clase de árboles frutales y las bancas de herrería se cobijaban bajo los naranjos en flor. Aspiró el aroma con placer mientras admiraba las mansiones que rodeaban la plaza, a pesar de que las puertas al exterior parecían austeras. ¡Quién fuera dueño de un hogar tan magnífico! Si al menos Feride pudiera sentarse en una de estas bancas y dejar pasar la tarde lenta y apacible mientras un séquito de sirvientas hace los quehaceres. Después de dirigir mis negocios, me divertiría jugando al *taule,* sin mayor preocupación que ganar la partida, y mi querida hijita, vistiendo como una reina, tendría una dote digna de una princesa. Yo vería desfilar a los pretendientes hasta elegir al mejor.

Imaginaba su vida de rico y la fastuosa boda de su hija al tiempo que escuchaba la monótona cantinela de los niños tratando de aprender. Al fondo del jardín, en la que había sido la mansión del recién fallecido *jawaj'a* Stambuli, uno de los hombres más ricos del barrio, habían adaptado la nueva escuela: L'Alliance Israélite Universelle. La viuda del acaudalado comerciante, madre de siete hijas, al quedar desprotegida y sin sustento, no tuvo otra alternativa que rentar su casa a la sociedad francesa para que profesores venidos desde ese país enseñaran a los niños algo más que los rezos repetidos sin ninguna explicación. Deseaban revertir la sentencia de "*haram* preguntar", es pecado preguntar, como decían los adultos, incapaces de dar una respuesta a sus hijos.

¡Ojalá pudiera regresar el tiempo! ¡Quién fuera niño para estudiar en este palacio!, pensaba él, convencido del cambio positivo que se vivía en la comunidad y consciente de su propia incultura. Los niños estarán mejor preparados para enfrentar el porvenir. Desgraciadamente, no todos los padres de familia opinaban de la misma manera. Muchos no permitieron a sus hijos asistir a L'Alliance, les parecía suficiente el *kitab,* la escuela religiosa, donde el estudio de la Biblia era impartido por un rabino anciano, dedicado a la enseñanza y a los castigos corporales. Aunque varios optaron por mandarlos a los dos lugares, ¿qué tenían que perder?

En cambio, con las niñas el asunto era distinto. Sólo un número muy reducido de padres aceptaron mandar a sus hijas a la nueva escuela. Estudiaban separadas de los varones y en el descanso se encontraban con ellos en el patio, siempre vigilados por adultos. Musa, sin embargo, no estaba de acuerdo con tanta modernidad. "¿Una mujer que sabe leer? ¡Qué locura! ¿Hasta dónde llegará el mundo? Su lugar debe ser en la casa cuidando a su familia. ¿Qué necesidad hay de una instrucción?" Si las mujeres no tenían acceso a una educación religiosa, mucho menos necesitaban de una laica. La labor de la esposa es tener hijos, atender su hogar y obedecer ciegamente la voz del marido, su amo y señor. Eso es lo que ha hecho Feride y eso hará Latife, en su debido momento, se dijo convencido.

No hay peor malhechor que el que roba a los pobres

El enorme vientre de Laham sobresalía de entre las reses colgadas. Estaba acostumbrado a recibir a sus clientes con la ropa y las manos rojas de sangre y las uñas ennegrecidas, mientras preparaba los cortes que le solicitaban. En general, *mozat* de res para un buen caldo al que se añadían ejotes, habas o chícharos. El olor en la carnicería era insoportable, las moscas revoloteaban alrededor de las costillas de carnero que estaban a punto de pudrirse en ese calor terrible. Laham tendría que rematarlas, perdería más de la mitad de su ganancia. Al ver entrar a Musa, se alegró. Pensó que finalmente, después de varios meses, le pagaría algo de la cuenta atrasada.

—¿Te has vuelto loco? —se enfureció el carnicero que sudaba a mares—. ¿Para qué quieres tres kilos, piensas invitar al gobernador turco a tu cena?

—Algo parecido —respondió, sonriendo.

—¿No tienes nada para dejar a cuenta? —insistió el carnicero—. Has de creer que recojo el dinero bajo los árboles y que en mi huerto caen monedas en vez de hojas.

—Te lo ruego —apeló a su bondad—, es muy importante para mí. Tendremos un hijo y daremos la noticia. Pero te advierto: eres el primero en saberlo, por lo que confío en tu discreción.

—¿Un hijo?... *¡mabruk!* Aunque bien podrías pagar un poco de lo que debes.

Rahmane procuró apaciguarlo, hacerlo olvidar la deuda acumulada:

—Que Dios guarde tu casa y a los tuyos. Que te devuelva con creces todos los favores —replicó.

—Ojalá uno pudiera alimentarse de buenos deseos. Me han dado tantas bendiciones que seguro *Allah* me tiene preparado un lugar especial junto a su trono —contestó mientras secaba la sangre de sus manos en lo que alguna vez fue un chaleco.

—*Insh'Allah,* que así sea —dijo Musa mientras intentaba arrebatarle el trozo de carne.

Laham retuvo la carne entre sus manos y la levantó para mostrársela a Musa en toda su belleza.

—¿Ves? Roja, perfecta, ni un solo nervio. ¿Qué vamos a hacer? Tu cuenta seguirá creciendo y yo no puedo permitirme ese lujo.

Musa se ruborizó. No estaba en posición de defenderse. Volvería a rogar cuantas veces fuera necesario.

—Aunque si emparentáramos...

—¡Pero si tu primogénito es un niño, mucho menor que mi Latife!

Un gesto del carnicero le hizo comprender sus intenciones: no se refería a su vástago, hablaba de sí mismo. Pensaba en la pequeña como segunda esposa.

—Dios te ha concedido una hija muy bella y a mí una posición envidiable. Mi mujer está cansada, bien le vendría la ayuda. Además tiene seis años de no embarazarse. En tres años más seguiré siendo joven, desearé cumplir con la obligación de volver a procrear. Tu hija para entonces tendrá... ¿doce? Estará en edad de consumar el matrimonio y se habrá educado en mi casa, sabrá servirme y consentirme como me gusta. Y tú, mientras tanto, podrás hartarte de carne y pollo todos los días.

Musa guardó silencio por unos momentos al tiempo que observaba a Laham relamerse los labios. Estaba tan sorprendido que no sabía cómo responder a la medida de ese descaro.

—¿De qué estás hecho? Porque tú no eres como los demás. Tu propuesta es vergonzosa.

—Así como tengo sangre en mis dedos y en mi vientre, tengo sangre en las venas… y vigor. Mírame, un hombre lleno de ímpetu, de deseo. Cada vez que veo a tu hija siento la urgencia, y todavía es una niña. ¡Imagínate lo que provocará en mí cuando sea mayor!

—Cuando Latife esté en edad de matrimonio, ¡tú serás un anciano! Podrías ser su padre, qué digo… ¡Podrías ser su abuelo! ¿Estar entre animales todo el día te habrá convertido en uno de ellos?

—No puedes negar que el acuerdo te conviene —el carnicero imaginaba a la niña debajo de su cuerpo sin ocultar su gesto de placer.

—¿Me estás ofreciendo tu carne a cambio de la carne de mi carne? ¡Mi hija no está en venta, no es una de tus costillas que se pudren, no la puedes despedazar como a una vaca! ¡Eres una bestia! ¡Desvergonzado, no tienes alma!

Musa nunca se había sentido tan humillado, ni cuando la madre lo echó del seno familiar, ni cuando tuvo que rogar, casi de rodillas, por la mano de Feride; ni siquiera cuando nació Latife, destruyendo las esperanzas de un primogénito varón.

Salió apresurado de la carnicería. Sentía fuego quemándole las entrañas y el calor insoportable subir hasta su cerebro para de inmediato bajar e instalarse en los puños cerrados capaces de atacar al primero que se acercara. Abrió sus manos, las miró con tristeza. Vacías. No podrían celebrar el acontecimiento como hubiera querido. ¿Cómo invitar a la familia sin tener la mesa lo suficientemente llena? Reaccionó. Volvió sobre sus pasos y entró de nuevo en el establecimiento. Tomó la preciada carne sin que Laham pudiera evitarlo, y salió. Se dirigió al carnicero en el umbral de la puerta.

—Ésta no tendrá ningún pago. Bastante ya he abonado, soportando tus injurias.

Y AL VERLOS, CORRIÓ A RECIBIRLOS

Latife observaba a su madre dar vueltas por toda la habitación, midiendo el espacio con sus pisadas. Tenía que decidir dónde acomodar cada cojín para que cupieran todos los miembros de la familia Rahmane. A la niña le divertía el movimiento de sus caderas, el ir y venir de su vientre que se ajustaba al ritmo, de izquierda a derecha, como en una danza, hasta que Feride se detuvo por completo y la escuchó suspirar, agobiada.

—Por más que lo intente, el lugar no crecerá. ¿Y dónde voy a meterlos?

—Si nos ayudan los hijos de Abu Jelil —respondió Latife—, podemos quitar el…

—¡Cállate! —la regañó Feride—. ¡No me dejas pensar con tanta palabrería!

La niña bajó la cabeza, avergonzada. ¿Cómo se atrevió a creer que su madre se dirigía a ella? Fingió no haber escuchado. Alisó las sábanas y dobló la colchoneta que servía de cama a sus padres. Feride continuaba concentrada en su soliloquio.

—Aquí que se siente tu abuela, lo más arrinconada posible para que no tenga manera de husmear y criticar cada detalle. A la cabeza, pensará que lo hago para honrarla. El tío Daud del lado derecho, por ser el primogénito, junto a su madre; que voltee a hablarle, así no tendré que verle la cara. Raful a la izquierda y Aslán, si es que llega, junto a Raful. Luego las mujeres. Shefía, la más intrigante, que quede también del lado de mi suegra. Ésa no se va a molestar en recoger ni un plato. A tu tía Tuny la acomodo más cerca, para que me ayude. ¿Y a tu papá, dónde, a ver, dime, dónde se sentará tu papá? ¿Junto a tu abuela o junto a Daud? ¿Dónde los pondré a todos?

La pequeña se cuidó esta vez de responder y siguió con sus ocupaciones sin inmutarse. Desdobló y volvió a doblar la colchoneta hasta que le quedó perfecta, del tamaño adecuado, para acomodarla en el *sendú*, el baúl que se utilizaba para guardar la ropa de cama durante el día.

—¿Qué, no me oyes? ¿Acaso te has quedado sorda? —gritó la madre—. ¿Por qué no respondes cuando se te habla? ¡Es una falta de educación terrible ignorar a las personas!

Latife titubeó un poco, pero al final hilvanó una idea:

—La señora Bulín tiene guardada una mesa plegable. Yo he visto que los viernes en la noche, cuando hace mucho calor, la pone en la entrada de su casa.

—¡Por supuesto! —reaccionó la madre—. ¡Corre, ve a pedírsela! ¡Apresúrate!

—No sé si me la quiera prestar...

—¿Para qué te dio Dios inteligencia? ¡Para traerle una mesa a tu madre! Que se sienten en ella los niños. ¿Pensarán traer a todos los niños? *Elbéreke,* contando a grandes y a chicos, son más de cuarenta, no caben ni en el palacio del emir... ¿Por qué te quedas ahí parada, te volviste tonta de repente? ¡Corre por la mesa, niña!

Latife aprovechó la orden materna para escabullirse y salir corriendo. Feride continuó su trayectoria, daba vueltas pensativa, enumeraba en su mente la lista de artículos indispensables para la reunión: platos, vasos, ollas... entradas de todo tipo: aceitunas, encurtidos, *tjine*, pan, ¿cuánto pan? No sé para qué le dije que estoy embarazada, pensó, ¡tanto trabajo! Sólo le interesa darle la noticia a su familia... ¿A qué viene tanto honor? Como si les importáramos. ¿Por qué no mejor invitó a mi padre y a mis hermanos? Ellos sí se alegrarían con la buena nueva. ¡Cómo me gustaría poder confiarlo a mi madre! Ojalá estuviera aquí conmigo... hace tantos años que murió... apenas la recuerdo. Si al menos tuviera una hermana, alguien en quien apoyarme.

Atareada como estaba, no se dio cuenta de que Jasibe, su cuñada, la miraba.

—¡Jasibe! ¡Entras en silencio, como una aparecida!

—Disculpa la interrupción. Vengo a decirte unas palabras de parte de mi madre.

Feride adivinó al instante lo que la hermana de Musa se proponía repetir, pero esperó a que hablara.

—Mi mamá te ruega que la cena a la que hemos sido invitados se celebre en su casa —dijo Jasibe con humildad—. Tú sabes que es una mujer mayor y apenas puede moverse, caminar hasta acá sería un gran esfuerzo para ella.

Feride se mantuvo en silencio: intentaba encontrar las palabras precisas, la respuesta adecuada.

—Yo no hago más que obedecer a tu madre, a quien respeto profundamente, Jasibe. Ella misma, desde hace años, me prohibió pisar su casa. ¿Quién soy yo, dime, sino una simple nuera, para contradecirla?

—No te equivoques: para mí, querida, siempre has sido como una hermana. No revivas las disputas que han quedado en el pasado. Los odios viejos ya están viejos, Feride.

No supo qué responder. Se mantuvo con la cabeza baja hasta que Jasibe, interpretando su mutismo como una negativa, salió sin despedirse. Feride la miró caminar por la calle hasta que al dar la vuelta su silueta se perdió de vista. ¿Desde cuándo soy una hermana para ti?, pensó dolida.

Musa Rahmane regresó a su casa orgulloso de su hazaña, aún sin creer que él hubiera sido capaz de reaccionar de esa manera.

Dejó sobre la tabla, junto a la hornilla, la carne aún envuelta en papel corriente, como si fuera el trofeo, producto de la caza.

La esposa, en cuanto lo vio llegar con el preciado cargamento, gritó de alegría y empezó a desenvolver el paquete. Revisó los pedazos rojos, los pesó sosteniéndolos y miró a su marido inquisidora, aunque sin ninguna queja, sin preguntar en voz alta lo que resultaba obvio: ¿esto es todo?

—Sé que, como siempre, harás el milagro. De tus manos florecerá la abundancia —dijo él, con una sonrisa de disculpa.

¿Qué esperaban de ella? ¿Algo así como el maná brotando en el desierto?

El esposo, avergonzado y sin hacer ningún comentario, tomó la mercancía que guardaba en sacos de manta y salió de la casa.

DICHOSO AQUEL QUE OYE UN INSULTO
Y SIMULA IGNORARLO

Se dirigió a una de las salidas del *Hara el yehud,* separada del barrio musulmán por tan sólo una puerta estrecha. Cruzó rumbo a la calle principal donde los hermanos Mohamed y Hassan Maguib tenían una pequeña miscelánea, abarrotada de productos diversos. A él, por suerte, se le permitía trabajar afuera de la tienda, a un lado del local, siempre y cuando barriera la calle y limpiara el negocio. Saludó con un ademán mientras que tranquilamente se dispuso a extender la manta donde acomodaba peines, navajas y tijeras, algunos espejos redondos y botellas viejas con supuestos perfumes.

—*Ya ej'et el hmar* —dijo Hassan, en complicidad con su hermano.

—¿Qué? ¿Hoy no piensas barrer? ¡Judío holgazán y aprovechado!

Musa escuchó el comentario hiriente mas no le dio importancia. Ese día pensaba terminarlo tan perfecto como había comenzado y no tenía en mente ofenderse por un insulto más en la larga lista. Después de barrer y limpiar meticulosamente la entrada de la tienda, se sentó en el suelo, con toda la dignidad de la que fue capaz, a esperar a sus clientes. En su pensamiento sólo cabía una idea que para él representaba la felicidad completa: Voy a tener un hijo. Por unos instantes, su conciencia empezó a cuestionarlo y le hizo preguntarse: ¿De dónde vas a sacar para mantener una boca más? Y si es varón, ¿con qué pagarás la ceremonia de la circuncisión? Querrás hacer una fiesta, invitar a todos, ¿no es así?

Ahuyentó sus cavilaciones como el que aleja a una mosca que molesta con su ruido constante. *Allah Karim,* se dijo. El Dios generoso que todo lo puede proveerá a su debido tiempo. Empezó a pregonar, llamando a los posibles compradores a gritos: ¡Perfumes con el aroma más fino! ¡Peines y peinetas para la mujer amada! Espejos, estuches… y, sin darse cuenta, gritaba también *¡Allah Karim!* ¡Dios proveerá!, como los niños que ofrecen pan, corriendo por todo el barrio.

Para la pequeña Latife aquel día se estaba convirtiendo en su peor pesadilla. Sus deberes comenzaron desde muy temprano y la madre se dedicó a reprenderla con dureza hasta por lo más insignificante. El tapete persa, orgullo de sus padres, revivió sus colores gracias al paño remojado en vinagre que la niña pasó con fuerza por cada hilo, y los platos que con amabilidad prestaron las vecinas acabaron relucientes en un rincón, al lado de los cubiertos, después de lavarlos y secarlos. Acomodó más leños en el brasero e hirvió agua en la palangana de cobre. Todos debían tomar un baño y acicalarse con sus mejores galas; ella, con el único vestido que milagrosamente aún permanecía intacto, sin ninguna rotura. Tal vez haciendo un esfuerzo, procurando no respirar demasiado, no se notaría que apenas podía abotonarlo. Jamás había visto tanto movimiento en su casa y tampoco había corrido nunca como ese día, de un lado al otro.

—Latife —ordenó su madre—, vas a casa de los Rahmane, saludas, muy amable, le besas la mano al tío Daud y le dices a la abuela que los esperamos hoy en la noche. ¡Corre!

—Latife —respondía la abuela—, explícale a tu madre que ya no puedo andar. Yo los espero aquí, *tao la'andi.*

—Latife —replicaba la madre—, vas y le dices a esa mujer que la cena está lista y que son bienvenidos.

—Latife —contestaba la abuela—, dile a tu mamá que *ana mana jasne,* no me siento bien, querida.

Y la abuela la besaba ruidosamente en ambas mejillas al tiempo que deslizaba en sus manos dos dulces de *raha,* elaborados con pistache y almidón. A Latife apenas le dio tiempo de saborearlos cuando su madre ya la mandaba de regreso.

—¡Esta señora es una pesadilla! Siempre quiere salirse con la suya, pero esta vez no. ¡O viene ella o nunca más sabrá de nosotros! Ve y diles que los espero y deseo que vengan; no voy a permitir que hagan más desaires a tu padre.

La pequeña abría los ojos desmesuradamente, sin entender las razones de Feride.

—Escucha bien, Latife, tu papá, *mafi mitlo…* en todo el mundo no hay mejor hombre que él. Ve, habla con tu tía Jasibe y no regreses con otra respuesta. Si te dan alguna excusa, la dejas olvidada en el camino.

Latife —repitió la niña las palabras del tío—, tus padres nos honran con esta invitación. Por supuesto que iremos a tu casa.

La niña, con la cara enrojecida y resoplando ruidosamente, al fin pudo descansar unos minutos y saborear los dulces que su abuela le regaló.

—A ver… —se acercó Feride—, déjame probar…

Le arrebató un buen pedazo, el que desapareció en su boca sin que Latife pudiera evitarlo.

—No está mal para ser de casa de los Rahmane —decidió Feride y continuó con sus preocupaciones…

No andarás chismeando
entre tu pueblo

El alboroto se escuchaba a gran distancia. Las mujeres, preocupadas por los preparativos para la cena del viernes en la noche, se apretujaron en la entrada del horno que, por el calor intenso, más bien parecía la puerta al infierno, y se dedicaron a pegarle de gritos al pobre señor Eliahu Saal, quien por más paciencia que tuviera, acababa gritando también.

—¡Éste es el *kibbe* de la señora Molho, yo mismo lo recibí cuando llegó! Ahora sucede que todas quieren la misma olla, ¿por qué no marcan las suyas? ¡Ni a ustedes mismas les gustan sus propios guisos! ¡Prefieren llevarse los de otras!

Feride se abrió paso entre la multitud de mujeres y orgullosa solicitó sus dos charolas. Esta vez ella tendría invitados en casa. Sin decir una palabra, salió rumbo a la cocina familiar a revisar lo que había dejado en la lumbre. Las ollas borboteaban despidiendo un olor delicioso a hierbabuena, ajo y limón. Sólo faltaba agregar sal, un poco de comino y pimienta.

Las mujeres cuchicheaban a sus espaldas:

—¡Mira, se creen con la libertad de invitar, cuando apenas tienen para comer!

—¿A ti qué te importa? Lo que ellos hagan o dejen de hacer, no te hace ni más rica, ni más pobre.

—Que Dios los ayude. ¿De dónde habrá sacado para tamaño banquete?

—Si tan siquiera su suegra la ayudara un poco, porque has de saber que ya tiene mucho que ni siquiera le dirige la palabra.

—Feride tiene la culpa, se cree muy *akaber,* se siente la preferida del *pashá,* lo único que tiene es su belleza.

—¡Ay! Ojalá yo fuera la mitad de hermosa, pero por más que como, no engordo ni un gramo.

Así continuaban las voces, haciendo comentarios, mientras Feride pretendía no escucharlas y seguía orgullosa su rumbo al vaivén de sus carnes.

¡Cuán hermosos son tus amores, hermana, esposa mía!

Musa llegó nervioso. Se había demorado por culpa de Abu Jelil, quien platicaba aún más cortando el cabello. No se diga al afeitar la barba: mientras el buen hombre afilaba las cuchillas, Musa prácticamente se había enterado de lo acontecido a todo el barrio en meses: Sí, como lo oyen, *jawaj'a* Ámbar se atrevió. Mandó construir su casa de dos pisos, ¡dos pisos! ¿Entienden? Sin respetar las restricciones del gobierno. ¿Y para qué quiere ese hombre una casa tan grande? No tiene hijos, vive él solo con su mujer. ¿Cuántos cuartos necesitan? El barbero, celoso de su profesión, acostumbraba detenerse en cada detalle, haciendo de su labor una obra de arte, aderezada, por supuesto, con su palabrería graciosa e interminable.

Ya de regreso a casa, el padre se quitó el sombrero y el chaleco, que acostumbraba portar sobre una especie de vestido largo. Enérgico, con un simple movimiento de la mano, le indicó a su hija que saliera.

De toda la semana, ése era el momento más odiado por Latife. La niña, sin objetar, abandonó el cuarto y se sentó en el escalón de la entrada. Instintivamente se tapó los oídos esperando lo peor, aunque consciente de que no le serviría de nada. Los insultos del vecino empezaron a filtrarse por entre las rendijas de sus dedos para viajar hasta sus oídos y directo a su alma.

Adentro de la habitación, Feride sonrió al ver a su marido, guapo y rejuvenecido. Miró de reojo su cuerpo desnudo, gratamente sorprendida, con un deseo que la avergonzaba. Bajó la cabeza y se dispuso a llenar la jarra. Enjabonó una esponja y empezó a tallar la espalda, mientras él permanecía inmóvil, sentado en la enorme palangana. La mujer, sin darse cuenta, entonaba una suave melodía al tiempo que le frotaba los brazos y el pecho.

Afuera los gritos no se hicieron esperar: ¡Puta! ¡Bestia! ¡*Kis emmak!* ¡Igual de puta que tu madre! ¡No tienes alma, *akruta*! ¡Maldita! Muchas palabras que Latife ni siquiera comprendía; otras rebotaban en su cerebro convertido en un tambor hueco. El odio que se escapaba de las frases la hacía temblar.

Musa se relajó y cerró los ojos, sintiendo cada roce en su piel convertirse en caricia. Feride le lavó el cabello, enjabonó su rostro y lo enjuagó delicadamente. Talló su vientre y descendió un poco más. Sus mejillas enrojecieron, deseosa de placer, mientras él murmuraba frases del *Cantar de los cantares:* "Tus pechos como dos cabritos mellizos de gama son apacentados entre azucenas".

Los alaridos de la vecina se combinaron con el sonido contundente de los golpes. ¡Te voy a echar al pozo para que te ahogues! El hombre la castigaba sin piedad, con el puño cerrado descargado en el rostro, en el vientre, en la espalda, hasta que un ruido sordo le indicó a Latife que la mujer se había desplomado en el suelo como un fardo.

Musa se dio cuenta de la actitud de su mujer y le costó mucho trabajo contenerse ante la cercanía de su amada. Hubiera querido poseerla, encumbrarse en lo más alto del goce, mas no era el momento. Con los ojos cerrados, sentía el agua tibia cubrirlo, disfrutaba del chorro ligero caer sobre su cuerpo.

Latife escuchaba las súplicas de los niños que lloraban angustiados, ¡Por favor, papá! ¡Déjala! ¡*Dejilak!*, seguidos de las amenazas del padre que por un instante se olvidaba de la mujer para ir detrás de los pequeños. ¡Bastardos! ¡Hijos del mal! ¡Sólo a golpes los guiaré por un camino recto!

Los esposos debían esperar hasta la noche, cuando ellos, hombre y mujer, siendo uno solo, llegaran a formar parte de la unión divina con el universo. Los grandes sabios lo habían entendido y lo transmitían: durante la presencia del *Shabat* los invadirá el deseo. Ella estará ansiosa, mientras él la seducirá con palabras suaves, envolventes. Su encuentro será en el cuerpo, pero habitará en el alma. El placer se convertirá en un acto sagrado.

El vecino continuaba con su limpieza peculiar, convencido de que era la única manera de sacar el espíritu del mal de su casa. Con el llanto en los ojos, levantó del suelo a su esposa y, como cada viernes, le pidió perdón verdaderamente arrepentido. Abrazó a sus hijos que, en silencio, todavía lloraban:

—Ahora que la inclinación al mal se ha marchado, mis queridos hijos, su madre encenderá las velas y podremos desearnos un sábado de paz.

Musa abandonó la palangana y se mantuvo de pie, mientras Feride pasaba una sábana vieja por su cuerpo, intentando secarlo lo mejor posible. Se apartó a un rincón y empezó a vestirse con calma, revisando la perfección de cada prenda. La mujer, con cierto pudor, se volvió para desnudarse con premura e introducirse en el agua. Se atrevió a añadir unas gotas de esencia de lavanda que tenía reservada para ocasiones importantes.

El llanto de los niños hizo llorar también a Latife. Tenía miedo de que, en la noche, a pesar de sus ruegos, la escena cobrara vida en su sueño. Los sonidos se convertirían en imágenes, vería a la mujer sangrando, con la boca hinchada y deforme. El vecino lleno de odio en su mirada, intentará golpearla a ella también, y los niños, en vez de suplicar, gozarán su sufrimiento.

¡PADRE, BENDÍCEME TAMBIÉN A MÍ!

Feride deshizo el moño severo con el que recogía su cabello para dejarlo escapar, oscuro y largo, ávido de liberarse en el espacio.

¡Qué visión para él! Observaba extasiado el torrente generoso caer sobre la espalda de su amada, como si lo viera por primera vez. Tuvo que hacer un gran esfuerzo para no acercar su cuerpo al de ella. Inquieto, salió de la casa en busca de Latife. A la hija le correspondía asistir a su madre y rociar sobre su cuerpo lo que quedaba de agua caliente.

—¡Niña, talla con más fuerza! —reclamaba la madre enjuagando los brazos.

—Ahora tú, es tu turno.

Tuvo que conformarse con el agua jabonosa y sucia que habían utilizado sus padres. Procuró asearse con rapidez, a fin de salir cuanto antes de ese líquido gris y espeso que le provocaba repulsión, pero Feride lo impidió con un gesto.

—¡No tan rápido! ¡Hoy deberás lucir como charola recién pulida!

Por suerte, el ritual del baño terminó. Latife estaba radiante, el vestido le quedaba todavía; todo era cuestión de dejar abierto el último botón en la espalda. Nadie se dará cuenta. Feride le cepilló el cabello, que parecía aún más dorado que el trigo de los campos, y lo amarró con un listón.

El padre vació la palangana y limpió el remanente de agua que se había derramado. Con premura, desenrolló la alfombra persa hasta cubrir el suelo totalmente. Las mujeres colocaron los cojines, estiraron el mantel bordado con hilo de oro y acomodaron platos y cubiertos. La niña, impresionada con el trabajo de filigrana, acarició la tela pensando que jamás había visto algo tan hermoso. La madre sonrió:

—Es mi dote. Cuando te cases será tuyo y espero que lo luzcas en *ferah,* siempre en fiestas.

Latife, por unos instantes, imaginó su vida futura. Tendría su propia casa y dispondría en ella, algo que había soñado siempre, pero ¿será mi futuro esposo igual al vecino?, ¿me golpeará? Un escalofrío recorrió su espalda de tan sólo pensar que el sufrimiento de la pobre mujer podría ser el suyo también.

—Querida esposa —preguntó Musa, como ordena la tradición—, ¿estás lista para recibir el *Shabat?*

Feride asintió con una sonrisa. Había en su mirada un brillo singular. Su marido, limpio, acicalado con sus mejores ropas, parecía un apuesto príncipe salido de un relato antiguo. Hasta el hombre más pobre del universo se convierte esta noche en un rey, pensó.

Preparó un recipiente de cristal con agua y aceite. Puso en él dos mechas. Llamó a Latife para compartir con ella la bendición. La madre prendió una luz y la niña, la otra. La magia de las velas encendidas las rodeó como un abrazo.

—*Shabat shalom.*

El padre se acercó a su hija, titubeó por un momento. Hubiera querido bendecirla, pero la tradición era otra: sólo se acostumbraba bendecir a los hijos varones.

Porque ese día descansó de toda Su obra creadora

Yom Ashishí. *El sexto día. Y fueron terminados el cielo y la tierra y toda su diversidad. Y concluyó Dios la obra que había hecho y descansó el séptimo día, lo bendijo y lo santificó porque en Él reposó de toda su Creación.*

La voz de Musa retumbaba imponente. Sostenía la copa de vino en la mano cuando se dirigió a sus invitados para proferir el rezo. Con orgullo bendijo al Señor por el *Shabat,* presidiendo su mesa. Todos estaban atentos, se deleitaban con su voz profunda. Feride escuchaba cada palabra apreciando su dulce melodía y acariciaba su vientre mientras se confiaba al Creador quien, estaba segura, atendía, al igual que ella, las súplicas de su esposo.

A pesar de la gran felicidad que le provocaba su embarazo, y mientras volvía a palpar la protuberancia, la incertidumbre la asaltaba. Soy una mujer vieja, durante años seca, una estéril; pero ahora Dios me ha concedido esta alegría: siento el alma que late dentro de mí. ¿Mi cuerpo cansado será suficiente refugio? ¿Podré sostener a este pequeño mientras mi vientre se hincha? ¿A mi edad tendré fuerza para traerlo al mundo? El miedo la acompañaba de día y de noche. ¿Y si este hijo mío no es del agrado del Señor? ¿Si cobijado en mi cuerpo no logra sobrevivir? Varias veces soñó las terribles y largas horas del parto, la sorpresa y el desencanto de la comadrona al arrancar por la fuerza de sus entrañas a un niño hermoso, pero muerto, que en su pesadilla se mudaba en un hijo incompleto, un monstruo sin ojos, sin manos ni pies. También temía por su propia vida y la horrorizaba desangrarse durante el alumbramiento al grado de morir, como había sucedido a tantas mujeres en el *hara*.

Estuvo a punto de lanzar un grito que ahogó ante la mirada de Musa quien, dándole su lugar de señora de la casa, le ofrecía beber de la copa de vino antes que a su propia madre. Feride sonrió orgullosa de su primera victoria y miró a Latife Rahmane, quien difícilmente podía contener su enojo. La suegra, ofendida en extremo, se echó en el cojín sin creer que Musa fuera capaz de un insulto de ese calibre. ¡A ella debían hacerse los honores! ¡Ése es el *waj'eb* que recibe después del enorme esfuerzo de caminar hasta casa de su hijo! Esa desvergonzada lo tiene embrujado, hecho un imbécil, pensaba convencida; después de un gesto así, ya no le quedaba la menor duda.

Mientras todos sorbían de la copa y se deseaban unos a otros *Shabat shalom*, un sábado de paz, empezaron a desfilar, de mano en mano hasta llegar al mantel, platillos y más platillos: aceitunas, nabos en vinagre, berenjenas rellenas de nuez, pepinillos encurtidos, garbanzo con salsa de ajonjolí, ensalada de trigo, rollitos de parra, empanadas de carne, *kibbe bisenie*. Los hombres se servían disfrutando del opíparo banquete, mientras las mujeres esperaban ansiosas rogando que, al menos, sobrara algo para ellas. Por supuesto que no será suficiente, pensó Shefía, nos quedaremos sin cenar por culpa de esta miserable.

Tuny no tenía tanta hambre porque, inteligentemente, había preparado varias piezas de pan con aceite y *zaatar* para ella y sus hijos, previniendo que tal vez la cena no bastaría. En esta familia de langostas no hay comida que alcance, se dijo. Pero deseaba probar, en especial, la berenjena rellena. Feride tenía fama de buena cocinera, al menos eso decían las mujeres cercanas a los Mugrabi, la familia de su cuñada.

¡Tuvieron suerte! Las entradas habían sido suficientes para los señores que se relamían los labios y limpiaban los platos con pedazos de pan árabe, sonriendo satisfechos. Las mujeres y los niños alcanzarían a probar el arroz con chícharos, así como las medias de jitomate que Feride, haciendo gala de su astucia, había tardado en servir. Todos devoraban con avidez. Musa sacó la botella de *arak* guardada con tanto celo y sirvió el preciado líquido, con su dulce sabor a anís, en pequeñas copas.

Gracias al suave efecto del licor la plática fluía, las bromas asomaban en medio de las conversaciones y hasta su madre se alegraba iluminando su mirada. Daba la impresión de que al fin se habían limado las asperezas y los hermanos, más que confianza, sentían cariño entre ellos. Musa pensó que no había de qué preocuparse: llegado el momento, podría contar con ellos.

Sin esperar a que sirvieran los postres, Aslán, nervioso, alegó que tenía un compromiso y se despidió de su madre con un sonoro beso en cada mejilla.

—¿En *Shabat, ya ebni,* a dónde vas con tanta prisa?

—*Jawaj'a* Lisbona recibirá en su casa a varios jóvenes. Después de las últimas noticias, los judíos debemos tener cuidado, decidir lo que sea mejor para todos.

—¿Mi hijo invitado a casa de los Lisbona? ¡Qué honor! ¿Oyeron a su hermano? Que Dios guarde tu inteligencia y la utilices para la bondad, *¡rohi!* —lo besó, insistente, en ambas mejillas, al grado de que el joven hizo un esfuerzo por desprenderse.

Su madre se regodeaba emocionada, pero Daud, el hermano mayor, no creía una sola palabra. Nadie se reúne en *Shabat* con extraños y menos para hablar de cuestiones políticas. Además, su hermano menor no era alguien que despertara el interés de un hombre rico y poderoso como Lisbona. Nunca había brillado especialmente por su inteligencia. ¿A dónde irá este mentiroso? Que se le caiga la cara de vergüenza por engañar así a mi madre. Luego pensó en todos los placeres que le esperaban y acabó por envidiarlo. Ojalá yo fuera soltero como él, que no carga con la responsabilidad de una familia, *insh' Allah* que pudiera divertirme a mi antojo, sin tener que rendir cuentas a nadie.

—¿Por qué están tan preocupados? —preguntó Raful—. Es la primera vez que los judíos de Damasco tenemos los mismos derechos que los cristianos y los musulmanes. ¿Qué mal puede haber en ello?

—¿Derechos a mitad de una revuelta? ¡Qué ingenuo eres! —replicó Aslán antes de salir—, lo que quieren son soldados para su ejército, y a los nuestros, no precisamente para hacerlos oficiales. ¡Quieren a los que mandan primero a la batalla, a la carne de cañón! Se escuchan rumores, cada vez más cercanos, de que se han llevado a varios jóvenes de *Halab* y dentro de poco tiempo, más pronto de lo que podemos imaginar, harán lo mismo con nuestros hijos.

—¡Una guerra! *¡Allah isaadna!* ¡Dios nos ayude! —gritó Shefía exageradamente, como acostumbraba hacerlo.

—*¡Yallah,* no será para tanto! Que *Allah* nos conserve al gran *pashá!* —gritó la madre.

—*¡Allah ijelihon!,* que Dios cuide a todos los que nos gobiernan —replicó Tuny—. ¡Siempre pueden venir peores que ellos!

Todos rieron ante la ocurrencia aunque, en el fondo, a pesar de la alabanza a favor del gobierno, Shefía temía por sus hijos. Jóvenes hermosos, en edad de casarse y hacerla abuela. No en edad de ir a una guerra que no comprendían, que no tenía nada que ver con ellos y con su forma de vida. Hizo la señal de escupir en el suelo para espantar el mal de ojo. Que mis hijos no tengan el cruel destino de una muerte segura.

—En cualquier momento olvidan sus promesas, seguimos indefensos —dijo Shefía—. ¿No querían encerrar al hijo del *shamosh* porque golpeó a un musulmán? ¡Lo hizo por defender a una niña, el hombre se la quería robar! Pero el gobierno no entiende razones, tuvo que huir, ¡lo hubieran metido preso!

—Hay que dar gracias a Dios —dijo en voz alta la abuela Latife Rahmane y se aclaró la garganta varias veces para llamar la atención.

Cuando evoco este recuerdo, se abate mi alma

Cuando yo era niña… *¡ya haram!* Ojalá me librara de los recuerdos y las pesadillas que por las noches me asaltan sin avisar, cuando más desprevenida estoy. ¡Qué dolor, *elbi*, qué dolor!, se lamentó la abuela al recordar su niñez.

¡Ya va a empezar!, se dijo Shefía procurando sonreír, dale con la misma historia. De aquí a medianoche, ninguno será capaz de detenerla.

Todo comenzó en un *Shabat*, un día como hoy. Los hombres rezaban en las sinagogas, las mujeres y los niños pequeños se reunían en sus casas. Pasaban el rato contando anécdotas y bromas cuando, traspasando las puertas de la colonia, entró la multitud, ¡sólo Dios sabe cuántos! ¡Miles! Con antorchas encendidas, profanando nuestro día sagrado. Clamaban contra los judíos, insultaban, acusando a los *yehud* de asesinos.

Yo era una niña de apenas seis años, pero recuerdo todo tan claro, como si sucediera en este momento. "¡Judíos asesinos, han matado al padre Tomás! ¡Perros judíos, hijos de perros! *¡Ibn keleb!*" Se repetían los gritos por las calles. *"¡Ibn keleb!"* ¡Se oían los clamores con tanta fuerza! Temíamos que se hubieran metido a nuestra casa; después se alejaban, recorriendo cada callejuela del *hara, "¡Ibn keleb!"* Gritaban incendiando los comercios.

¡El padre Tomás! Sólo Dios sabe quién sería ese señor porque, a pesar de que mi papá invitaba a la casa a hombres importantes, nunca escuché mencionar su nombre. Pero Suad, la anciana sirvienta de origen cristiano, me explicó que era un santo, hacía milagros, curaba a los niños. Yo no entendía...

—¿Entonces, Suad, por qué iban a matarlo si era un hombre tan bondadoso? —le pregunté.

—¡Quieren usar su sangre para hacer la *matzá!* Esa galleta tiesa que hornean para sus días de fiesta, así hacen ustedes los judíos —me explicaba la mujer, convencida.

Al principio le creí, me dio un cólico espantoso y corrí a vomitar. ¡Tal vez yo había comido sangre de un hombre! ¡Qué asco, *tfú 'alena!* Lloré desesperada... Tu pueblo está maldito y tú serás tan abominable como ellos, me decía en secreto Suad, cuando nadie la escuchaba.

—*¡Tfú 'alena!* —la remedaron los niños.

Mi madre nos aseguró que nada de eso era cierto. Nos mantuvo apartados, escondidos en el sótano. Con la dulzura de sus palabras, tapaba nuestros ojos y oídos para que no viéramos ni escucháramos. Decía que el odio, esa enfermedad terrible que no puede curarse, no debía entrar a la casa y contagiarnos. Pero el escándalo de la muchedumbre se filtraba por los muros sin pedir permiso, nadie podía contenerlo.

Aprendan esto, mis niños, prosiguió Latife Rahmane: el odio es como una tormenta de arena en medio del desierto. Destruye lo que toca con una fuerza tan intensa que no puede aplacarse. Hasta que, de repente, sale como entró, dejando a su paso desgracia y muerte.

—¡*Ya haram!*—gritaron al unísono, orquestados por la historia tantas veces relatada.

Pasaron tres semanas de calma mientras interrogaban a los primeros sospechosos. Los hombres volvieron a salir de sus casas, unos a vender, otros a comprar, pero ahora desconfiando de quienes días antes habían considerado sus amigos. Los niños, a pesar del miedo, regresaron a sus estudios en el *Talmud* Torá, y nosotras, las mujeres, seguimos con las labores de siempre. Cocinar, limpiar, coser… eso hacíamos, ahora en silencio. ¿Para qué hablar? Una palabra lanzada al descuido atraería el mal de ojo a nuestra casa. El silencio nos protegía, nos distinguía a una de la otra.

Suad, la sirvienta de tantos años, a la que siempre platicaba mis secretos, ya no me trataba con cariño. Al asearme, me restregaba la piel hasta dejarla enrojecida, a punto de sangrar. Si me peinaba, jalaba con tal fuerza que me arrancaba el cabello. Yo no podía quejarme, mucho menos desde el día que entraron a la escuela y se llevaron a varios niños a la cárcel, entre ellos a Fuad y a Brahim, mis dos hermanos. Amenazaron con dejarlos sin comer, amarrarlos y golpearlos hasta que sus padres confesaran el asesinato. ¡Sesenta niños! ¿Y ellos, qué iban a saber? Por las noches oía las pláticas de mis padres, el llanto de mi madre que reclamaba a sus hijos. Se golpeaba la cabeza contra la pared, aullaba desesperada, como una loba.

En medio de la desgracia yo trataba de imaginar dónde estarían mis hermanos. En un sótano más oscuro que la bodega donde guardaban el vino y la fruta seca. ¿Qué culpa podían tener unos niños? Yo pedía por ellos, pero como no sabía rezar, supuse que Dios no me escuchaba.

—Ya, mamá, cálmate, deja esta historia para otra noche, ¡si estás temblando! —le pidió Daud.

Papá se reunía con los *akaber,* los más prominentes judíos en el *hara* —prosiguió la abuela sin escuchar—. Los señores pensaron que podrían arreglarlo como lo habían hecho siempre: con una cantidad de dinero. Comprando el favor de las autoridades, tal como se acostumbró por siglos en este país donde no tenemos derechos. Pero, al contrario de lo que esperaban, el soborno los incriminó, se utilizó como una prueba más en contra de la comunidad.

Tres semanas después, cuando parecía que habían olvidado el asesinato del padre Tomás, llamaron a la puerta: entró el jefe de la guardia, acompañado de un extranjero que, ahora sé, era el cónsul francés y hablaba en ese idioma que entonces nadie comprendía. Venía con ellos otro señor de baja estatura. Atento, se pegaba al oído del extraño y traducía también al árabe.

Mi madre nos ordenó guardar silencio y escondernos de nuevo en el sótano. Ella se vistió de negro y tapó su cara con una burka, como una musulmana. Los recibió en la sala donde mi padre, el rabino Musa Salonicli, solía invitar a los hombres de confianza.

El extranjero exigió que mamá destapara su rostro, pero ella se indignó. No entendía qué buscaban en nuestra casa. Nosotros somos gente honorable, repitió hasta el cansancio, mi esposo es un rabino que cumple sus obligaciones con el gobierno y no tiene problemas con nadie.

—¿Y de dónde saca tanto dinero? —preguntó el cónsul francés, impresionado por toda esa riqueza oculta desde el exterior.

—Es comerciante —respondió en un murmullo y se negó a seguir con el interrogatorio. Le advirtió al jefe de la policía que no tenía por qué contestar a las injurias que hacían en contra de su familia. Entonces el hombre la amenazó.

—Más vale que te quites el velo antes de que lo hagamos por la fuerza. El cónsul exige ver tu rostro para saber si mientes o no.

—Siempre alegan que somos ricos —comentó Raful—. Es cierto que hay unos cuantos entre nosotros, pero el resto...

Deslumbrado por la belleza de mamá, que todavía era una mujer joven, se acercó y empezó a acariciarla haciendo propuestas deshonrosas.

—Este hombre está dispuesto a perdonar a tu esposo a cambio de algunos favores, ¿entiendes?

—¡Ni aunque me cueste la vida! ¡Salgan de mi casa! —gritó ella, envalentonada.

—¡*Yahre dinhon!* —se indignaron al unísono.

Ninguno de los hombres se movió. El francés seguía observándola, malicioso. Fumaron el tabaco que guardaban para los invitados especiales y bebieron todo el licor que encontraron mientras esperaban el regreso de papá a quien, en cuanto llegó, sin permitirle decir palabra y haciendo uso de toda su fuerza, se lo llevaron a rastras. No pude contenerme, ni esconderme y callarme como había prometido. Entré a la sala. Grité y lloré igual que mi madre, pedí, supliqué por mis hermanos, quería que lo soltaran y me llevaran a mí. No entendía de qué lo acusaban. El jefe de la policía me hizo a un lado y en un tono suave y conciliador, prometió salvar a mis hermanos. Pero a papá lo arrastraron como a un muñeco de trapo. Él quiso despedirse y gritaba también:

—¡No se preocupen, volveré, lo juro!

Y nuestros párpados se deshacían en llanto.

Después de días, semanas y meses que parecieron años, papá no regresaba. Los lamentos enmudecieron, las lágrimas se secaron y mi madre impuso un silencio todavía más hondo. Vivíamos en un pozo negro que, en vez de agua, cargaba de piedras nuestros corazones. Afuera en las calles se escuchaban los reclamos, la gente demandaba justicia a gritos, los jóvenes lanzaban piedras rompiendo los vidrios de las ventanas, los incendios se repetían.

¿Por qué no se calla de una vez?, pensó Tuny. Acabará por meterles miedo a los niños.

Una noche, cuando mamá y yo estábamos dormidas, golpearon con fuerza la puerta varias veces: se escuchó un ruido sordo y después nada, ni un murmullo. Siguió una tranquilidad que, en vez de calmarme, me provocó más miedo… *Allah isaadna,* que Dios nos ayude, pensé.

Nos miramos. No sabíamos si abrir o mantenernos escondidas bajo la colchoneta, pero mamá dijo como si me regañara:

—Escúchame bien: no tengo miedo. Después de todo lo que ha pasado, ya nada me importa. Que sea lo que Dios quiera. Ellos harán lo que tengan que hacer y nosotras cumpliremos con nuestro destino. No vamos a escondernos como si fuéramos ladronas.

Salimos temblando, tomadas de la mano. A pesar de la oscuridad, nos dimos cuenta de que habían dejado, entre las sombras, dos bultos envueltos en sábanas, amarrados con una cuerda. Dos bultos que gemían con chillidos agudos, dos bultos que se movían, intentando escapar. Mamá corrió por un cuchillo y yo me apresuré a encender la vela que dejábamos encima de la mesa.

Con mucho esfuerzo, ella cortó la cuerda hasta que salieron de las telas mis hermanos Fuad y Brahim. Al verlos, gritó y lloró a la vez. Todas las lágrimas que había guardado en el fondo del alma y los lamentos que quiso acallar brotaron en una explosión de alegría.

—*¡Hamdela, uladi!* —repetía abrazándolos y besándolos mucho, mucho.

Yo miraba confundida a dos niños que me costaba reconocer: mis hermanos. Desnudos, sucios, hambrientos, a punto de desmayarse. Como si apenas hubieran salido del cuerpo de mi madre y la luz los deslumbrara provocando más miedo que la oscuridad. Temblaban como pollos recién nacidos.

—*¡Ya haram!* —gritaron de nuevo.

Mamá intentó aliviar su sufrimiento: los limpió con agua caliente acariciando su piel, mientras entonaba con suavidad las melodías con que acostumbraba dormirnos. Varias noches despertaron asustados, se pegaban a nuestros cuerpos buscando calor, se abrazaban de nosotras para poder dormir. Yo escuchaba su llanto y lloraba con ellos. Durante algunos días ella procuró darles de comer, pero en un principio no toleraron alimento. Con paciencia les ofreció en la boca pedazos de pan remojados en aceite para asentar el estómago.

—¡Escuchen! —prosiguió la abuela Rahmane dirigiéndose a sus nietos—. Eran niños como ustedes, *welad* de seis años, chiquitos, igual que ustedes.

—¡*Ya haram!* —repitieron a coro los más pequeños. Abrían los ojos asustados, pensaban que esa noche, como tantas otras, no escaparían de las pesadillas.

—Poco a poco, con paciencia, mis hermanos volvieron a la vida convirtiéndose nuevamente en los niños alegres que corrían por la casa. Hasta se atrevieron, después de los ruegos de mi madre, a regresar a la escuela. No tengan miedo, repetía, nada les pasará. Daba la impresión de que la rutina volvía a ser la misma, pero nada era igual sin mi papá. Nos hacía falta la presencia de ese hombre reservado que nos mostraba amor con sus plegarias.

NO CODICIES
SUS MANJARES DELICADOS

Feride trató de detener el relato ofreciendo una bandeja de dulces. Acomodados ordenadamente, relucían los pastelillos: *ma'amul*, *greibe*, *belawa* de pistache y el *kaak* con azúcar y anís, sabores a los que ninguno podría resistirse.

Shefía, admirando la repostería de su cuñada, se preguntaba envidiosa: ¿De dónde habrá sacado dinero para este gasto? ¡Presumida! ¿Para qué tanto? ¿A quién quiere impresionar? Ni que tuviera una hija casadera. Por unos momentos, la abuela se mantuvo en silencio saboreando las delicias que siempre le quedaron mejor a su nuera que a ella.

—*Selem diatek* —reconoció Daud, haciendo las veces del patriarca—. Que Dios bendiga tus manos.

Feride miró ansiosa a Musa, pensando que era el momento adecuado para dar la noticia e interrumpir a la suegra… ¡Qué mujer!, no le paraba la boca. Pero su esposo, con las mejillas enrojecidas y un poco embriagado, seguía bromeando con sus hermanos a la vez que llenaba los pequeños vasos con el licor de anís. Por su parte, la abuela, en cuanto tragó el último pedazo y sorbió un poco de agua, prosiguió con su narración como si en ningún momento la hubiera interrumpido.

—Y llegó mi padre. Lo traían sentado en un burro porque no podía caminar. Vestía una bata negra, las plantas de sus pies sangraban y estaba lleno de moretones y llagas. Sus barbas largas y sucias, el cabello enredado y el rostro cubierto de sangre. Así como no reconocí a mis hermanos, mucho menos quise ver a mi papá en ese hombre que parecía un muerto escapando de su tumba.

—¡Qué le hicieron! ¡Ustedes no tienen vergüenza! ¡Los asesinos son ustedes! ¡Hijos de puta!

Mi madre, una mujer fina, que provenía de las familias más importantes y respetadas del *Sham*, diciendo palabras que jamás imaginé pudieran salir de su boca.

—¡*Yahre dinhon!* —les gritaba, enloquecida—. ¡*Kis emmo!*

—Agradece a *Allah* que te regresamos a tu esposo vivo. ¿Qué más quieres? —gritó el policía—. ¿Quieres que te encerremos a ti también?

Mamá bajó la cabeza. Lo único que deseaba era que esos hombres se retiraran de nuestra casa lo más pronto posible.

—¡Suad, corre, busca al doctor, busca a mis hermanos, trae a todos los que puedan ayudarnos! —apuró mi madre.

Por primera vez vi en la sirvienta un gesto de dolor y arrepentimiento. Salió corriendo y, con ella, la noticia del regreso de mi padre.

Papá no había podido reponerse siquiera cuando la gente se arremolinaba ya en la puerta de la casa, suplicando verlo. Hicieron una fila enorme que llenaba toda la cuadra, con el deseo de besar la mano del rabino que había sido capaz de una hazaña que parecía humanamente imposible: soportar la tortura sin confesar ni una sola palabra. *¡Kidush Hashem! ¡Kidush Hashem!* ¡Santificó el nombre de Dios! Repetían por las calles tratando de aferrarse al milagro. El rabino Musa Salonicli se elevó espiritualmente con su martirio. La gente empezó a verlo como un ángel que debía ser venerado.

Yo observaba, desde la ventana, cómo se instalaba, en la puerta de mi casa, un extraño mundo que no conocía: limosneros, viejos enfermos deseosos de alargar su vida, hombres tullidos que apenas podían mantenerse en pie, niños que habían nacido con defectos, individuos aquejados de pústulas incurables, ciegos que se acercaban guiados por el tumulto, viejas salidas de mis más profundas pesadillas. También se apretujaron, esperando la bendición del gran rabino, las estériles, los hombres que anhelaban mejor fortuna, las jóvenes soñando con casarse, los viudos, las solteras, las que habían sido abandonadas sin una promesa. Mi padre, a pesar de sus malestares constantes, escuchaba y murmuraba bendiciones. Algunos se postraban a sus pies y él les exigía levantarse.

—Arrodíllate sólo ante el Eterno —les decía, severo.

—Es un santo —reconoció Suad, con arrepentimiento sincero.

—Yo no quiero un santo, quiero a papá de regreso —contesté.

Pasaron varios días. Ante la insistencia de mi madre, reuní el valor de acercarme para demostrarle mi cariño. Al verme, sonriendo me llamó por mi nombre y extendió su diestra desfigurada para que la besara. Le habían roto los huesos de los dedos y arrancado las uñas. De su mano sólo quedaba un puño y vestigios de pellejo negro; lo que habían sido sus dedos, ahora colgaban deformes. *¡Amut ana!* ¡Me muero! No podía parar de llorar a pesar de sus dulces palabras. Ahí estaba mi padre: maltratado, humillado, adolorido, representando el sufrimiento más profundo que mi mente de niña pudiera comprender. Trataba de consolarme, como si yo hubiera sido la torturada. Quería abrazarme y yo a él, pero fue tal el miedo que no me acerqué siquiera. Me llamó entre lágrimas y extendió de nuevo su mano para que yo la besara. No fui capaz. Asustada, salí corriendo y por más que traté, jamás logré acercarme. En ningún momento pude decirle cuánto lo quería.

—*¡Ya haram!* —corearon todos.

—Papá nunca volvió a ser el mismo. Al poco tiempo murió. Sus pulmones se habían deteriorado ya que, según dijo el doctor, lo sumergieron constantemente en agua helada sin dejarlo respirar, como uno de los muchos mecanismos de tortura. Por meses soportó el suplicio, pero a pesar de la fuerza de su alma su cuerpo destrozado se negó a seguir con vida.

—*¡Ya haram!* —volvieron a gritar los niños que ahora lloraban al ver a su abuela desconsolada.

Las nueras y los hijos tampoco escaparon al embrujo de la catarsis y la familia en pleno terminó, como en muchas ocasiones, padeciendo a gritos por la memoria del gran hombre que había sido Musa Salonicli.

Sólo Feride insistía en mirar a su esposo. Necesitaba que le explicara en qué momento el festejo que esperaron durante tantos años se había transformado en un motivo de duelo. No pensaba dar la noticia de su embarazo cuando toda la familia se lamentaba golpeándose el pecho. Cuando sus cuñadas se jalaban los cabellos y gritaban cual plañideras, como si el *jaham* Salonicli acabara de morir, cuando su propia hija Latife limpiaba su llanto con la manga del vestido. No lo consideraba conveniente para la salud del bebé que se estaba gestando.

¿Acaso había regresado esta historia por alguna razón? Dicen que no hay casualidades, pensó. ¿Sería su hijo el espíritu de este gran mártir que deseaba volver? Alguna vez escuchó hablar de eso a las ancianas: las almas regresan. *Insh' Allah* que sea un hombre santo el que ahora habita en mi vientre, pero Dios, no permitas que sufra como él sufrió.

—¡Latife! —llamó a su hija, espantando los malos pensamientos—. Ayúdame a recoger.

Las cuñadas también se ofrecieron a ordenar y rápidamente los platos quedaron apilados en un rincón. Entre los hijos levantaron a la abuela mientras ella seguía enjugándose las lágrimas.

—*Ya mama, strij,* no te mortifiques —le repetía Daud con cariño—. No vale la pena que te pongas así, sólo te causa dolor.

Antes de que se marcharan, Musa recordó el propósito de la cena y se acercó a su hermano mayor.

—Daud, tengo que hablar contigo —dijo, nervioso.

—Podemos vernos el próximo viernes en el *hammam* —contestó el hermano.

A pesar de que todos se despidieron, el trabajo para Feride y Latife no terminó. Con ayuda de Musa sacaron la mesa y la acomodaron en la entrada, apilaron los cojines, lavaron ollas, platos y cubiertos. Finalmente despejaron el pequeño cuarto para acomodar el colchón y las almohadas que utilizaban para dormir.

Mientras trabajaba, Feride pensaba en sus cuñadas. Las desvergonzadas la habían dejado sola con todo el desorden. Ninguna se ofreció a lavar un plato. Si yo hubiera actuado así en su casa, ¿qué habrían dicho de mí? ¡Ah, no! ¡Pero yo tengo la obligación, ellas conmigo, no!

CUANDO TE ACUESTES, NO TENDRÁS TEMOR

Después de acompañar y asistir a la suegra, quitarle el vestido y ponerle la bata que acostumbraba usar día y noche, cepillar su cabello, frotar sus pies con una pasta de bicarbonato y ayudarle a acostarse, al tiempo que soportaban todas sus quejas, Tuny y Shefía se dirigieron a sus habitaciones.

Shefía, a la espera de que Daud la mirara, se desnudó lentamente, perfumó su cuello y se recostó junto a su hombre haciendo ruiditos de niña caprichosa.

—¿Tienes algo guardado para mí? —preguntó con tono sensual.

Daud no contestó. Empezó a imitar su propio ronquido para que ella pensara que dormía, mientras imaginaba los ojos negros y profundos de la mujer con la que su hermano Aslán gozaba en ese momento. Después de tantos años, le fastidiaba acariciar la piel conocida de su esposa, sentir entre las manos sus pechos flácidos y copular de manera idéntica una y otra vez. Hacer el amor con Shefía le causaba la misma anodina sensación que montar en su burra. La bestia es más útil, pensó, al menos todavía da leche. Imaginó el vientre liso, las caderas redondas de la bailarina con la que Aslán fornicaba: los pechos llenos, desmesurados, los movimientos incontrolables en la búsqueda del placer que ahora, magnificado por su imaginación, compartía con su hermano. Roncó todavía más fuerte, ahogando un suspiro de añoranza que acabó por alejar a Shefía, quien en silencio y de espaldas a su marido trataba inútilmente de enjugar las lágrimas.

Tuny, la otra nuera, entró en su habitación, y en cuanto se acercó a Raful, su cuerpo comenzó a temblar, incontrolable. El reflejo de la luna en el tragaluz le devolvió la mirada de su esposo: los ojos enrojecidos parecían sangrar, sus pupilas dilatadas la observaban más allá del odio. Una sonrisa malévola surgía de sus labios. Adivinó lo que le esperaba en cuanto vio a Raful acercarse y atarle las manos. Apenas si pudo gemir antes de que él la abofeteara y tapara su boca.

—¡Hmara! ¡Bume! —dijo en tono casi inaudible pero firme—. ¡Estúpida! ¿Quién te dio permiso de abrir la boca? ¿Desde cuándo te atreves a opinar de política? ¡Tú no eres más que una mujer! ¡Mi mujer! ¡Ustedes sólo sirven para traer hijos al mundo, no saben de política! ¿Te crees muy graciosa? ¡Puta!

La obligó a ponerse en cuclillas y forcejeando la sodomizó. ¡Te voy a coger como lo que eres, una perra! La penetró con fuerza, con intención de lastimar. Humillarla se había convertido en su mayor placer, y más aún cuando se embriagaba. Entonces surgía el bárbaro, la bestia incapaz del menor control. Ante las embestidas incesantes de su fuerza bruta, la delgada capa de razón había terminado por diluirse con el alcohol. Tuny se sintió anulada. En cada movimiento atroz el dolor la desgarraba, la disminuía, la borraba: ojalá pudiera desaparecer.

QUE ME BESE CON
LOS BESOS DE SU BOCA

Aslán se mantuvo pasmado varios minutos. Jamás imaginó que el Creador pudiera depositar tanta belleza en una sola persona. Bien había valido la pena arriesgarse, escapar furtivamente, como un ladrón, deslizarse arrimado a los muros de las estrechas callejuelas, cruzar la avenida para alcanzar la zona cristiana rumbo al burdel de Shamira, quien de antemano le tenía preparada esta sorpresa.

Admiró su figura delineada como una obra de arte. Los rizos de su cabello entretejidos con cuentas, los collares que colgaban sobre su pecho, ahora embellecido con pequeños círculos. Los ojos de un azul intenso hacían un extraordinario contraste con el tono oscuro de su piel. La amalgama perfecta del cielo y la oscuridad de la tierra, pensó Aslán. El océano que rozaba montañas.

El niño lo miraba curioso. No entendía muy bien qué hacía en ese lugar y por qué lo habían dejado a solas con un desconocido.

—Acércate —ordenó Aslán con suavidad.

El pequeño obedeció. Su desnudez maquillada le impedía a Aslán observar con detenimiento sus partes púberes. Al menos no le han decorado las nalgas, pensó, impresionado por sus formas perfectas. El hombre tomó su pene con las dos manos y empezó a frotarlo con delicadeza.

—¿Te gusta?

El chico no supo qué contestar. Pensó que, por cortesía y de acuerdo a las instrucciones que le diera su padre, debía asentir y así lo hizo, con un movimiento de cabeza.

—Pronto te gustará —dijo Aslán, besando lentamente su boca, introduciendo la lengua, rozando con la yema de los dedos cada pequeño círculo hasta acariciar nuevamente su pene y paladear el sabor extraño de sus nalgas.

Llevó las manos del joven hacia su cuerpo, con señas sugirió las mismas caricias a las que el niño respondía como en un espejo. Después, mucho después, sucedió lo inevitable: la explosión. Soltó un líquido blanco que embarró en el muchacho como si fuera una crema y le exigió probar. Ante el gesto de repulsión, le explicó con sutileza.

—Cada vez lo disfrutarás más. También brotará el tuyo y yo lo sorberé como se bebe la vida, lentamente.

Los ojos del niño se abrieron con desmesura. Cada uno compartía el asombro del otro, por diferentes razones.

—¿De dónde vienes? —le preguntó.

—Lejos, señor, de Turkiye, pero mi madre es etíope.

—Ahora vivirás aquí y estarás siempre dispuesto según mis deseos —concluyó Aslán—. Dependerás completamente de mí. Yo te alimentaré y te vestiré. Serás mi hermano menor. De hoy en adelante te llamarás Abdul Hafez: sirviente del protector.

PERFUMAS MI CABEZA,
MI COPA REBOSA

Musa conservaba recuerdos huidizos de la época en que debía acompañar a su madre al baño. Era todavía un niño pequeño cuando todos los jueves, día que reservaban a las mujeres, debía llevarle su cambio de ropa y, en una caja decorada con flores y hojas, su perfume, el aceite de almendras que untaba en su cabello y el concentrado de cítricos con el que suavizaba su cuerpo. Cada semana seré de nuevo una novia, le decía su madre con una sonrisa de placer en los labios, gesto que en esos momentos él no comprendía... hasta que vio ese mismo deleite reflejarse en la mirada de su esposa. Feride sigue siendo una novia, pensó, aunque no tuviera la oportunidad de visitar el baño y, mucho menos, llevar sus propios afeites. El *hammam* flotaba travieso en su memoria, era algo así como una imagen dorada que, a pesar del suave olor agridulce, se había difuminado con el tiempo. Sin embargo, aún recordaba con vergüenza haber experimentado una sensación confusa ante las mujeres desnudas, orgullosas de sus formas redondas.

Es por eso que esta vez al llegar al *hammam* se sintió tan cohibido y lo estuvo todavía más cuando se quedó absorto en la entrada, extasiado en la contemplación de cada detalle.

Las flores de estuco, pintadas a mano con colores brillantes, sobresalían de los muros para crear un ordenado jardín. Pequeñas perforaciones en la cúpula del techo permitían el paso tenue de los rayos del sol, justo al centro, donde una fuente de cantera repetía el sonido interminable del agua al caer. El ruido ligero y constante le pareció una melodía inefable, la canción sin palabras. Absorto, observó sobresalir de los rincones las plantas exóticas cuyas formas caprichosas jamás había visto. Hacían el jardín del Edén aún más tangible.

Se acercaron a recibirlo los sirvientes vestidos en forma sencilla y pulcra: el típico sombrero turco, cómodos pantalones de algodón que amarraban a los tobillos y camisas blancas, impecables. Al observar su propia vestimenta, bajó la cabeza con timidez, aunque los ruegos y las palabras de bienvenida de los criados no se hicieron esperar. Le ofrecieron sentarse en los sillones de seda, bordados con filigrana de oro: el arte inigualable de manos damasquinas, repetido por siglos hasta su perfección.

Apenado, y para no contrariar al personal, se acomodó en uno de los sillones al final del salón mientras observaba el conjunto con más detenimiento. Le ofrecieron té de manzana y pastelillos; él insistió en no molestar. En el fondo se preguntó de dónde sacaría para pagar todo ese lujo.

Cuando miró entrar a su hermano y observó su atuendo no pudo sentir más que disminución en medio de su asombro. Daud parecía un jeque de las *Mil y una noches*. Su turbante blanco remataba los pliegues con un broche de oro, la vestimenta de seda hindú y las pantuflas, engarzadas con perlas que daban un toque de elegancia al conjunto, se reflejaban al rayo del sol, como la lámpara de Aladino. Las reverencias de los sirvientes, que casi besaban el suelo, lo hicieron levantarse como un resorte. Estuvo a punto de correr a rendirle honores a su querido Daud, pero por suerte logró dominar su servilismo y cuestionarse: ¿Quién es este hombre? La pregunta resultó irónica. ¡Qué tan alejado se había mantenido de la familia! Ahora sus costumbres le eran extrañas. Recordó que su padre, Abdo Rahmane, a pesar de haber sido un hombre acaudalado, valoraba la sencillez y la humildad de las personas. Decían los grandes sabios que los padres enseñan con el ejemplo, pero éste no parecía ser el caso. Envuelto en ese turbante exagerado, sintió que el rostro de su querido Daud se había vuelto impenetrable.

Recordó las palabras que, en la Biblia, el Todopoderoso pronunciaba como un trueno del que era imposible escapar:

—Caín, ¿dónde está tu hermano?

Si en ese momento Dios se dignara hablar con él y le hiciera la misma pregunta, respondería no lo sé. A pesar de tenerlo frente a él lo sentía lejano, como si lo percibiera a través de un espejo donde la imagen acabara distorsionada por completo.

Sus cavilaciones fueron interrumpidas cuando Daud llamó a uno de los sirvientes. Se acercó un hombre vestido a la usanza europea quien, a pesar de su baja estatura, denotaba en su rostro una actitud soberbia. Se asombró cuando se dio cuenta del resplandor: un diente de oro que a propósito mostraba en cada sonrisa y varios anillos engarzando sus dedos. Musa supuso que sería el dueño del lugar. El hombre se acercó a saludarlos pero no se inclinó en señal de respeto.

—¡*Ahlán*!

Después de procurarles un afecto exagerado, propinando besos en ambas mejillas, de una palmada hizo venir a los mozos. Dos jóvenes acudieron a su llamado. Uno llevaba hermosas toallas de algodón en las manos y el otro, pequeñas jarras de plata llenas de aceites y especias que se utilizaban durante el baño. Se acercaron primero a Musa, a quien condujeron al vestidor común. Lo invitaron a despojarse de sus ropas y a cubrirse con la toalla únicamente de la cintura hacia abajo.

A pesar de que el *hammam* es un lugar habitual de reunión y una práctica milenaria por todos conocida en Oriente, a él le perturbaba un poco. Nunca se había mostrado desnudo en público, así que se volvió contra el muro y trató de pasar lo más inadvertido posible pero, a su pesar, llamó más la atención. En especial porque su presencia representaba una novedad. Todos le parecían familiares. Varios le habían comprado alguna bagatela por lástima, con el deseo de ayudarle, aunque no la necesitaran. Procuró desvestirse y cubrirse con la toalla lo más rápidamente posible; bajó la cabeza, imaginando que tal vez si él no los miraba acabarían por ignorarlo.

Daud lo llamó y ambos se sentaron en el piso desde donde las emanaciones constantes exhalaban vapor caliente. Comenzaron a sudar y era tal el líquido brotando de su piel que Musa se asombró de haber mantenido dentro de su cuerpo esa enorme cantidad de agua.

—Y bien, ¿qué es eso tan importante que te preocupa? —preguntó Daud con aires de grandeza.

A Musa le sorprendió la pregunta demasiado directa, en un sitio donde se sentía, más que desnudo, vulnerable.

—Feride está embarazada —contestó—. Voy a ser padre.

—*¡Mabruk!* —Daud gritó, complacido con la noticia—. ¡Mi hermano va a tener un hijo! ¡Un hijo llenará su casa de dicha!

Los hombres que se habían dispersado a lo largo y ancho de la enorme plataforma rodearon a los hermanos y compartieron la alegría. Musa se sintió agobiado ante tantos que se acercaban a apretar su mano, a besarlo en las mejillas a pesar del sudor y a desearle toda clase de parabienes.

En cuanto se fueron acallando las expresiones y el regocijo, Musa, en un tono casi inaudible, se atrevió a preguntarle a su hermano.

—Entonces, ¿estarías dispuesto a ayudarme? ¿Me recibirían de nuevo en casa, como parte de la familia?

Musa permaneció inmóvil, esperando la respuesta de su hermano mayor, quien parecía no haberlo escuchado y se dirigía al área de masaje. Minutos después, los mismos hombres volvieron a buscarlo. Lo llevaron por un pasillo largo y, en un rincón, le pidieron amablemente que se quitarla la toalla y se pusiera en cuclillas. Entre los dos sirvientes refregaron con fuerza exagerada su cuerpo. Él soportaba la tortura estoico, sin atreverse a mover uno solo de sus músculos. Después de haberlo enjabonado hasta en sus partes íntimas, procedieron a enjuagarlo con grandes cantidades de agua hirviendo, como a un pollo al que quisieran arrancarle las plumas de cuajo.

La dignidad no consiste
en vestir de seda

En esa posición inusual y rodeado de un vapor espeso, Musa sintió una somnolencia más allá del sueño. Pensó que caería desmayado y tal vez así hubiera sucedido de no ser por la ayuda de los criados, quienes lo sostenían mientras lo secaban con unas toallas blancas y suaves, provocando una relajación inaudita. Siguiendo su acostumbrada rutina, los dos jóvenes lo llevaron hasta un camastro donde el sueño lo venció por completo al grado de ya no sentir las presiones certeras del masajista profesional. Cuando despertó, lo urgieron a pasar al área templada, enjuagarse lo más rápidamente posible y vestirse, porque el señor Daud, su querido hermano, llevaba más de dos horas esperándolo. Musa observó la ropa que dejaron donde él recordaba haber doblado la suya y pensó que seguramente los empleados se habían confundido. El *mbas,* la larga camisola, así como los pantalones y el saco parecían nuevos, igual que los zapatos acomodados a un lado. Llamó, pero nadie respondió. Contrariado, tuvo que salir a la sala principal envuelto en las toallas, buscando a los hombres sirvientes. Uno de los jóvenes se aproximó.

—Disculpe —explicó—, hay un error. No encuentro mi ropa.

—Nos ordenaron que le diéramos ésta —respondió el sirviente— y quemáramos en la gran caldera la que usted traía.

—No entiendo —reaccionó, disgustado—. ¿Quemaron mi ropa? ¿Quién ordenó tal cosa?

El dueño del local trató de apaciguarlo.

—Su hermano, que *Allah* lo bendiga, es un hombre generoso —dijo, pronunciando cada palabra con mucha calma—. Aprovechó la oportunidad de proveerle con nueva vestimenta. Y como la suya se encontraba en muy malas condiciones, su hermano, *Allah ijelí,* nos ordenó deshacernos de ella. Disculpe la impertinencia. Será mejor que se vista, el frío podría causarle una reuma incurable…

ya verá que la ropa está hecha a su medida, es la que *jawaj'a* Daud ordenó.

Musa, en vez de agradecido, se sintió humillado. Su hermano se daba el lujo de tratarlo como a un limosnero cuando él se creía con derecho a la propiedad paterna. También él era hijo legítimo de Abdo Rahmane.

Se imaginó entrar en su casa vestido de esa manera. No he podido agasajar a Feride con un vestido nuevo y a Latife apenas le quedan los suyos, pensó con tristeza. ¿Cómo voy a llegar disfrazado así, todo un *pashá?* ¿Quién comprará mi mercancía cuando me presente a trabajar en la calle? ¿Qué hago, Dios mío, tendré que seguir mendigando el favor de mi familia? De antemano sabía la respuesta. Suplicaría, si fuera necesario.

Se vistió mientras los criados lo esperaban con actitud impaciente. Lo acompañaron a un salón mucho más espacioso que el de la entrada y todavía más rico en lujosos adornos. Su hermano, sentado en un cómodo sillón, bebía sorbos de café turco y se deleitaba con toda clase de dulces y frutos mientras departía con el dueño del *hammam.*

—Acércate, *habibi,* acompáñanos —le dijo Daud mientras fumaba el *narguile* y exhalaba el humo con fruición—. Prueba algo, nuestro amigo se ha esmerado en agasajarnos.

Musa se sentó donde le indicaron y empezó a comer del pequeño plato en el que su hermano había servido dos pastelillos. Sorbió un poco de café y pidió que le trajeran agua.

—Si no es molestia —se envalentonó—, quisiera hablar contigo a solas. Discúlpeme usted, señor...

—Khalid.

—Disculpe usted, señor Khalid —insistió Musa—, pero hace mucho que mi hermano y yo no hablamos a solas.

El dueño se despidió con un gesto de disgusto. Siempre lo aceptaban como a uno más dentro de los círculos íntimos; no estaba acostumbrado a retirarse, aunque debía reconocer que Musa había sido respetuoso con él y que su actitud revelaba una desesperación que no era muy común entre su clientela. Dejó a los hermanos hablar de sus problemas y se dirigió al grupo que reía y contaba anécdotas sin parar.

—Mientras tú dormías, y dormiste como si hubieran sido varias noches —dijo Daud—, tuve tiempo de meditar tu propuesta. No me lo tomes a mal, pero quiero ser lo más sincero posible contigo.

Se detuvo. Sorbió el café e inhaló del tabaco que burbujeaba en el *narguile*.

—Debes enterarte de que la situación de la familia —continuó Daud— ya no es la de antes. Las caravanas de mercaderes hace mucho dejaron de venir a la ciudad. Nuestras ventas han disminuido y lo único que aumenta, día con día, son los compromisos.

Musa se mantuvo en silencio. Abrió los ojos intentando corroborar lo que sus oídos escuchaban sin entender del todo.

—Quieres decir…

—Nuestras hijas están en edad de casarse —interrumpió Daud—, debemos pensar en una dote para cada una de ellas. Contando a Latife, la tuya, estamos hablando de doce muchachas que merecen un buen destino.

—Me extraña que tomes en cuenta a Latife, mi hija, como parte de la familia —reclamó—, cuando a mí no me aceptan como hermano.

—No lo tomes así. Sabes que te queremos y eres la adoración de mi madre. También ése es un impedimento. ¿Imaginas a tu mujer y a mamá viviendo bajo el mismo techo? ¿Quieres revivir esos días y noches de pleitos eternos, cuando recién la trajiste a casa? Mi madre merece vivir sus últimos años con tranquilidad, y Feride…

Daud suspiró y, haciendo tiempo para ordenar sus palabras, volvió a degustar un pastelillo.

—No pienso abandonarte. Si el hijo que esperan es varón, los Rahmane haremos una gran fiesta para el *Brit milá*, el día de la circuncisión. En su momento, tu mujer será atendida por la partera más experimentada y nosotros pagaremos los gastos. Tu hijo tendrá todo lo necesario. Una canasta completa de ropa y cobijas. Pero no me pidas vivir en la casa. No podemos alimentar una familia más. Tenemos muchas obligaciones. Este año donaremos a la sinagoga el *sefer* que un gran sabio de Jerusalén está escribiendo a mano letra por letra. ¿Imaginas siquiera lo que nos está costando? Será una bendición infinita para toda la familia, y por otra parte, después de acordado el compromiso con los representantes de la comunidad, ¿cómo revocarlo? Caerían sobre nosotros las murmuraciones de la gente…

Musa no pudo evitar que, a pesar del silencio, brotaran lágrimas de sus ojos. Se daba cuenta de que, con ese discurso, su hermano acababa de romper el último vínculo entre ellos.

—No dudes que estamos contigo —trató de consolarlo—. La familia se compromete a apoyarte, pero tendrás que buscar tu manutención. Y que el Todopoderoso te provea de lo necesario.

—Sí —contestó, antes de abandonar el salón—. Que cada uno reciba lo que merece. Ni más, ni menos.

Daud permaneció silencioso, tratando de adivinar si había una intención oscura en esas palabras: …lo que cada quien merece; ni más, ni menos.

Ni un hilo, ni la correa de un zapato, ni nada de lo tuyo tomaré

Musa salió apresurado; no había tiempo que perder. En unas horas empezaría el *Shabat*, y Feride estaría esperando que al menos llevara algo más de fruta, queso o aceitunas. Después de esa opípara cena con la que habían agasajado a toda la familia les sería imposible adquirir pollo o carne por una larga temporada. Corrió rumbo al mercado donde conocía a algunos de los vendedores. El primero en sorprenderse fue Tofik Rayek, quien, en cuanto lo vio vestido de esa manera inusual, comenzó a vociferar sin poder contenerse:

—¡*Jawaj'a* Musa! ¡Dime dónde cae maná del cielo, para ir yo también a recogerlo!

—Por favor —murmuró, incómodo— ¿cuánto me darías por esta camisa? ¿Cuánto por el pantalón, el saco, los zapatos?

—¿Qué, has perdido el juicio? —lo increpó Rayek, divertido—. ¿Te piensas quedar desnudo delante de todos los mercaderes?

—No muy lejos de aquí me acabo de desnudar delante de varios. Así que da igual. Necesito vender esto, me urge, ¿comprendes? ¡Ayúdame, Tofik, siempre hemos sido buenos amigos!

—Entiendo —contestó el comerciante—. Es grande tu necesidad, no soporto tu angustia. Sí… me apiado de ti —dijo, mientras observaba y tocaba cada una de las prendas—. Te voy a favorecer. Por la camisa, el pantalón y el saco… cinco monedas.

Musa lo observó directamente a los ojos condenando de antemano su actitud.

—Pido que me ayudes, Tofik, y tu respuesta es burlarte de mí. Si tan sólo la camisa y el saco valen diez monedas. Tócala, la mejor seda, no como la que se hace en Beirut, cuya calidad ha decaído tanto. Seda suave al tacto, traída desde la Italia.

—¡Pero me estás vendiendo ropa usada como si fuera nueva!

—Acabo de estrenarla hace apenas unos minutos —reclamó Musa—, no la puedes considerar usada en tan poco tiempo.

—¡Si al menos no sudaras como un condenado! Mira las manchas debajo de tus brazos, ¿con qué voy a limpiarlas? ¿Quién querrá comprarla así?

—¡No hay ninguna mancha, embustero!

Musa posó la mirada en otro posible cliente. En el puesto contiguo al de su amigo esperaba con paciencia Raful Bazbaz, quien de un solo vistazo a la vestimenta ya había calculado la ventaja de la compra y la ganancia justa.

—Señor Rahmane —dijo con voz pausada—, acérquese, déjeme mirar, *bidi ashuf*... podría darle diez monedas por todo el atuendo, incluyendo los zapatos, por supuesto.

Al escuchar la oferta, Tofik, como buen vendedor, reaccionó cual resorte. Se levantó y abrazó a Musa:

—¿Cómo, le vas a vender a un desconocido? Nosotros éramos uña y carne desde que estudiábamos en el *kitab*, ¿recuerdas cuando me subía a los árboles a robar fruta? Siempre compartí contigo la mejor. Desde entonces eres un hermano para mí. Es más, estos bellos recuerdos me han ablandado el alma, te doy diez monedas, igual que Raful, pero te ofrezco vestirte, de pies a cabeza.

—¿Me estás cobrando con intereses la fruta de la niñez?

Rayek no contestó a su pregunta, seguía relatando historias de la escuela. Mientras hablaba sin parar y aturdía a Musa con su parloteo, le levantaba el camisón con el afán de adueñarse de él lo más rápidamente posible.

En cuanto notaron su premura, los demás vendedores rodearon a Tofik. Al verlo tan animado a hacer la transacción, olieron las ganancias y quisieron pujar también.

—¿Cuánto ofreció?

—*Jawaj'a* Rahmane es un buen hombre, no merece que lo engañen.

—No le des tu ropa por menos de veinte monedas, eso te pagaría yo...

—¡Mienten! Vale más, yo le daría veinticinco, si el señor busca un pago equitativo...

—¿Y qué prometen a cambio?—continuó mostrando su mercancía—, *shuf,* señor Rahmane, tengo *galabiye* de algodón egipcio… la mejor calidad. Además, debe pensar en su mujer. Mi oferta incluye un vestido gratis para ella.

—Yo añado, también, un regalito para tu hija Latife.

Las ofertas subían, así como las voces que los rodeaban.

—¡No, no! —gritó Musa desesperado, haciendo a un lado a todos los vendedores. ¡Van a volverme loco! Conozco su costumbre, muy respetable, de negociar por horas, pero necesito que me disculpen por esta vez. No tengo tiempo. Todavía debo comprar algunas cosas para el *Shabat*. ¡Quiero el último precio, no puedo hacer un trato con cada uno!

—*Ya eji* —insistió Tofik tratando de convencerlo—, yo te ofrezco lo mismo que ellos y así acabas más rápido —sonrió a Musa para luego mirar con desprecio a los demás vendedores—. Veinticinco monedas, tu ropa y los regalos para tu familia.

—Treinta —reaccionó Musa.

—*¡Yallah!* Tampoco pretendas abusar de mí. Ven, escoge lo que quieras.

—Treinta. Es mi última palabra.

—Está bien —reaccionó Rayek—, que sea tu conciencia quien cargue con mi pobreza. Voy a cumplir con el trato y aún más, te daré las treinta monedas, la ropa y los regalos. Me quedaré sin ganancia por tu culpa. Seré yo el que no tenga qué llevar a su casa hoy en la noche. Si veinticinco ya era un precio exagerado. ¿A quién voy a venderle tu ropa? Tal vez algún druso se interese, pero nunca a ese precio.

—Tofik, tampoco quiero perjudicarte —replicó—. Dame tan sólo las veinticinco monedas. Deseo que muy pronto logres hacer esa venta para que esta ropa se mantenga lo más lejos posible de mi persona.

—Así será, con tu bendición —hecho el trato, lo abrazó cariñosamente.

Musa Rahmane salió del mercado sintiéndose el hombre más rico de Damasco. Nunca en su vida había logrado juntar esa cantidad de dinero. Llevaría algo más para la cena y guardaría el resto.

Es necesario ahorrar si se desea mejorar, recordó las palabras que su padre repetía. Habrá muchos gastos cuando nazca mi hijo y más vale cuidar lo que se tiene en la mano.

—¡Musa! ¡Pero qué coincidencia! —llamó Laham, el carnicero—. Justamente iba pensando en ti y te encuentro, como caído del cielo. ¿No es curioso?

¿Quién habrá tenido tanta necesidad de ir a contarle a este hombre que por fin tengo algo de dinero? ¿Contrata espías?, pensó mientras lo encaraba, molesto.

—Jamás olvido una deuda —dijo tajante—. Sé que te debo y estoy dispuesto a pagar. En estos momentos caminaba rumbo a la carnicería, pero ya que la casualidad hizo reunirnos, te daré las tres monedas que pensaba abonar a mi cuenta.

—¡Pero si te han dado mucho más! —contestó, sin poder contenerse.

—¿De qué hablas? ¿Tú cómo sabes?

—Imagino que algo habrás recibido, ya que estás vestido con ropa nueva de pies a cabeza.

—No sé a qué te refieres —insistió Musa—. Con mucho esfuerzo logré juntar tres monedas y ésas te daré.

—Al menos podrías aportar cinco, lo que sería más correcto en honor a la justicia. Aunque, si aceptaras mi propuesta de unirme a tu hija, tu deuda milagrosamente desaparecería.

—¿Precisamente tú te atreves a hablar de justicia? ¿Acaso algún sabio te ha explicado lo que esa palabra significa? Toma las cinco monedas y doy gracias a Dios porque no te veré por un buen tiempo. Tu carne, aún guisada por las benditas manos de mi esposa, me sabría peor que la hierba amarga de *Pesaj*.

A la vez que le daba el pago, evitando tocar su palma extendida, Rahmane se cuestionaba si el trato era justo y quién merecía, en realidad, el uso de esa palabra. La justicia le pareció una idea lejana, difusa, inalcanzable.

TU MUJER SERÁ COMO VID
QUE LLEVA FRUTO A LOS LADOS DE TU CASA

Después de algunos meses, lo único que en casa de Musa Rahmane crecía era el vientre de su esposa. Feride se sentía una enorme bola de cristal a punto de estallar no obstante que, según sus cuentas, faltaban todavía tres meses para el alumbramiento. El calor terrible le había hinchado las piernas; apenas podía caminar. Sus quejas y apetito aumentaban en concordancia con su estómago. Así que, apoltronada entre cojines, royendo lo que le pusieran enfrente, lanzaba sus lamentos.

—*¡Elbi! ¡Elbi!* No puedo más —se quejaba, sosteniendo la barriga gigantesca—. El dolor se pasea por mi cuerpo: desde el vientre hasta la garganta baja y sube de nuevo para depositarse, por horas, en mi cabeza. ¿Qué va a ser de mí si ya no puedo moverme? Tal vez así quede, inmóvil el resto de mi vida, aunque nazca este niño que me está acabando por dentro.

Latife escuchaba las quejas en silencio. Se habían convertido en el único acompañamiento de su rutina; debía soportarlas constantemente a la vez que intentaba no oírlas, ya que no se le permitía contestar.

—*Ana mana jasne,* Latife, no me siento bien. El cuarto da vueltas... ¿estamos todavía en la tierra, o acaso flotamos en medio de las nubes?

La niña se ocupaba de todo. De lo que ya realizaba, desde que tuvo uso de razón, aunado a lo que la madre iba asignando sin piedad. A distancia, entre bocado y bocado, daba órdenes:

—Lavas el apio, lo limpias bien, le quitas todos los hilos para que no se atoren en los dientes, lo cortas en cuadros y lo fríes con cebolla y perejil. Muy picado todo.

El resultado jamás agradó a Feride, quien la reprimía duramente.

—¿Eres tonta o sorda? ¿No te dije que lo cortaras más delgado? ¿Tantas horas para esto? ¿Qué clase de haragana eres?

Latife se afanaba en mejorar con el propósito de evadir la reprimenda cotidiana. Traía agua, fregaba el piso de la entrada, sacudía con una paleta de madera la alfombra, lavaba la ropa, limpiaba la bacinilla, hacía el café para su padre, bañaba y vestía a la madre, preparaba la comida...

—¿Qué haces en la cocina? ¿Nunca terminas? Has de pasarte toda la mañana criticándome con las otras mujeres —rumiaba Feride.

Lo peor ocurría cuando probaba sus platillos. Imposible igualar su sazón. ¿Cómo pretendía que aprendiera mientras ella se mantenía echada? Se daba cuenta de que no es lo mismo escuchar que ver. Su mamá, en esos momentos de necesidad, le exigía perfección cuando jamás se había preocupado por enseñarle.

—¿Qué, le pusiste todos los limones del *hara*? ¡Tan agrio no puede comerse! ¿Qué va a decir tu papá? ¡Y yo aquí, sin poder moverme!

Mientras más se quejaba la madre, más al borde de sus fuerzas se sentía la hija. Parecía una autómata, moviéndose al ritmo de los gritos maternos. Rogaba con todo su corazón que finalmente naciera ese bebé; sin conocerlo, ya se cobraba su presencia complicándole la vida, convirtiendo sus horas en montañas de obligaciones.

MÁS LARGA QUE LA TIERRA ES SU MEDIDA Y MÁS ANCHA QUE EL MAR

Esa tarde los tres miembros de la familia intentaban liberarse del calor, sentados a la entrada de la casa, protegidos por la sombra del naranjo. Latife finalmente había logrado encontrar un momento de descanso, mientras Musa relataba la *perashá,* el fragmento de la

Torá a estudiar esa semana. Él se dirigía a su esposa al tiempo que masajeaba su espalda. La pequeña, un poco alejada, escuchaba en silencio una historia que le parecía inverosímil: de trece hijos, Jacob había tenido sólo una niña. ¡Qué gran suerte la del tal Jacob, quienquiera que fuera!, pensaba.

Daud y Raful, sus hermanos mayores, irrumpieron enfurecidos en medio del relato. Vociferaban toda clase de insultos tan cerca de la cara de Musa que él podía oler su aliento y sentir su respiración. Sin embargo, se mantuvo inmóvil, con actitud digna, en silencio: intentaba entender de dónde provenía toda esa furia que le caía encima de improviso, como una tormenta, hasta que se atrevió a preguntar.

—¿Qué ha pasado? ¿De qué hablan? ¿Mamá se encuentra bien?

Los clamores de los dos hermanos se hicieron aún más elocuentes e incomprensibles. Ante la avalancha de ofensas, Feride y Latife huyeron a la casa y cerraron la puerta. Su obligación era mantenerse alejadas de los pleitos entre hermanos (aunque se dispusieron, atentas, a escuchar cada palabra que se colaba al interior).

—¡Ésta es la consecuencia de tus maldiciones! —protestó Daud—. Declaraste que cada uno tendría su merecido. ¿Y cómo te cobras mi generosidad? ¡Con la vida de mi primogénito! Cada uno recibirá lo que merece, ni más ni menos: ésas fueron tus palabras, ¡tus malditas palabras atrajeron la desgracia a mi casa!

—Estaba molesto —se defendió Musa—. No recuerdo lo que dije… ¿Qué le pasó a mi sobrino?, ¿hablas de Abdo?

—¿Y yo? —lo increpó Raful—. ¿Me puedes explicar de qué me culpas? Ni siquiera estuve presente. ¿También tenías que desaparecer a mi hijo? ¡Eres el demonio! ¡Que la desgracia caiga sobre ti, no sobre nosotros!

Musa tuvo que soportar una buena dosis de injurias hasta que comprendió lo sucedido. Ese domingo sus dos sobrinos, los primogénitos, acompañados de varios jóvenes de su edad, habían realizado su paseo habitual al puerto de Beirut pero ya no volvieron a Damasco. Los padres esperaron durante toda la tarde y permanecieron en vela hasta el amanecer, pero ellos no regresaron.

Al despuntar el día, consternados, fueron en busca de sus hijos. Indagaron a todo el que, curioso, se aproximaba. Se enteraron por los trabajadores del puerto de que los jóvenes se habían embarcado: sin despedirse, sin mandar, al menos, un aviso a sus padres. Decidieron, en un alarde de autonomía o de ignorancia, subirse a un enorme carguero con rumbo a Buenos Aires. Era la primera vez que ese barco arribaba a Beirut. Los marineros lo describían como un buque enorme, gris, imponente. Un carguero británico. Jamás habían visto algo así. Daud y Raful, igual que otros padres, comprendieron: la inmensa ballena de Jonás se había tragado a sus hijos.

—¿Qué vamos a hacer? —se lamentaba Raful, golpeando su cabeza con los puños.

—¿Buenos Aires? —nunca había escuchado Musa ese nombre—. ¿*Wen*?

Los hermanos habían experimentado el mismo desconcierto, por lo que optaron por preguntarle a monsieur André, uno de los maestros de L'Alliance Israélite, la escuela francesa donde mandaban a sus hijos.

—Y… ¿qué les dijo el profesor?

Con toda seriedad, Raful extendió frente al rostro de su hermano un rollo, donde se apreciaba el mapa del continente americano.

—¿Ves hasta abajo? —señaló Daud repetidas veces—. Allá, en el fin del mundo, donde se acaba la tierra, está Buenos Aires.

—¡El fin del mundo! —gritó Raful—. ¿Entiendes?

—Y de ahí, ¿sabes qué sigue? —se lamentó Daud jalándose el cabello—. ¡El infierno! ¡Mandaste a nuestros hijos al infierno!

Musa no sabía qué pensar. Veía el mapa, procuraba entender cómo era posible que ese pedazo de tela representara la tierra y la imaginación no le alcanzaba para reducir la inmensidad del mundo a esa mínima porción.

—¿Están seguros de lo que dicen? ¿Eso es Buenos Aires?

—¡Sí, en *Amérca*! —exclamó Daud—. Ahora dime, hermano, ¿cómo vas a traerlos de regreso? ¡Devuélvenos a nuestros hijos! ¡Usa la magia de tus palabras! ¡Revierte tus conjuros!… Mientras no lo hagas, no te atrevas a hablarnos, no te atrevas a mirarnos.

—¡No queremos saber nada de ti! ¡Mantente alejado de nosotros para que no atraigas más desgracia a nuestra familia!

—Eres el diablo en persona. *¡Tfú alek!*

Los dos hermanos escupieron en el suelo, se dieron la vuelta y caminaron con paso firme mientras Musa trataba de alcanzarlos.

—¿Cómo saben que fui yo? ¿Y por qué habría de atraer la desgracia a mi propia gente? ¡Ustedes son mi familia! ¿Por qué les desearía algún mal? ¡Ustedes son mis hermanos! ¡Nunca les he deseado un infortunio! ¿Cómo saben que fui yo?

Persiguió a los dos hombres repitiendo incansable las mismas frases como si de su boca brotaran plegarias en vez de simples palabras que, al repetirse, perdían su fuerza hasta terminar en un susurro. Su voz potente acabó por quebrarse y desaparecer.

Adentro, en la casa, Feride y Latife se abrazaban tratando de protegerse, pero no pudieron evitar las consecuencias del odio que caía también sobre ellas. La madre tenía nuevas razones, ahora más serias, para lamentarse.

—¡Ay, Latife! ¿Qué vamos a hacer? ¿De qué vamos a vivir sin la ayuda de tus tíos? Tendrá tu padre que pasar vergüenzas y, siendo de familia rica, deberá mendigar el favor de extraños. A ver si hay alguien que le crea y se apiade de nosotras.

Latife lloraba al tiempo que Feride la abrazaba. Sin embargo, la hija, a pesar de sus lágrimas, disfrutaba de esa muestra de cariño. Por primera vez en mucho tiempo se sintió unida a su madre.

Musa, en su impotencia, quiso tener su propia versión de los hechos y se dirigió a L'Alliance. Pensó que si preguntaba directamente al profesor obtendría respuestas más concretas. No pudo verlo enseguida porque varios padres lo rodeaban. Después de haber asimilado, según ellos, el contenido del mapa, surgía una pregunta.

—¿Cómo es posible que, según sus explicaciones, el fin del mundo esté cubierto de hielo? —preguntó Mujaled, el encuadernador.

—Así ha sido siempre —mostró un globo terráqueo—. El mundo es como una enorme bola de cristal… y la bóveda de arriba y esta parte curva de abajo están totalmente cubiertas de hielo.

—¿Y qué tan grande es? —preguntó Saal, el dueño de la panadería.

—Imaginen Damasco, repetido mil veces, todos los días de su vida.

¿Será realmente hielo? ¡El fin del mundo! ¿Y después de eso no hay nada? ¿Cómo pueden saberlo? No hay que creerlo, es contra la Torá.

Los hombres discutieron largamente. Tal vez los grandes sabios se habían confundido y el infierno no era de fuego como estaba escrito. Consistía en un universo helado donde las almas de los muertos no ardían, más bien se quemaban con el frío intenso. Sufrían las consecuencias de un invierno interminable.

—Pero ¿qué dicen? —reclamó Yusuf Lisbona, presidente de la comunidad y uno de los hombres más respetados—. Yo recibo frecuentemente correspondencia de Buenos Aires. Tengo un tío que vive allá desde hace años. Puedo mostrarles los sobres para que lo comprueben. Y si todavía dudan, el maestro André les confirmará el origen. Buenos Aires, Argentina.

—Entonces, si ahí no es el infierno, ¿dónde está? —preguntó Tofik Rayek.

—No duden de que existe —contestó Lisbona—, pero se halla mucho más lejos de la tierra, más lejos de lo que nosotros somos capaces de imaginar. Está en el Universo sagrado del Creador, ése, tan lejano, que los hombres no podrán comprender jamás.

Al ver a Musa entre la multitud, aprovechó para preguntarle:

—Tú, ¿qué opinas? Recuerdo que te sentabas a escuchar las explicaciones del *jaham* Maslatón, *Allah irjamo...* algo tendrás que decirnos.

Todos se volvieron para dirigir su mirada hacia Musa Rahmane, de pronto considerado un sabio. Él titubeó, pero acabó por contestar.

—El infierno está en la conciencia de cada uno —contestó—. Son tus acciones las que te convierten en tu propio verdugo, las que terminan por arder en tu interior.

Bajó la cabeza. Se sentía culpable, a pesar de haber hablado sin mala intención. No imaginaba la fuerza de las palabras y hasta dónde, al pronunciarlas inocentemente, serían capaces de llegar.

TUS OJOS SON PALOMAS
DETRÁS DEL VELO

El transcurso de los días prosiguió lento, habitual. El anterior casi igual al siguiente, aunque mudando con lentitud apenas perceptible del día a la noche, del calor al frío.

Unas semanas antes de la fiesta de *Rosh Hashaná,* Musa percibió un cambio mínimo: la única variación en la rutina se había depositado en la mirada de Feride. Tal como sucedió diez años antes, una sombra profunda hacía sus ojos aún más negros, a la vez que una insólita claridad los rodeaba. Aunque días después también notó en ella un comportamiento distinto: en vez de quejas agolpadas como olas que se rompen indefinidamente hasta convertirse en un ruido monótono, la invadió una tristeza nostálgica, silenciosa.

Feride había adquirido la sabiduría que el Todopoderoso, en un instante de gracia, deposita en cada mujer al compartir con ella el milagro de la Creación. Musa adivinó que su hijo no tardaría en abrir las puertas del vientre materno y llegar al mundo. Sin embargo, no había logrado juntar lo necesario para recibirlo como hubiera querido, ni siquiera para prodigar los cuidados indispensables a su esposa.

La vida en el *Sham* se tornaba cada vez más difícil. Desde la apertura del Canal de Suez, las caravanas de comerciantes que arribaban de África o Europa fueron escaseando hasta casi desaparecer, pero ahora la situación empeoraba. La guerra de los Balcanes, que hacía ya un año azotaba al Imperio otomano, había relegado la provincia de Siria prácticamente al olvido, lo que afectaba a la mayoría de los habitantes y en especial a los judíos, los más despreciables de la ciudad.

Musa se sentía, además de preocupado, resentido. Resentido con sus hermanos, quienes seguían ignorándolo, tratándolo igual que al perro callejero que se patea al pasar. Resentido con sus cuñados, los hermanos de Feride, de quienes obtuvo como respuesta una cortés negativa y un consejo: "Si tus hermanos gozan de una excelente posición, ¿por qué no vas a pedirles? A ellos les corresponde ayudarte". Resentido con los Maguib, los musulmanes que le rentaban la entrada de su tienda y quienes justo ahora habían decidido aumentar la cuota. Resentido con su madre porque acató la decisión de sus hijos mayores sin cuestionarla siquiera, sin pensar con un mínimo de compasión en el menor de sus vástagos, quien tal vez, para ella, había dejado de serlo. Resentido con Feride, ya que después de tantos años de espera le daba un hijo en el preludio de su vejez, cuando su vigor se diluía escapando entre sus dedos. Resentido con Latife, con quien siempre lo había estado, por el simple hecho de existir. Resentido con el Creador que lo enfrentaba a una situación sin salida.

Evocó por unos segundos las palabras de Job: "¿Para qué dar a luz a un desdichado y vida a los que sufren amargura, a los que aman la muerte que no llega?" Asustado de sus propios pensamientos, trató de espantarlos oprimiendo su cabeza con desesperación y cuestionó, avergonzado de sí mismo: ¿Tú, resentido con el Señor? Reaccionó de inmediato y se condenó: ¿Con qué derecho te comparas con Job, aunque sea en una mínima parte? ¿Quién eres tú frente a este hombre que sufrió males indecibles? ¿Dónde queda tu sentido de justicia, si es que todavía lo tienes? ¿Era él, Musa Rahmane, algo más que un simple mortal acatando los Designios Divinos? El Misericordioso conocía Sus razones, las que se propuso obedecer sin cuestionar. Sin embargo, con toda la humildad de la que fue capaz, se dirigió al Amo del Universo y rogó que le diera una respuesta a su apuro constante. ¿Qué hago, Dios mío?

Empieza por el principio, se dijo. Esa tarde, al regreso de la sinagoga, hablaría con Bulín Salame. ¿Quién mejor que ella para recibir a su vástago luego de haber sido madre ocho veces y de haber ayudado a todas las mujeres del vecindario durante el alumbramiento?

El corazón conoce
la amargura de su alma

Después de escuchar a Musa en silencio, fumando sin empacho el *narguile,* la pipa de agua que había pertenecido a su esposo, Bulín Salame le contestó con burla:

—Soy incapaz de dejar a una mujer desamparada y mucho menos a mi vecina, la grandiosa Feride Mugrabi —lo miró con desprecio—. ¿No te parece una burla del destino? Ustedes, los dos, provienen de familias acaudaladas y, sin embargo, tú has caído tan bajo que mendigas los servicios de una viuda pobre, con ocho hijos que alimentar.

—Puedes creerme —respondió Rahmane en un tono apenas audible—, si no estuviera desesperado jamás te haría una petición así. Estarás por siempre en mis oraciones, verás cómo el Altísimo recompensará tu bondad con creces.

—Será en otra vida —rió Bulín, sacando humo por la boca—. En ésta sólo se ha dedicado a fastidiarme.

—No hables así. No envenenes tu corazón con palabras indignas —la reconvino Musa.

—Por favor, deja tus sermones para otros más necesitados de ellos. Y ahora, ve a tu casa tranquilo. Feride recibirá de mi parte la ayuda que necesite para que nazca la otra niña que carga en su vientre.

—¿Una hembra, dices? No es posible, ¿cómo lo sabes?

—Las mujeres entendemos muchas cosas aunque no sepamos leer ni perdamos el tiempo discutiendo acerca de cada palabra escrita en los libros sagrados. No puedo explicarte de dónde proviene mi conocimiento, pero sé que tendrás una mujer. Se llamará Badía, igual que la madre de Feride, igual que mi propia madre. Por eso la cuidaré, la recibiré entre mis manos como a una hija.

Musa no contestó. Después de dar las gracias a la mujer de negro, salió cabizbajo. Ella se acercó a la puerta y con agilidad le dio alcance.

—Además, necesitaré de Latife para que me ayude. En cuestión de un año o dos, tu hija se convertirá en una mujer. Ya está en edad de aprender ciertas cosas.

CON DOLOR PARIRÁS LOS HIJOS

¡Allah hu akbar! ¡Allah hu akbar!

El balido de las ovejas, aunado al tintineo saltarín de las cabras, las voces de los vendedores, los sonidos de las mujeres inmersas en sus ocupaciones, la algarabía de los niños y el llamado del muecín desde el minarete de la mezquita, se confundió, como en una sinfonía estridente, con los gemidos de Feride. En cada exhortación ella sentía su vientre contraerse con mayor ímpetu, mientras los calambres, penetrantes como agujas, viajaban hasta la parte baja de su espalda haciéndola arquear todo el cuerpo en medio de temblores y convulsiones.

Intentaba silenciar sus gritos mordisqueando un trapo con el que acabó por tapar toda su boca. Sus manos se crisparon rasgando la tela y un gesto de dolor indescriptible desfiguró sus facciones.

¡Allah hu akbar, Allah hu akbar!

Lo sabía. Había llegado el momento: el de la angustia y la violencia; el del dolor y el miedo a lo desconocido. El tiempo incierto de la vida de su hijo y el de la suya propia.

Al principio se quejaba sin hacer mucho ruido. Gemía y jadeaba acompasadamente. Sin embargo, el dolor fue en aumento: gotas de sudor perlaron su sien y, echa un ovillo, se revolcó sintiendo cómo su propio cuerpo se apartaba de sí misma para retarla, ponerse en su contra y ejercer un dominio tal que la dejaba indefensa, permitiendo la entrada al sufrimiento absoluto.

Allah hu akbar, Allah hu akbar...

Murmuró también ella. Ofreció su destino al Invisible, a aquel que le parecía misterioso, pero a la vez el Único con el poder de dar la vida. Respiró hondo y gimió repetidamente hasta que lanzó un grito desgarrador y otro y otro más que traspasó los muros de las casas y cimbró a las mujeres del *hara*. Ellas, atentas, volvían a vivir en silencio las terribles sensaciones del parto desde su propia historia, la misma historia.

Las vecinas, sin necesidad de palabras, entendieron su cometido: una puso agua a hervir, otra preparó sábanas limpias, una más consiguió tela para cubrir al niño. Estaban acostumbradas a reflejarse en la mirada de las otras, de ahí la solidaridad.

—*Allah isaadna, Allah ijeliha* —repetían—, que Dios se apiade de ella y le conceda la bendición de un parto fácil.

A medida que aumentó la intensidad de los clamores, todas urgieron a Latife a correr hasta la fábrica de latón. Debía avisar a Bulín Salame para que estuviera al lado de la parturienta, de manera que con sus conocimientos y, por supuesto, con la ayuda de Dios, el bebé pudiera transitar, sin inconveniente alguno, de la oscuridad a la luz.

—¿Estás segura? —respondió Bulín al apuro de Latife—. ¿No exageras? —repetía, mientras guardaba en un cajón las cuñas con las que hacía su trabajo. Ante la insistencia de la niña, reaccionó—. Ve con tu abuela Latife y pídele un té muy concentrado de hojas de higo, comino y canela.

La niña suspiró. Lo último que deseaba en ese momento era acercarse a casa de los Rahmane, donde constantemente la despreciaban los primos, pero no tuvo alternativa. La manera de hablar de *sitt* Salame, dando órdenes contundentes, la obligaron a obedecer sin chistar. Recordó los gritos de su madre y salió corriendo. Le dolía verla sufrir, como si la tortura viajara hasta su propio vientre, el que sobaba nerviosa, sin entender por qué.

Bulín tomó el saco donde guardaba lo necesario para estas ocasiones y salió del taller sin necesidad de avisar a nadie. Todos adivinaban a dónde se dirigía y pregonaban, desde sus mesas de trabajo, buenos deseos para la madre. Sonrió sin escuchar. Su forma de poner al tanto a la familia había sido ingeniosa. Latife Rahmane sabría de su nuera sin que ella cargara con la responsabilidad de haber mencionado el asunto.

Entró en la casa de su vecina y cerró la puerta tras ella, dejando en suspenso a las curiosas que se habían reunido provocándole una sensación de acoso. Esperó unos minutos, logró tranquilizarse y se acercó a Feride. Mantuvo un tono amable, demasiado amable para su costumbre.

—*Ya benti*, estarás bien. Dios te concederá la alegría de sostener a tu hijo entre tus pechos —le puso en la mano una piedra de alumbre para que la protegiera y así evitar el mal de ojo.

Después de ayudar a la mujer a desvestirse cerró los ojos y deslizó con suavidad sus manos sobre el vientre enorme hasta que logró configurar las formas del bebé en su mente. Dio con lo que buscaba: la protuberancia redonda, la cabeza. Se extrañó de que, a pesar de los terribles dolores de la parturienta, el niño estuviera tan arriba, así que decidió esperar. Puede voltearse en cualquier momento, se dijo, más con deseo que con certeza. Por desgracia, después de unas horas la verdad se impuso: sus cálculos no eran benévolos. El alumbramiento no sería tan rápido como ella hubiera deseado. Dedujo que debían esperar todo ese día, toda la noche, y tal vez parte del día siguiente. Estaban apenas en el principio y, sin embargo, el sufrimiento de Feride aumentaba sin descanso.

—¿Dónde está su hija? —se asomó, gritando—. Me urge que traiga lo que pedí.

Jasibe, la hermana de Musa, se acercó sosteniendo la infusión todavía caliente.

—Aquí estamos, Latife y yo. Pero déjame que sea yo quien te asista —suplicó—, permíteme decirle que mi madre la bendice desde el fondo de su corazón.

—No —contestó la partera en nombre de Feride—. No acepto que nada ni nadie la altere. Yo misma le transmitiré las palabras de tu madre —le arrebató el té—. ¿Y Latife? —sonrió complacida en cuanto la descubrió entre la multitud—. Ella se encargará de ayudarme. Por cierto —se regocijó aún más—, ¿dónde está el inútil de tu hermano? Tráelo, necesito hablar con él.

La mujer regresó al cuarto y la niña la siguió como una sombra.

—Dame jabón y agua limpia.

La pequeña trajo la palangana, la enjuagó, se lavó las manos, la llenó de nuevo y la ofreció a la partera. Procuró concentrarse en todo momento para seguir sus órdenes con eficiencia. Se volvió a ver a su madre que yacía desnuda sobre una sábana. Tuvo el impulso de cubrirla y lo hizo, sin preguntar. Los gritos de Feride sólo se apagaban en intervalos muy cortos y la partera intentó aliviar su sufrimiento por todos los medios.

—Ayúdame. Tú de un lado y yo del otro.

Entre las dos la ayudaron a incorporarse. Bulín friccionó con alcohol su espalda haciendo presión en la cintura, lo que produjo cierto alivio en la madre. La hizo recostarse sobre almohadones para que estuviera más cómoda y, levantando la sábana que la cubría, abrió con respeto sus piernas. Palpó el cuello de la matriz. La piel se mantenía dura y el orificio por donde tendría que pasar la cabeza del bebé permanecía cerrado. Latife, inmóvil, jamás se imaginó que una mujer tocaría, de esa manera, las partes íntimas de su madre o de ninguna otra mujer.

—Feride —le susurró Bulín al oído—, sé que estás sufriendo, pero tienes que poner de tu parte. Nadie puede hacer nada en estos momentos, sólo tú.

Obediente, bebió la infusión. Y contra lo esperado por la niña, dejó de quejarse y descansó por varios minutos. Sin embargo, los espasmos volvieron con más fuerza y mayor intensidad. *Sitt* Salame revisó de nuevo: ningún cambio. El bebé seguía aferrado en lo alto de su vientre, cercano al latido del corazón materno.

—Latife, ve a mi casa. Junto al *narguile* vas a encontrar un aceite de color ámbar. Tráelo sin derramar una gota; es tan valioso como el oro. ¡Corre!

La pequeña salió disparada sin hacer caso de las mujeres que la asediaban con preguntas. ¿Cómo está tu mamá? ¿Ya nació la criatura? ¿Necesitan algo? ¿Por qué no nos dicen qué pasa? ¿Se tranquilizó un poco?

Mi suspiro no te es oculto

Musa Rahmane no se enteró del drama que se desarrollaba en su casa a pesar de que gran parte del día lo embargó una indefinible inquietud. En la sinagoga, después de las oraciones de la mañana, *jawaj'a* Lisbona se dirigió a él con su habitual parquedad y lo invitó a que lo acompañara a compartir su mesa. Una cortesía que más bien parecía una orden. ¿Y quién de todos los hombres del *Hara el yehud* sería capaz de contradecir los deseos de Yusuf Lisbona?

—Acompáñame, tengo algo para ti —le dijo, tomándolo del brazo.

Él asintió, y una mueca que intentó aparentar una leve sonrisa asomó de entre su barba.

Caminaron hasta el hermoso jardín de *Hosh el Basha,* el que tanto amaba Musa, y ambos respiraron profundamente, como si quisieran conservar dentro de su pecho el aroma de las últimas flores del naranjo que aún se mantenían prendidas de las ramas. Cruzaron la sencilla puerta para vislumbrar el otro universo, el de la mansión Lisbona, lleno de lujo y elegancia. El patio interior, a la entrada de la casa, acompañado del invariable murmullo de la fuente, le recordó con tristeza el recibidor del *hammam* donde había conversado con su hermano Daud por última vez.

A medida que reflexionaba acerca de su situación se daba cuenta de que le incomodaba ir a lugares repletos de toda clase de lujos, como si su niñez no se hubiera adornado con ellos. Sentía que no encajaba, su posición precaria estaba lejos de ese ambiente y, después de lo ocurrido, ya no le interesaba pertenecer a ese entorno del que se había desprendido definitivamente. Le complacían sus rituales sencillos, pensaba que le daban la oportunidad de tener menos y ser más. Gozaba del tiempo suficiente para sumergirse en el mundo espiritual y mientras más aprendía, más comprendía la esencia de la vida.

Lisbona señaló los cojines acomodados en la banca para que se sentara y él lo hizo a su lado. Aparecieron dos sirvientes, quienes con esmero fueron llenando la alfombra de toda clase de frutas, bebidas y dulces. Al final, en una hermosa charola de plata grabada bellamente, uno de ellos les ofreció dos copas pequeñas que, con sumo cuidado, llenó de *arak*. Musa bebió el primer sorbo. El anís seco y su aroma dulzón lograron remontarlo a la mesa de su padre, cuando con prepotencia atendía a los cientos de visitantes que venían a buscar su favor. Recordó cómo aun siendo un niño su presencia le imponía. ¿Por qué habrá muerto tan joven?, se preguntaba melancólico.

—Como tú bien sabes —comenzó Yusuf Lisbona, mordisqueando un albaricoque—, Marie, mi primera mujer, no pudo darme hijos y, a pesar del gran cariño que le tengo, me casé con Hannán, quien, gracias al Eterno, me ha dado dos varones sanos y hermosos. Ellos, llegado el momento, heredarán mi fortuna; sin embargo, todavía son demasiado jóvenes para tomar las riendas y la responsabilidad de mi posición acaudalada: una carga enorme pesa sobre mis hombros desde hace ya demasiado tiempo. Sin embargo, no tengo hermanos con quiénes compartirla. Tuve la suerte de ayudar a mi padre a casar a mis hermanas con hombres de bien, y aunque sus esposos podrían participar conmigo, prefiero mantener a la familia unida en casa y no hacer negocios con ellos. Es de sabios no mezclar el dinero con el afecto. Como está escrito en la Torá, los bienes materiales del hombre son su fortaleza. Un muro que protege, pero a la vez separa. Tú mejor que nadie me entiendes. Eres un hombre docto, Musa.

Escuchaba la historia de *jawaj'a* Lisbona sin responder, ya que el magnate lo obligaba a comer de su mano un pastelillo tras otro y llevaba buen rato con la boca llena de exquisiteces.

—*Dú* —le decía—. Prueba qué delicia. Los hacen especialmente para mí en la fábrica de dulces que tengo en Alepo.

De nuevo asomó su niñez a través del paladar: dulce y llena de sabor. Su mente comparó las dos historias, la suya y la de Lisbona. Parecidas y a la vez distintas. La enorme diferencia radicaba en la posición económica de la que el hombre de negocios gozaba por ser hijo único. Y en mi caso, pensó divertido, nadie quiso venderme su progenitura por un plato de lentejas. Pero si está tan enamorado de su primera mujer como asegura, siguió divagando Rahmane, no debió tomar a una más joven por esposa. El sabor de las golosinas circulaba grato por su boca mientras se sentía orgulloso de su lealtad hacia Feride, que había guardado celosamente a pesar de haberlo perdido todo.

—Ahora que el Creador te concede un hijo —prosiguió Lisbona—, yo quisiera obsequiarte, aun antes de saber si es hembra o varón, porque eso ya no es de importancia para mí. Los hombres debemos aprender que también las hijas merecen un lugar en el mundo. Marie, mi esposa, fue traída de Francia especialmente para nuestro matrimonio. Su plática es amable, sus habilidades infinitas, sus conocimientos me dejan sorprendido todavía ahora, después de convivir con ella por tantos años. Siendo mujer es más inteligente y sagaz que muchos hombres que conozco. Y debo confesar algo que nunca he revelado a nadie: gracias a ella y a sus buenos consejos, mi fortuna ha crecido considerablemente.

Musa se preguntaba a dónde pensaba llegar *jawaj'a* Lisbona después de desplegar tan extenso monólogo.

—*Eshet jail*, una mujer virtuosa —comentó Musa, dispuesto a seguir escuchando, aunque sus manos temblaran casi imperceptiblemente y su preocupación por Feride no lo dejara tranquilo ni por un segundo.

—Debes saber —continuó Lisbona sin inmutarse— que he distribuido mi fortuna en varios negocios y, con la ayuda del Todopoderoso, todos se han multiplicado. Estoy en posición de regresar al Creador lo que es suyo. Puedo contar por cientos a los jefes de familia que he asistido. La gente viene con lágrimas en los ojos a rogar mi favor y yo no soporto su sufrimiento, la pena me traspasa el alma como un cuchillo ardiente, así que acabo por darles lo que me piden. Pero tú no. Nunca te has acercado a pedir aunque sabes de mi aprecio por ti y estás seguro de que jamás me negaría a ayudarte. No, Musa, no eres un hombre débil que se deje llevar por la desesperación al grado de mendigar; no obstante que tu situación sea más estrecha que la calle donde vives. Tu pobreza, desde mi punto de vista, no debería existir. Perteneces a los Rahmane tanto como tus hermanos: tan hijo de tu padre como los otros tres. Sin embargo, a pesar de esa carestía que te agobia constantemente, jamás te has rebajado. Has permanecido digno, mostrando una honradez intacta, por eso he decidido proponerte...

Musa no pudo seguir escuchando. Un suspiro hondo salido de las profundidades de la tierra se apropió de su razón. Era como si el invariable canto de la fuente hubiera dado paso a un silencio detenido en el tiempo y sólo él fuera capaz de percibir ese lamento venido de tan lejos para alojarse en su interior y no abandonarlo jamás.

—Sin ninguna intención de ofenderlo, *jawaj'a* Lisbona, debo marcharme —dijo, apresurándose a salir.

—Pero ¿cómo? —respondió el magnate—. ¿No estás interesado en averiguar lo que he preparado para ti?

—Agradezco mucho su hospitalidad. Lo siento, estoy muy apenado, pero no puedo quedarme. Prometo que vendré en otra ocasión. Ahora mi esposa me necesita.

—¿De qué hablas? —contestó Yusuf—. No puedes adivinar si ya está dando a luz, pero si así fuera, ¿eres acaso la partera del pueblo? Permite que las mujeres hagan su labor y recuerda: aquel en cuya mano no está brindar ayuda, que no estorbe... Al menos espera a que sirvan el café para que te despidas decentemente, como es la costumbre.

Musa salió de la gran mansión del hombre más poderoso de entre los judíos de Damasco (a quien dejó con la palabra en la boca) para dirigirse, apresuradamente, a la búsqueda del suspiro que lo agobiaba.

Retuércete y gime, hija de Sión

A medida que se aproximaba a su casa, los rumores se hacían más patentes. ¡Feride está por dar a luz, y yo escuchando historias!, se reprochó. Apretó el paso hasta el límite de sus fuerzas. Con cada pisada, el camino parecía alargarse al infinito. En cuanto llegó, viendo su desesperación, una valla de mujeres se hizo a un lado y procuró mantenerse en silencio aunque las murmuraciones continuaron. Musa se detuvo unos segundos para no irrumpir en ese momento tan íntimo. Llamó. Esperó impaciente, pero al no haber respuesta abrió, incapaz de contenerse por más tiempo. Bulín Salame se mantenía tan absorta en su labor que no percibió el ruido de la puerta. La mujer volvía a palpar el vientre de Feride. Varias veces intentó "bajar" al bebé apoyando su codo en la parte superior del abdomen para presionar con toda su fuerza, pero era inútil, sólo lograba lastimarla. En cuanto vio a Musa se sobresaltó:

—¿Qué haces aquí? ¿No puedes esperar noticias afuera, como cualquier hombre normal?

Haciendo caso omiso de los reproches, Musa se acercó a Feride, quien respiraba a intervalos, unas veces agitada, otras intentando relajarse. El esfuerzo, aunado a la droga que pródigamente le dio a beber la partera, la había aletargado. Sus facciones suavizadas la hicieron verse más hermosa a los ojos del marido. Él le susurró suaves palabras que se perdieron en el fondo de su inconsciencia. No sabría nunca si llegó a escucharlas. Posó sus dos manos en el pecho de ella y sintió un temor desconocido. Se figuró que yacía muerta.

—¡Feride! —gritó.

Ella, a pesar del sopor, abrió los ojos y sonrió. Sin embargo, esa sonrisa apenas dibujada no logró borrar la angustia que inquietó al esposo de nuevo. Obligó a *sitt* Salame a levantarse y, con brusquedad, la arrinconó en el cuarto.

—¿Qué sucede? —la increpó.

La mujer procuró defenderse.

—Tu hija se niega a nacer. El tiempo corre y la situación se complica aún más. Ante este parto, mi experiencia ya no sirve para nada.

Musa bajó la cabeza. Se sintió vencido.

—Te prometo —prosiguió— que haré todo lo posible por salvarlas, pero más vale que reces, y mucho. No está en mis manos, es la voluntad de Dios.

—Te advierto —señaló Rahmane—: si tienes que elegir, ¡sálvala a ella!

—¡No me amenaces! ¡Son los designios del Creador! ¡Sal de una vez, déjame hacer mi trabajo! —Bulín Salame empujó a Musa al exterior—. Reza. Reza con toda tu alma. Es lo único que sabes hacer y lo único que puede salvarla.

La partera se volvió para seguir asistiendo a Feride y se topó con Latife, quien acariciaba a su madre mientras las lágrimas bañaban su rostro. Pensó que para la pequeña había sido suficiente. Podía vislumbrar que proseguía un capítulo doloroso y terrible. Es una niña, se dijo. ¿Qué necesidad de enfrentarla a un momento como éste? Le pidió a Latife que fuera en busca de Jasibe, la cuñada, y que tratara de consolar a su padre.

Bulín Salame decidió realizar un último intento. Golpeó varias veces en la parte baja, a la entrada del útero, intentando provocar la dilatación. Feride despertó y, con ella, las contracciones que cada vez se hacían más dolorosas. Sus gritos crecieron a la medida del sufrimiento, en forma rítmica, sin espacios entre uno y otro.

Después de algunas horas, la mujer aprovechó la abertura del útero y metió la mano buscando la cabeza. Jaló con fuerza pero adentro del vientre, flotando en un mar de fluidos, todo era resbaloso; imposible hacerlo sólo con la mano. Pensó en un artefacto, algo que le ayudara a inmovilizar la cabeza mientras jalaba. Jasibe, alejada en un rincón, contemplaba sin querer ver, sabía por lo que estaba pasando su cuñada.

—Feride, todo va a salir bien, no te preocupes —dijo, repitiendo la frase, pero sin acercarse.

—¡Una cuchara! —gritó *sitt* Salame—. ¡Dame la cuchara más grande que encuentres!

Jasibe, como hipnotizada, siguió la orden. Buscó entre los pocos utensilios de cocina y encontró la de madera que Feride utilizaba para remover los guisados. Bulín Salame la introdujo hasta sostener la cabeza de un lado, mientras jalaba con fuerza con la otra mano. Después de varios intentos vio asomar, entre las membranas, el cabello fino y oscuro del bebé. ¡No podía creerlo, lo había logrado! El resto del diminuto cuerpo prosiguió su curso natural. Feride luchó para expulsar a la criatura que nació después de varias contracciones. Una niña, tal como la partera había predicho. Bulín sonrió a la madre. Limpió con ternura a la recién nacida y, con la ayuda de la cuñada, acomodó los cojines para que Feride pudiera sostener a la bebé en sus brazos y empezara a amamantarla. Esperaría a que la placenta se desechase por sí misma.

—¡Lo lograste, *ya benti!* ¡Aquí está Badía, tu hija, sana y hermosa!

Sus gritos llegaron al exterior y el murmullo general creció hasta convertirse en una oleada de felicitaciones.

Cuando cantaban juntas
las estrellas del alba

Sitt Salame y Jasibe prosiguieron con su trabajo. Limpiaron el cuerpo de Feride, pero la partera percibió algo anormal. El sangrado continuaba a pesar de que la placenta ya había sido arrojada. Juntó varios trapos y los introdujo en la vagina de la parturienta con el propósito de detener el líquido rojo que fluía sin cesar. Salió silenciosa, aunque confiada. Pensó que la hemorragia se detendría en cualquier momento.

La llegada de la noche empezó a cubrirlos. Los vecinos se ocuparon de iluminar con pequeñas lámparas simulando estrellas, dispuestas a combatir la oscuridad. Musa tomó una linterna prestada y, junto con su hija Latife, entró a saludar a su esposa. En vez de encontrarse con la Feride de todos los días, de su rostro asomó un ángel. Una palidez inusitada la hacía verse etérea, sublime. Esta visión lo paralizó por completo. En cambio Latife, inocente y feliz, se acercó a la madre quien, haciendo acopio de toda su fuerza, le sonrió mostrándole a la criatura.

—Mírala, es Badía: única, como su nombre. Hija, te pido por mi alma que nunca, pase lo que pase, la apartes de ti.

Latife la miró sin comprender.

—Promételo —rogó la madre.

La niña se volvió a ver a su padre deseando traducir el significado de esa petición. Él asintió categóricamente.

—Sí, mamá —respondió Latife—, te lo prometo.

Tomó a la recién nacida y, sin mayor cuidado, la abrazó como si fuera una muñeca. Jamás había sostenido a un pequeño ser entre sus brazos.

Feride se volvió buscando a Musa. Intentó hablar pero, en vez de palabras, de su boca surgió un gemido profundo: lamento eterno. Exhausta, cerró los ojos.

Había perdido la batalla.

¡Ya haram! Feride Rahmane acaba de morir. ¿Y quién es capaz de contener, como el dique al río, una noticia de esa magnitud, que viaja por sí misma hasta abarcar el último rincón?

Para la familia Rahmane todo era ajetreo. Sacaron las ropas apropiadas para la ocasión: vestimenta sencilla y discreta; no querían aparecer en casa del hermano acicalados como si fueran rumbo a una fiesta.

Jasibe era la más afectada. Por más que taladraba su cerebro con la frase "Feride ha muerto", no podía asimilar esa realidad terrible. Apenas hace unos minutos dejé a mi cuñada feliz, reflexionó, arrullando en sus brazos a la recién nacida. Y ahora, ¿qué es esta noticia? ¿Cómo pudo haber muerto, si el parto había concluido y ella estaba con vida? Debí quedarme un poco más, asistirla, decirle lo mucho que mi madre la amaba, que yo la amaba. Su deseo de unir a la familia y amistarse con Feride, a la que siempre consideró una hermana, moría junto con ella. A Jasibe la embargó la tristeza de lo irremediable. Shefía, por su parte, trataba de mantener el orden en su mundo sin conseguirlo. La comida se guisó a medias, se hizo lo que se pudo.

Los niños tampoco se enteraron, siguieron jugando en el patio sin obedecer a Shefía. Decidió que al menos los mayores, Nuri y Latife la Grande, debían acompañarla a dar el pésame; ya no eran unos niños, estaban en edad de cumplir sus obligaciones con la familia. Le pidió a Daud que interviniera, pero su marido parecía una piedra inmóvil: permaneció sentado junto a la ventana sin despegar la vista del jardín de la entrada. Sólo Dios sabe lo que estará pasando por su cabeza, se dijo. Shefía procuró ayudar a Latife Rahmane, quien se había convertido en un manojo de nervios: no dejaba de lamentarse, jalarse el cabello y llorar a gritos. A la nuera le dio miedo la reacción de la vieja. Lo único que falta es que se nos enferme en un día como éste.

—*Ya mert 'ammi,* cálmese, no querrá que Musa la vea así, trate de ser fuerte.

—*¡Ulí!* ¡Pobre de mi hijo! Él que es tan bueno, no merece este sufrimiento. *¡Dejilak!* ¿Y ella? ¿Y Feride? Una hija, la quise más que a una hija. Tan linda, tan dulce... ¡y cómo guisaba!

Los lamentos de la suegra tranquilizaron a Shefía. Así lloraría por ella si muriera. No, a mí no me pasaría algo así: mi vientre está hecho para procrear. En ese momento no reconoció que Daud la repudiaba, aunque todavía era joven. En el fondo lo sabía, a pesar de sus deseos, nunca volvería a quedar embarazada. Él la había anulado como mujer y como madre. Le metió el vestido y los zapatos a la suegra como pudo, terminó de acomodarle el cabello y volvió a llamar a los hijos; también ella debía arreglarse.

—¡Nuri! ¡Latife! ¿*Shu?* ¿Acaso se han quedado sordos?

Estaba desesperada, la sordera parecía una enfermedad contagiosa en esa familia.

—Daud, por lo que más quieras, *¡Yallah!*

No pudo definir lo que sentía por Feride. Dadas las circunstancias se veían muy poco, apenas se conocían. Musa siempre había sido muy distante con ella y su cuñada, *Allah irjamo...* ¿para qué hablar mal de una muerta? Con sus aires de grandeza, Feride jamás le permitió acercarse. Sentía que jamás la había visto realmente: En lo que llevo de casada, ni cuando vivíamos en la misma casa, sentí que formábamos parte de la misma familia.

Mientras esperaba que sus hijos vistieran adecuadamente, se preguntaba cómo sería capaz de enfrentar esa semana, cómo podría aguantar los siete días de duelo: al ser la esposa del primogénito, a ella le correspondía servir a Musa y a Latife, cuidar de la criatura y recibir en casa a todo el pueblo; preparar desayunos y comidas abundantes, servir café cada vez que llegara un visitante, hornear las roscas y el pan. La obligación sería únicamente suya. Debería abastecer a la familia en duelo con lo que necesitara durante esa semana.

Tuny, en cambio, estaba molesta. Los lamentos de la suegra le parecían una farsa y no olvidaba las veces que los Rahmane habían ofendido a Musa y a Feride. Recordó, como si lo viviera de nuevo, el día terrible que Latife Rahmane los corrió como a dos hijos de perra dejando que sólo llevaran sus objetos personales. ¿Y ahora, ese repentino amor por la nuera, ese llanto? El diablo que se lo crea. Pobre Feride, su vida acaba siendo aún muy joven, sin haber tenido la mínima satisfacción, ni un *ferah,* pensó, suspirando en silencio. Qué vergüenza para Daud y Raful. Le negaron el habla a su propio hermano por un asunto en el que Musa era completamente inocente. En el fondo, lo que les interesa es mantenerlo distante, quedarse con su parte de la herencia. Ni siquiera cuando recibimos noticias de nuestros hijos y supimos que estaban bien de salud y prosperando, aceptaron hablarle de nuevo. Lo más triste es que tarde o temprano nuestros hijos regresarán, pero Daud y Raful ya no tendrán oportunidad de pedir perdón. Feride no podrá volver de su tumba. El odio entre hermanos ya no querrá marcharse.

Aslán, el hermano menor, también se enteró de la muerte de Feride pero no iría al entierro a acompañar a Musa. Todos suponían que no se encontraba en Damasco y para él era imprescindible guardar el secreto. Había buscado un buen pretexto para quedarse con su niño-amante en el burdel sin tener que regresar a la casa en medio de la noche. Cargó con la mercancía que le proporcionó Daud y anunció que iría a Beirut a venderla aprovechando la llegada de los barcos a finales del verano. Consiguió, también, dos sirvientes de toda su confianza que sufrían de su misma *enfermedad,* ya que se gustaban entre ellos, y por una cantidad razonable los mandó a hacer su trabajo mientras él gozaba de unos días de placer.

La noticia de la muerte de Feride lo alcanzó hasta la cama, donde retozaba con su Abdul. Después de escuchar la desgracia se apartó del muchacho y le pidió que abandonara la habitación. Se aseó y se vistió; con toda formalidad y de pie frente a la ventana, con voz potente, como si lo escucharan cientos de personas, recitó una oración en memoria de su cuñada. Solo y abatido, sin saber qué más hacer, se mantuvo en silencio. Las lágrimas bañaban su rostro, lo invadían la tristeza y la culpa. Pensaba en el terrible dolor de su hermano; lo experimentaba como si fuera propio. Musa no tendrá consuelo, se dijo.

¿QUÉ HAREMOS CON NUESTRA HERMANA?

A Latife no le dio tiempo de llorar a su madre. Badía, la recién nacida, se encargó de hacerlo por las dos. En cuanto la separaron del pecho materno no dejó de exigir alimento con un llanto preciso, agudo y constante, mismo que a ella le pareció aterrador, y más aún cuando se acompañaba de los gritos paternos que le exigían callar a la hermana.

Durante toda la noche la acunó en sus brazos sin conseguir calmarla, hasta que un poco antes del amanecer la criatura desistió por cansancio. Sin embargo, sólo por un tiempo; en cuanto hizo acopio de fuerzas, berreó de nuevo con desesperación. Latife, procurando no molestar a su padre, que dormitaba al lado de su esposa muerta, depositó a la recién nacida en el área del cuarto que le pareció más calientita, la limpió con agua y la arropó con los trapos de manta que su madre había preparado para ella. Supuso que debía envolverla primero y luego cubrirla con la cobija. De nada sirvió. El llanto continuaba, amenazando con volverla loca. ¿Qué hacer? ¿A quién recurrir? En casa de los Rahmane su hermanita no sería bien recibida y con los Mugrabi, la familia de su madre, ¿cómo pedir ayuda, si apenas los recordaba? Pensó que no debía dársela a ninguna mujer en particular con el fin de que la alimentara, porque con el trato se convertiría en una hija más. Cualquiera haría hasta lo imposible para apropiarse de ella. Entonces Latife ya no tendría derecho sobre su hermana y no volvería a verla. La promesa que hizo a su madre antes de morir quedaría rota para siempre. ¿Qué hago?, pensaba obsesiva, ¿qué hago? Pero... ¿cómo responder en medio de un llanto que no cesaba?

Apenas clareó cuando, apresurados, entraron los hombres de la *jebrá*, la hermandad sagrada. Parcos, saludaron con leves murmullos a Musa y procedieron a preparar el ritual necesario para llevarse el cadáver de Feride. Latife miró por unos segundos cómo la acomodaban a todo lo largo, la cubrieron con una sábana blanca y, frente a ella, encendieron una vela. El que parecía dirigir el ritual se acercó y recitó unas palabras con voz temblorosa: Bendito seas, nuestro Dios, Rey del Universo, Juez de la Verdad. Los hombres permanecieron en silencio. Esperaban. De esa manera honraban el cuerpo de Feride. Después de unos minutos, uno de ellos dio la orden con una simple señal. Había llegado el momento. La difunta sería trasladada a la sinagoga para su preparación antes de acompañarla al cementerio y darle sepultura.

Musa se acercó a su hija.

—Te quedas aquí, con la niña —le dijo.

—¿A dónde la llevan? —alcanzó a preguntar, meciendo a Badía. Por toda respuesta, uno de los hombres ordenó:

—Acércate. Despídete de tu madre y pídele perdón.

—Perdón —repitió la niña sin entender, mirando el rostro lívido.

El llanto agudo de la recién nacida volvió a apoderarse de la habitación y Latife, nerviosa, seguía incapaz de contenerlo. Se dio cuenta de que el alma tierna de su hermana sospechaba la separación definitiva.

Los hombres salieron con el cuerpo de su madre a cuestas. Lo cubrieron con una tela bordada que utilizarían solamente hasta el cementerio. Ahí sería despojada de todo lo que le impidiera unirse a la naturaleza. Su padre caminó junto a ellos, cabizbajo, abatido, intentando asumir una realidad contundente que parecía golpearlo sin misericordia.

Latife se sintió más sola que nunca pero seguía sin experimentar ese dolor nuevo que se escapaba, al tiempo que la criatura se retorcía gimiendo. La arrulló hasta que se le entumieron los brazos y sin soportar el cansancio suplicó, murmurando varias veces, que no llorara más.

Se adormeció con Badía en su regazo.

Cuando despertó, las mujeres ya se habían organizado y todas, como si fueran una sola, hablando sin parar, llevaban a cabo su cometido. Ventilaron la casa, limpiaron, sacudieron, restregaron las manchas de sangre del tapete hasta borrarlas, enjuagaron las sábanas para evitar contagios, lavaron los pocos trastos con los que contaba la familia y trajeron muchos más. Organizaron los taburetes, unos cuantos. Algunas mujeres salieron rumbo a la cocina: había que hervir el huevo y amasar el pan, comida que marcaba el inicio del duelo y que se ofrecería a los deudos. Debían, también, cocinar el arroz con lentejas: una cantidad abundante ya que se serviría a todos los hombres al regreso del entierro, después de que el rabino rasgara las ropas de Musa.

Al tiempo que trabajaban, se lamentaban de la tragedia; hacían toda clase de comentarios, exaltaban las cualidades de Feride y recordaban los momentos en que estuvieron con ella. Lloraban desconsoladas y lo hacían sin pudor alguno. Abrazaban a Latife contagiándole el llanto como si se tratara de una enfermedad. La tristeza danzaba libre, impregnaba sus corazones de una melancolía solidaria. De pronto, la niña reaccionó: le habían arrebatado a su hermana. Era tal su cansancio que no se dio cuenta, hasta que algo en su pecho le hizo falta.

Bulín Salame trató de reparar su negligencia de la única manera posible. Caminó hasta la sinagoga donde preparaban a los muertos antes de su entierro, se acercó a las mujeres que se disponían a lavar el cuerpo de Feride y, con toda humildad, les pidió que le permitieran acompañar a su amiga en este difícil pasaje.

Había que limpiar el cadáver meticulosamente, poniendo especial atención en cada poro de su piel. Era necesario entregar el cuerpo limpio al Creador. De esa forma y a partir de ese momento el alma comenzaría su trayecto: elevarse en el universo del espíritu, el que las mujeres imaginaban como un arcoíris hecho de distintas capas de cielo. Feride tendría que atravesarlas antes de llegar a la más resplandeciente, su destino final, la morada del Eterno.

Marie, la primera esposa de Yusuf Lisbona, a quien consideraban la más instruida de las mujeres, dirigía esta labor. Aprobó que Bulín participara y pidió a otras dos que se quedaran a ayudarlas. Feride ya se encontraba tendida en la plancha de piedra dispuesta para este fin. Procedieron a desvestirla lentamente, con miedo de lastimarla, como si no hubiera muerto todavía. Para no tener que moverla demasiado —sabían que estaba prohibido por la ley religiosa que permaneciera bocabajo—, utilizaron un cuchillo y comenzaron a rasgar sus ropas. El sonido seco del filo sobre la tela les recordó la costumbre del duelo. Los parientes más cercanos se rasgaban las vestiduras; hacerlo en la propia Feride les dio la sensación de un luto más allá del luto: el duelo de los muertos.

Lavaron con cuidado desde los pies hasta el cabello: párpados, frente, nariz, oídos, axilas, cuello, uñas... pusieron especial atención en cada hendidura, en cada pliegue. Revisaron las cavidades. Bulín Salame hacía su trabajo con respeto y cuidado. Deseaba lavar el cuerpo de su amiga, desvanecer hasta la mínima mancha de sangre, limpiar la impureza, todo aquello que fuera abominable a los ojos del Eterno.

Cuando las demás dieron por terminado su trabajo, para Bulín apenas comenzaba: metió la mano al área vaginal y jaló. Empezaron a asomar los trapos que ella había introducido. Cada vez que jalaba, sentía un dolor nuevo, como si arrancara sus propias entrañas. Trapos empapados del líquido rojo que había fluido a borbotones. Lienzos incapaces de detener el mar teñido de rojo dentro de su cuerpo. La inutilidad la abarcó como si ese océano rojo, intensamente rojo, la envolviera, ahogándola. Es mi culpa, yo la maté, pensó.

—No lo hagas —la detuvo Marie—. Todo lo que esté dentro de ella, se va con ella: así debe ser.

Bulín asintió. Volvió a limpiar cada poro del cuerpo de Feride. Había sido la causante de su muerte, lo aceptaba, pero no estaba dispuesta a cometer una nueva imprudencia que retrasara su encuentro con el Todopoderoso. Limpió obsesivamente una y otra vez hasta asegurarse de haber realizado su trabajo lo mejor posible.

Se acercó a Feride y en un susurro, entre lágrimas, le pidió perdón.

No asimilaba lo sucedido. Ella se había dedicado a recibir la vida. ¿Cómo enfrentar la muerte y aceptarse derrotada? ¿Cuántas veces más? ¿Por qué en esta ocasión se sentía responsable como nunca? Tomé su vida en mis manos y me sentí capaz, poderosa, con la experiencia suficiente como para torcer los designios del Altísimo. No, por supuesto que no, rectificó. Los designios del Todopoderoso son misteriosos. Yo sólo sirvo de instrumento en sus manos. Lo repitió hasta el cansancio aunque no pudiera convencerse. De nuevo pidió perdón a la muerta, muy cerca de su oído, como si desde otra dimensión Feride pudiera escucharla.

Con tristeza infinita, las mujeres se despidieron de Feride y entregaron sus restos a la hermandad sagrada. A ellas no les estaba permitido asistir al entierro.

La luz cegadora acompañó al cortejo durante el recorrido. Musa, cuando podía abrir los ojos, los posaba en el cuerpo de su amada y bajaba la cabeza para envidiar en silencio a la tierra que gozaría de ella eternamente. El cementerio en las afueras de la ciudad. El viaje largo, penoso. El silencio pesado. La voz del *jaham* se escuchó en un principio entrecortada, pero a medida que se llenaba de las palabras sagradas, recuperaba la fuerza: Bendito seas tú, Adonai, Juez de la Verdad. Empezaron a cavar un surco oscuro y profundo.

Mira —siguió leyendo el rabino—, yo he puesto delante de ti hoy la vida y el bien, la muerte y el mal. Porque yo te ordeno hoy que ames al Eterno tu Dios, que andes en Sus caminos y guardes Sus mandamientos.

Sacaron a Feride de una caja simple y como un fardo, cubierta tan sólo por un envoltorio blanco, la depositaron en la tierra. Un golpe sordo.

—¡La llevo conmigo! ¡Llevo su muerte conmigo! —gritó Musa Rahmane.

Los deudos se acercaron, uno a uno, y echaron los primeros puños de tierra sobre el cadáver. Musa estuvo a punto de dejarse caer para cubrirse de tierra, igual que ella. El abrazo de sus hermanos lo impidió, mas no lograron contenerlo.

—¡Déjenme ir con ella! ¡Déjenme!… ¡Ojalá no hubiera nacido nunca, no hubiera visto la luz! ¡No debí salir jamás del vientre de mi madre! ¡Dios Todopoderoso, exijo mi muerte, ser polvo, ser nada junto a ella!

—¿Quién eres tú —le advirtió el rabino— para reclamar al Eterno? Acata Sus órdenes, porque no llegas más que a soldado raso en sus ejércitos. De frente al universo, con toda su majestad, ¿quién eres tú? Contén tu ira, no vaya a ser que Dios escuche tus palabras insensatas y te provoque una muerte temprana.

El *jaham* se detuvo, recapacitó y, al disminuir su furia, dio paso a la compasión.

—Deja a tu esposa descansar en paz. Ella está mejor que nosotros, disfrutando de la presencia Divina.

Volvieron la vista al oriente y recitaron al unísono el *kadish*.

Ytgadal veytkadash shemé rabá...

Magnificado y santificado sea Su gran Nombre, amén.

En este mundo que Él ha creado conforme a Su voluntad.

Shefía deseaba cumplir al pie de la letra con sus obligaciones, entre ellas explicar a Latife la situación:

No puedes asearte, ni peinarte el cabello. Tampoco cortártelo, ni siquiera las uñas de pies y manos. No debes tocar a nadie porque les podrías contagiar la mala suerte. No se te ocurra servirle a ninguno de los que vengan a saludar a tu padre, para eso estamos nosotras. Tampoco debes ir a ninguna casa y mucho menos a la nuestra; sería fatal. No te mires en un espejo, ahí sí atraerías la mala suerte para el resto de tu vida; Dios no lo permita. Ponte tu ropa más vieja, la que ya no pienses usar, aunque no creo que tengas gran cosa... porque después de esta semana tendrás que quemarla.

Cuando lleguen los señores del panteón, el jaham les rasgará la ropa a ti, a tu padre y a los hermanos de tu madre y luego los sentarán en el suelo. Inmediatamente van a decir unas palabras en hebreo y te darán un pan con huevo duro; te lo acabas todo, aunque te atragantes.

Durante esta semana, a la hora de comer, te vas a un rincón y, aunque haya mucha gente y mucho ruido, no te olvides, no es fiesta. Deberás permanecer en el suelo el mayor tiempo posible, para que estés lo más cerca de tu madre, que para entonces ya estará bajo tierra, la pobrecita. ¡Ah, se me olvidaba! Tú te encargarás de poner agua y aceite, prender los pabilos y mantener la luz encendida día y noche por siete días para que el alma de Feride, pobrecita, tenga descanso.

No te descuides, las luces no deben apagarse. Y como es tu única obligación de hija, espero que la cumplas. Estás en duelo, no lo olvides. Por cierto, no puedes llorar más de tres días seguidos, sería una ofensa al Creador, quien ha dispuesto que tu mamá esté cerca de Él, y aunque no entendamos sus designios, debemos acatarlos.

A la niña el sermón de su tía sólo le sirvió para sentirse proscrita, condenada, como si fuera la culpable de la muerte de su madre. No había salida ni refugio. Las mujeres, ocupadas en sus preparativos, no tuvieron tiempo ni intenciones de consolarla. Latife agradeció poder, al menos, abrazar a la nena con quien, sutilmente, tejía un lazo invisible.

La prima, Latife la Grande, desde lejos —por órdenes de Shefía no le estaba permitido acercarse—, la miraba con sincera compasión. Gesto que ella recordaría por siempre. Badía ya no lloraba. Durante esa semana tendría a su disposición los pechos, rebosando alimento, de todas las mujeres que venían a dar el pésame.

¡OJALÁ ENMUDECIERAN DEL TODO!

Para Musa el murmullo incesante, las pláticas sin sentido, el desfile interminable de hombres y mujeres que intentaban saludarlo se habían convertido en un infierno. Hacía apenas dos días del entierro y ya nadie se acordaba de Feride, ni siquiera sus mismos hermanos quienes, sentados en el suelo, a su lado, bromeaban entre ellos sin ningún pudor. Todo era una farsa.

Las mujeres entraban y salían, algunas con bebés en brazos, felices de tener un lugar de encuentro: platicaban entre ellas, reían. Musa, desesperado, volvía a rogar al Eterno a pesar de que ya no estaba tan seguro de su existencia: Dios mío, pensaba, dame serenidad y fuerza para soportar la semana, para no cometer un crimen y asesinar a alguna de las brujas.

El único tema que se comentaba entre rezos era la guerra. "¡Guerra, guerra!", repetían alarmados. Al principio en susurros, después las voces se intensificaron hasta llenar el espacio. Todos decían tener una noticia, haber escuchado la verdad más creíble en labios de algún viajante. Los soldados turcos irrumpían en los pueblos, saqueaban las casas, violaban a las mujeres y se llevaban a los más jóvenes a pelear en el frente. Comentaban atemorizados: Pronto llegarán a Damasco, Dios no lo permita, mancillarán a nuestras hijas y secuestrarán a los niños. ¿Qué vamos a hacer? ¿Consultarlo con el *jaham* Bashi? ¿Cómo encontrar una salida?

Para mala suerte de muchos padres, los hijos que se habían marchado meses antes acababan de regresar. Llegaron orgullosos de su recorrido por el mundo, con dinero en la bolsa y con la madurez del conocedor, la que no hubieran adquirido permaneciendo en casa. Aunque ahora sus padres temían que volvieran a partir y no precisamente a Buenos Aires, ese lugar de ensueño donde contaban que habían estado todo ese tiempo, sino forzados por el ejército turco a la lucha armada.

Isaac, el hijo mayor de Tofik Rayek, fue el primero en retar a su padre. Se lanzó al mercado y adquirió la mejor burra blanca de la región. Todos en el *hara* estaban sorprendidos y alertas para verlo cuando él pasara. Las jóvenes suspiraban: Montado en su burra se ve tan guapo, idéntico a Mordejai, el tío de la Esther bíblica, dijo una de ellas.

Latife Rahmane no se cansaba de repetir, a todo aquel que deseara escucharla, lo mucho que había querido a Feride: más que a Jasibe, su propia hija. Elogiaba sus cualidades y relataba anécdotas de los buenos momentos. Musa se sorprendía de la gran capacidad de su madre para olvidar aquello que no consideraba conveniente. Le impresionó su habilidad de idealizar a su esposa y convertirla en otra persona. En cambio a él le parecía verlas a las dos de nuevo, frente a frente, inmersas en sus amargas discusiones. Recordaba los celos de la suegra frente a la juventud y la belleza de su nuera y la dureza de ésta para responder a sus agresiones. Dos serpientes que se deslizaban cautelosas, dispuestas a envenenarse una a la otra en cuanto la oportunidad se presentaba. Musa hacía un gran esfuerzo por no escuchar a su madre y concentrarse en la lectura de los Salmos, pero el rencor crecía casi imperceptible: la llaga volvía a abrirse.

El festín continuó, a su pesar. Un desfile de rostros sonreía y a la vez lo miraba afligido; el barullo constante se intensificaba, crecía hasta la carcajada. ¡Y los banquetes! La variedad de platillos que se servían a los invitados, manjares que tenía años de no degustar. Todo parecía una burla, una falta de respeto a la memoria de su esposa. Ahora sí gastan mis hermanos, pensaba, para que todo el pueblo aprecie su generosidad. Mi mesa está colmada mientras que mi bolsa sigue vacía. No me alcanza ni para contratar una nodriza que alimente a la recién nacida. ¿Y ellos derrochan? Lo volvía loco la idea de tener que mendigar de nuevo y recibir un rechazo más de parte de su propia familia.

Presten oído, cielos, y hablaré

Daud y Raful lograron que un rabino famoso por sus conocimientos viajara desde Jerusalén a Damasco para decir el *darush*, las palabras en honor a la difunta. Se lo propusieron a Musa orgullosos, como si le estuvieran ofreciendo el mejor regalo, satisfechos de todo lo que hacían por él. La gente, impresionada, ensalzaba las manos llenas de los hermanos Rahmane; a Musa, sin embargo, le parecía un exceso que le provocaba aún más amargura: Como si no hubiera rabinos en Damasco, pensaba.

Tal como lo tenía previsto, Aslán "regresó" de su viaje de negocios, pero con muy malas noticias. Afligido, relató los hechos; en el camino a Beirut lo habían asaltado unos bandoleros robándole toda la mercancía. Así, con su irresponsabilidad, el hermano menor echaba por la borda el trabajo de varios meses. Dejaba a la familia con deudas que difícilmente podrían saldar, ya que no eran tan ricos como pretendían ante los ojos de la gente. Daud, quien conocía la verdadera historia de Aslán y sabía de sus escapadas constantes al burdel, no se creyó ese cuento absurdo y, furioso, incapaz de contenerse, empezó a gritarle en casa de Musa, olvidando el duelo de su hermano.

—*¡Ente kesab! ¡Mana andak haya!*

A los insultos de sinvergüenza y mentiroso siguieron las lamentaciones y enseguida la rabia. Daud comenzó a golpear a Aslán mientras todos los presentes gritaban que lo dejara tranquilo. "¡Lo va a matar!" No obstante que peleaban en la entrada de la casa, prácticamente en la calle, los gritos llegaban con toda claridad a oídos del doliente quien, aterrado, ahora sí estaba seguro de que Feride no descansaría jamás. ¿Cómo se atrevía su hermano, por muy el mayor que fuera, a faltarle así al respeto? ¿Por qué llegaba Aslán con esa historia? Hizo acopio de valor y palmeando como un loco se propuso sacar a toda la gente de su casa.

—¡Fuera, fuera de aquí! —gritaba, empujando a las mujeres y a los niños.

—¡Cómo! ¿Vas echar a tu propia madre?

—¡A ti primero que a ninguna otra! —a pesar de su gordura, la levantó como si se tratara de una hoja para echarla—. ¡Fuera, no quiero volver a verte mientras viva!

Tuny trató de hacerlo entrar en razón, pero ya nadie era capaz de contener esa furia que había crecido silenciosa, como hierba silvestre.

—¡Tú también, hipócrita, nunca la quisiste! ¡Sal de mi casa! —reclamaba Musa ante los ojos incrédulos de Shefía.

—¡Todas! ¡Fuera con sus chismes a otra parte! *¡Berra, berra min hon!*

Jasibe suplicaba, pero de nada sirvió. Tuvo que salir porque los gritos de la gente anunciaban una catástrofe. Su hermano menor, Aslán, sangraba, pero eso no detenía a Daud, quien seguía castigándolo mientras le reclamaba su vida licenciosa, que anduviera con prostitutas en vez de buscar una buena mujer y sentar cabeza como Dios manda. Ahora, por culpa de su comportamiento, se iban directamente a la ruina. Shefía, a gritos, procuraba calmar a su marido. Intentó separarlo de su hermano pero recibió un golpe seco en pleno rostro que la dejó inconsciente, en el suelo. En ese momento entró Abdo, el hijo mayor de Daud, junto a los hombres más importantes de Damasco, quienes formaban un cortejo alrededor del gran rabino de Jerusalén.

Todos se volvieron a escudriñar al personaje que aún montaba sobre la burra blanca que el hijo de Rayek le había prestado. Nunca imaginaron encontrarse con un individuo tan insignificante: menudo y delgado, de su rostro brotaba una enorme barba blanca haciendo contraste sobre el caftán negro. Una extraña palidez sobresalía ante la oscura vestimenta, que lo hacía parecer todavía más delgado y frágil. Su ropa era simple, podría calificarse de ordinaria. Sólo destacaba un *tarbush* negro de buena calidad que caía sobre su frente, achatando el rostro.

A distancia el rabino se percató de lo que sucedía. Lanzó un grito que atrajo la atención hasta de los hermanos, quienes por un momento suspendieron la reyerta:

—¡¿Quién custodia tu pueblo, Israel?! —clamó con tono enérgico, con una voz profunda y potente que parecía cimbrar el fondo de la tierra.

La gente empezó a rodearlo. Se hizo un silencio que ninguno se atrevió a romper. Se mantuvieron a la expectativa, ávidos de escuchar las palabras del erudito.

—Por órdenes del Creador he dejado atrás mi casa de estudio para venir hasta aquí en un viaje penoso. Interrumpí mis cavilaciones al lado de mis estudiantes para convertirme en Su testigo. ¿Y qué me encuentro? Veo cómo ustedes pisotean Su Obra. No soy yo el que consuela en un día de duelo... ¡Vengo a ser consolado de un duelo que apenas comienza!

A pesar de que nadie estaba seguro de lo que sus palabras significaban, seguían sorprendidos sin atreverse a dirigir la mirada al gran rabino; a medida que se acercaba, las mujeres se hacían a un lado y bajaban la cabeza en señal de respeto. El rabino descendió de la montura con una agilidad sorprendente para su edad y prosiguió con elocuencia:

—Guárdese cada uno de su compañero —se acercó a los Rahmane—. No se fíen de ningún hermano. Pues todo hermano engaña y todo compañero calumnia. Se burlan de su prójimo, mienten, obran mal.

Las palabras del profeta Jeremías se habían escapado del texto bíblico para surgir renovadas, dispuestas a anunciar la hecatombe.

—¡El Todopoderoso castigará implacable a esta aldea!

Laham, el carnicero, hizo acopio de valor y se atrevió a objetarle:

—¿Todos seremos juzgados con la misma vara? En este lugar hay muchos hombres piadosos, respetuosos de la palabra de Dios, ¿también los destruirá? ¡Invocamos Su Misericordia!

Como si de un eco se tratara, la demanda fue repetida hasta el infinito: ¡Invocamos Su Misericordia! ¡Invocamos Su Misericordia! Todos se sintieron amenazados; temerosos, permanecieron en silencio con la cabeza baja.

El rabino profirió un grito de angustia y bañado en lágrimas respondió:

—Se encuentran en mi pueblo malvados que acechan. Se han enriquecido, han engordado y se han puesto lustrosos. Ellos —miró directamente a Laham—, sobrepasando los límites del mal, no protegen a los huérfanos ni alivian la causa de los pobres.

—¡Perdón! ¡Perdón! —gritaba arrepentido el carnicero. Intentaba entender cómo era posible que este hombre, al que jamás había visto, lo señalara justamente a él, con insistencia, poniéndolo al descubierto.

El clamor se intensificó: ¡Ayunaremos! ¡Haremos ofrendas en nombre del Eterno! ¡Dedicaremos nuestra vida al Creador! ¡Ruega por nosotros!

—No esta vez. Él ya no escuchará nuestros lamentos ni aceptará nuestro sacrificio. Porque así me ha sido revelado y sucederá tal como está escrito: "Quien a la muerte, la muerte, quien a la espada, la espada, quien al hambre, el hambre, y quien al cautiverio, el cautiverio".

El rabino se dejó caer en el suelo y rasgó sus ropas en señal de duelo. Tomó un puñado de tierra y la esparció sobre la cabeza. Varios hombres, contagiados de su fervor, hicieron lo mismo y el luto de Musa, como una epidemia, se apropió de todo el barrio que se afligía de su propia suerte.

HERENCIA DEL SEÑOR SON LOS HIJOS

Aprovechando la confusión y el hecho de que la casa de Musa Rahmane había quedado vacía, Yusuf Lisbona decidió tener unas palabras con su amigo:

—Tú sabes —le dijo muy cerca del oído— que mi primera esposa, Marie, la mujer más noble y educada de nuestro pueblo, no tuvo la fortuna de concebir. Y he estado pensando que, en tu situación, te será muy difícil criar a una pequeña. En cambio, para Marie una recién nacida sería el mejor regalo del cielo. Cambiaríamos el rumbo del destino, la vida de tu hija Badía ya no estaría marcada por el dolor… cada hora de su existencia será tan dulce como la miel. Yo te prometo que si aceptas cederla a Marie, ella le prodigará la ternura que ha guardado en su alma durante todo este tiempo. En cuanto a mí, será una hija más. Tendrá los mismos privilegios que los hijos de mi carne y de mi sangre. Aunque, bueno, ella sabrá que tú eres su padre: yo no me atrevería a usurpar tu lugar.

Aunque Musa dudaba, estaba convencido de que no hallaría mejor solución; después de su comportamiento con las mujeres del barrio, de la forma en que las había humillado, ninguna aceptaría alimentarla, y entonces ¿qué sería de la inocente, moriría de hambre? En cambio, de esta manera, su hija quedaba en las mejores manos. Conocía a Yusuf Lisbona de toda la vida y, a través de los años, jamás se enteró de que faltara a su palabra. Pero al crecer, siendo Badía rica, seguramente despreciaría su origen y no tendría relación con su hermana Latife, y la última voluntad de Feride había sido que ellas no se apartaran jamás. Después de pensarlo unos minutos, dio su última palabra.

—De acuerdo, pero tendrás que llevarte a Latife también.

Durante el curso de los acontecimientos, Latife permaneció silenciosa, protegiendo a su hermana del caos, de ese pedazo del mundo decidido a resquebrajarse y caerle encima. Arrullando a Badía para evitarle el llanto, que parecía incontenible, presenció los arranques de furia: primero el de su tío y luego el de su padre. Azorada, escuchó los gritos de las mujeres saliendo de su casa acompañadas de sus hijos. Observó la angustia de Latife la Grande, quien trataba de reanimar a su madre luego de haber sido golpeada al intentar separar a los hermanos. Ver sufrir a la presumida de su prima era algo que había esperado durante mucho tiempo. Sin embargo, lo que veía no le gustaba, su maldad le causaba aprensión. Ella lo había invocado, era como si sus más negras fantasías se hubieran materializado, originando la desgracia.

Se impresionó con las palabras del rabino y concluyó que lo mejor sería pedir perdón igual que todos. Algo horrible va a suceder, estoy segura. Se dirigió a Dios como había visto hacer a su padre, pero no sabía rezar y dadas las circunstancias no pudo alabarlo. ¿No has tenido bastante?, le preguntó al Ser invisible. Se imaginó al Creador: un ávido glotón que termina por castigar y devorar a sus criaturas. ¿Qué más me vas a quitar, no tuviste suficiente con llevarte a mamá? ¿Qué te hice?

Confusa, seguía escuchando. Se concentró en la voz de su padre tratando de no perder detalle. Él decía algo que sonaba tan inaudito que su cerebro se negaba a aceptarlo. Le costó asimilar lo que los dos hombres habían convenido. Quiere que me vaya con ese señor, a vivir con ese hombre. Yo no lo conozco, en mi vida lo he visto. Dice que me lleve a Badía conmigo. ¿Y él? ¿Quién le preparará el café en las mañanas? ¿Quién le hará de comer? Sin mi mamá, ¿quién lo cuidará?

Muy en el fondo y de forma intuitiva, comprendió: su padre se daba por vencido y ellas sólo significaban una atadura, una responsabilidad que ya no estaba dispuesto a asumir. Su primera reacción fue sentirse culpable. Tal vez si yo comiera menos, pensó, si fuera más ordenada y limpiara más, si lo obedeciera en todo... papá me dejaría quedarme.

—Trae tus cosas —le pidió Yusuf Lisbona usando un tono suave, persuasivo, pero que a la vez denotaba urgencia; le preocupaba que Musa Rahmane se arrepintiera en cualquier momento.

La niña, sin contestar, juntó sus pertenencias. Dobló el vestido que le obsequiara su papá y lo envolvió junto con las cobijas y los pañales de la hermana. Un pequeño bulto.

—Es todo —dijo, tomando conciencia de lo poco que tenía.

—Papá...

Se volvió a su padre. Buscó su mirada pero él negó con la cabeza, impaciente. Latife comprendió con tristeza que necesitaba deshacerse de ellas. Aunque fue capaz de darse cuenta de que, de esa manera, su papá rompía con el último vínculo que lo ataba a la vida. Sintió miedo. ¿Y si se enferma? ¿Y si él muere también? —¿Vendré a visitar a mi papá? —se atrevió a preguntar.

Musa le respondió con amargura, susurrando apenas.

—No regreses. Aquí ya no queda nada para ti.

Lisbona hizo un intento por consolarla utilizando de nuevo su tono dulce.

—Tú vendrás a mi casa —se dirigió a su amigo—. ¿No es así, querido Musa? Te llenará de alegría ver a tus hijas crecer hermosas, bien alimentadas y elegantemente vestidas, relucientes como espejos. En cada visita te convencerás de que tomaste la decisión correcta.

Musa ya no contestó. Sintió cómo involuntariamente sus ojos se humedecían.

Lisbona, fingiendo no darse cuenta, prosiguió con su discurso como lo hacía cientos de veces en su rutina diaria.

—En mi casa siempre serás bienvenido. Considero un honor que un hombre de tu valía venga a visitarnos.

Latife se acercó a despedirse pero su padre la alejó bruscamente. Entonces tomó, como si lo hurtara, el chal que había pertenecido a su madre. Lo olfateó y cubrió su espalda con él. Se sintió reconfortada impregnándose del aroma materno que, a pesar de sus esfuerzos, desaparecería con el paso del tiempo.

HUÉRFANA DE PADRE Y MADRE

Salieron. Caminaron en silencio por el *hara*. Recorrieron varias callejuelas que ella jamás había pisado. Nunca imaginó que hubiera tanta vida en el exterior. Casas llenas de gente y vendedores vociferando; se impresionó ante el alarde de los artículos expuestos en el mercado. Pudo escuchar de cerca los *suras*, las frases que desde la mezquita repetían del Corán. La vastedad del mundo la hizo sentirse empequeñecida, abrumada. Se sintió forastera en ese mundo nuevo, porque el universo que ella conocía, íntimo y suyo, se desmoronaba implacable frente a sus ojos.

Ya no tengo papá, pensaba. Nos regaló. ¿Así, tan fácilmente se regala a los hijos? Como si fuéramos animales. Pero no, nunca he visto que nadie regale una gallina, mucho menos una vaca o un cabrito, ni siquiera un perro. Para ese señor que ya no es mi papá somos como los perros que todos patean al pasar. Nadie que yo conozca ha regalado a sus hijos, ni la señora Bulín, que no tiene marido y cuida de ocho que apenas puede alimentar. Ni con lo regañona que es le pasó por la cabeza deshacerse de ellos, y mi padre, sin dudarlo, como si nada, aceptó y ya. No regreses, me dijo, no regreses. Ojalá no hubiera muerto mi mamá, ojalá se hubiera muerto ese señor que ya no es mi papá, ojalá yo me hubiera muerto y la bebé también. Todos estaríamos mejor muertos… No regreses, así se despidió de mí. Si yo fuera hombre, papá no se atrevería a cederme como a un animalito al que se pretende sacrificar. Una hija es peor que un perro. Una hija no vale nada, ojalá estuviéramos muertos, todos muertos.

Badía despertó con el movimiento y, haciendo gala de un llanto agudo, reclamó lo suyo.

—Ya no tienes de qué preocuparte —le susurró a la bebé como si comprendiera—. Este señor prometió no dejarnos nunca con hambre, así que pronto te alimentarás hasta hartarte.

Sin embargo, la desconfianza la hacía temblar. ¿Qué va a ser de nosotras? Podrán maltratarnos, hacernos lo que sea, y no habrá nadie que levante su dedo para defendernos. Estamos solas, le susurró a la recién nacida. Solas, tú y yo.

Sentía el miedo adherido a su pecho. Cada paso que daba temía que un agujero negro se ensanchara dispuesto a engullirla.

No es de extrañar
que el paraíso esté en la tierra

Cruzaron prácticamente el barrio hasta llegar al jardín de *Hosh el Basha*. Era tal la exuberancia que Latife se detuvo como si un resorte la jalara y le impidiera seguir. Entre plantas exóticas y árboles frutales se escuchaba el canto armonioso de una fuente escondida. Respiró hondo. El aroma de los frutos maduros le llenaba el alma, alimentaba su necesidad de belleza. El trinar de los pájaros le describía la perfección.

Estoy en el paraíso, sonrió. Había escuchado relatos acerca del *Gan ha eden,* pero también decían que sólo los muertos llegan a ese lejano lugar. ¿Y si ya estoy muerta?, pensó confusa. ¿De tanto desearlo, se me ha concedido? Sí, esto tiene que ser el paraíso, igualito al que la abuela describió una vez, y como ya estoy aquí… ¿Así se sentirá morir? ¿Nada? ¿También Badía y el señor Yusuf fallecieron y por eso están conmigo? ¿Los muertos pueden moverse y pensar? ¿Mamá me ve? Recordó cómo repetían las señoras durante la semana de duelo: *Shuf arkon,* que el alma de la difunta los vea donde quiera que esté. ¿Soy un alma? Se pellizcó las mejillas. ¿Los espíritus tienen cuerpo, aunque hayan dejado de existir?

—Bienvenida a mi casa, Latife —le dijo Lisbona, animándola a entrar.

En cuanto escuchó esa frase tan terrenal desechó sus cavilaciones. No, esto no es el paraíso, se dijo, sólo algo parecido. ¡Un palacio! Quizá *jawaj'a* Lisbona es el gran sultán y por eso mi padre decidió que viniéramos con él, para que nos convierta en princesas. Sí, a pesar de lo que dijo, papá nos quiere.

A mediodía, la luz del sol se posaba en la fuente del patio y hacía brillar el alabastro como si sus destellos se multiplicaran. Latife se talló los ojos repetidamente, intentando abarcar el entorno con su mirada y grabar la imagen en su mente, pero la brillantez la cegaba.

Ensayó a girar, de un lado al otro, tratando de distinguir las distintas flores: el movimiento la hizo tambalearse. Si no hubiera sido porque Lisbona la tomó del brazo y la condujo hacia el pasillo, habría tropezado. En medio de la fascinación olvidó que tenía a la recién nacida en brazos, al grado de que la habría dejado caer, pero alguien ya se la había llevado sin que ella se percatara.

—Bienvenida a mi casa, Latife —le dijo nuevamente Yusuf, animándola a entrar al salón.

La niña, sin responder, se llenaba de asombro. Le dio vergüenza ensuciar el piso reluciente con los zapatos viejos y llenos de lodo, así que procuró mantenerse quieta en un rincón, con la cabeza baja, como lo exigían las normas elementales de comportamiento, pero no fue capaz de resistir la atracción que el lugar le causaba y se atrevió a mirar: cada uno de los objetos parecía cobrar vida. Cientos de figuras escaparon de la marquetería del techo para bailar ante sus ojos en un festín secreto que sólo ella era capaz de percibir. Le hubiera gustado seguirlas, adivinar hacia dónde dirigían su danza mágica, pero se topó con los muros recubiertos de mármol. Todos los colores confinados en esas paredes reflejaban la luz del exterior. Entendió que el universo se había introducido en la casa aunque no alcanzara a adivinar de dónde provenía el milagro. La luna tejía hilos en los brocados de los cojines y las estrellas fulguraban desperdigadas por los muros. Jamás imaginó tal despliegue de hermosura. Decidió que ése había sido el momento más significativo de su vida pero cambió de opinión cuando percibió el candil suspendido en el techo: una intensa lluvia de lágrimas se desprendió de cada prisma hasta confundirse con las suyas, que resbalaban libremente por su rostro.

En un principio, absorta en sus ensoñaciones, Latife no escuchó la disputa que se desarrollaba en el cuarto contiguo hasta que una voz ronca y femenina reclamando a gritos la obligó a prestar atención.

—¿Qué, no somos lo suficientemente valiosos para ti? ¡Tu propia familia te hace tan infeliz que sales corriendo a recoger la de otros? ¡Dos niñas! ¡Dos molestias! ¡Dos cargas más en mis ya de por sí pesadas obligaciones! Y todavía peor, una recién nacida que requerirá de mi atención, ¡como si no fuera suficiente con todo lo que debo hacer!

—Tú no tendrás que hacer nada —contestó Yusuf, mesurando el tono—, esto no tiene que ver contigo.

—Lo que entra a esta casa tiene que ver conmigo. ¿No soy yo la que carga con las responsabilidades y resuelve los problemas mientras tu venerable primera esposa se encierra en sus habitaciones? ¿Quién recibe a tu séquito de invitados? ¿Quién organiza tus comilonas? ¿Quién atiende a los que vienen a pedir tu ayuda? ¡Son cientos los que llegan a diario a suplicar! ¡Y tú estás más pendiente de todos que de mí y de mis hijos!

— *¡Yallah*, Hannán! ¿Qué te falta? —contestó furioso Yusuf—. ¿Qué me puedes echar en cara?

Latife adivinó que esa sarta de quejas sólo podía provenir de la esposa de Yusuf Lisbona, quien las rechazaba aún sin conocerlas. Su primer impulso fue escaparse, salir corriendo, pero ¿a dónde? En su casa no sería bien recibida; ni pensar en la abuela Rahmane, estaba segura de que la odiaba, a pesar de su voz melosa y los dulces con que la obsequiaba. Además, si ella se marchaba, ¿qué iba a ser de su hermana?… ¿Y la bebé? Asustada, miró sus manos vacías y pensó que la había dejado caer por el camino. Salió de la casa corriendo, pero en el parque no encontró rastro de la pequeña. Entró de nuevo al patio, rodeó la fuente. Su corazón retumbaba con mucha fuerza, pensó que acabaría por escapar de su pecho. ¿Cómo pude dejarla caer sin darme cuenta?

Al escuchar voces extrañas que provenían de la parte trasera del patio, se asomó: la cocina bullendo en plena actividad. Varias sirvientas preparaban un banquete. La mezcla deliciosa de olores le recordó que no había comido por la mañana: el pleito multitudinario les había quitado el apetito a todos.

—¿Han visto a mi hermana? —preguntó a las mujeres—. Es una recién nacida, pequeñita, está envuelta en una cobija...

—No hemos visto nada. Aquí no hay tiempo de ver a nadie —contestó la mayor, quien, parada junto a la olla con aceite hirviendo, freía el *kibbe* de trigo.

—¿Y qué tendría que hacer aquí una recién nacida?

—¿Habrá llegado caminando?

—¿Nos vino a ayudar?

Las mujeres simples, trabajando arduamente, no perdían la oportunidad de divertirse, así que soltaron la carcajada. Enseguida continuaron en lo suyo. Latife decidió hacer el mismo recorrido desde la puerta hasta la entrada al salón, revisando cada uno de sus pasos.

Al otro extremo del patio, un niño moreno y delgaducho la miraba fijamente. Ella, a pesar de su curiosidad, no podía darse el lujo de perder el tiempo. Debo regresar al salón, se dijo, preguntar al señor Lisbona.

Saeta afilada es su lengua

Latife se detuvo en seco al darse cuenta del torrente de palabras agrias que seguía fluyendo entre la pareja.

—Todavía soy joven —reclamaba Hannán—, puedo tener mis propios hijos: si te he dado sólo dos, ha sido por tu gusto. ¡Tú eres el que se ha alejado de mi lecho sin ninguna explicación!

—¡Basta! —reclamó Lisbona.

—¿No te preocupa que las verdades escapen y el pueblo entero dude de tu hombría?

—¡*Jrasi!* —le ordenó furioso—. ¡Así lo he decidido y tendrás que plegarte a mis deseos! Las hijas de mi amigo Rahmane vivirán aquí, en mi casa, y serán consideradas parte de mi familia. En cuanto a tu... tu lengua —dijo pronunciando con lentitud—, se enreda como la de una serpiente.

A la niña le provocó satisfacción escuchar cómo Yusuf las defendía aunque él mismo se metiera en problemas, eso le dio el valor para acercarse.

—¡*Jawaj'a* Lisbona! —se dirigió a su benefactor respirando con dificultad, agitada por la carrera—. ¡He perdido a mi hermanita! ¡A Badía! —mostraba las palmas abiertas, al tiempo que lloraba, preocupada.

El señor Lisbona tomó las dos manos que le extendían y las sostuvo con delicadeza.

—No te preocupes, Latife. La nena se encuentra a salvo. Está con Marie, mi esposa.

—¡Tu esposa! —lo instigó Hannán—. ¡Marie, tu esposa! ¿Y yo?... ¿Qué soy yo, entonces? ¿La criada?

Yusuf, fastidiado de tanta palabrería sin sentido, clavó en Hannán una mirada rabiosa: denotaba tanto odio que logró atemorizar a la mujer. Ella bajó la vista y usando una treta diferente, desconocida aún para él, le dijo:

—Disculpa mis necias palabras.

Él la enfrentó de nuevo, hizo un gesto de disgusto y con tan sólo mirarla, dio por terminada la discusión. Tomó la mano de Latife y la llevó al final del jardín.

¿QUÉ TE FALTA AQUÍ A MI LADO?

Escondida, perdida entre los árboles, se encontraba la pequeña casa, una especie de bodega que habían acondicionado como vivienda. Yusuf entró sigiloso y con una señal pidió a Latife que lo hiciera también.

La sorpresa la atrapó de nuevo. Nunca había visto ese tipo de mobiliario francés, trabajado exquisitamente, tan distinto al simple tapete que se convertía en mesa, cama o asiento dependiendo de las necesidades, y donde el único lujo consistía en poner varios cojines para hacerlo más confortable.

Lisbona había hecho traer desde París las vitrinas, el *secrétaire* y los sillones tipo Luis XVI para evitar la nostalgia de su amada, en especial al haberla abandonado para casarse nuevamente y cumplir así con su obligación ineludible: el mandato divino de procrear. Desde un principio tuvo la idea de evitar confrontaciones entre las dos mujeres, así que a Marie prefirió apartarla, darle su propio espacio. Deseaba que su francesa se sintiera lo más cómoda posible. Mandó copiar cada uno de los objetos que decoraban la mansión de su niñez, los embarcó hasta Beirut y de ahí los llevaron en burros de carga hasta Damasco. Mandó construir esa casa de muñecas para ella. No se daba cuenta de que, sin proponérselo, la excluía del mundo. Aislada, Marie se convertía en una sombra muda.

Con el tiempo, la primera esposa cayó en el olvido. Las ocupaciones del magnate le impedían hacerle, de vez en cuando, una visita de cortesía. Marie pasaba los días teniendo por única acompañante a la sirvienta que él le había asignado. Lejos de su familia, este falso París, en vez de confortarla, le provocaba dolor: le hacía añorar aún más aquella ciudad de ensueño, llena de voces, colores, afectos; París representaba, en su recuerdo, el pasado venturoso que se negaba a volver.

A Latife le llamó la atención el biombo japonés pintado a mano. Los pájaros le recordaban los que perseguía inútilmente por la calle y se dio cuenta de que el artista, al pintarlos, había encontrado una forma distinta de atraparlos: los tenía cerca y a cualquier hora eran suyos. Lisbona le pidió guardar silencio. Escucharon los dos, embelesados, la voz dulce que provenía de la habitación. Palabras para la niña, extrañas, pero que despertaban un deseo de ternura que había quedado atrapado en el fondo de su inconsciente.

L'enfant dormira bien vite
L'enfant dormira bientôt

Al ver a su hermana pensó que Badía se asemejaba a una rosa. Dormida, satisfecha y en los cálidos brazos de su nueva madre, el color de sus mejillas sobresalía de su blancura.

Marie la recibió sorprendida y feliz. La vistió con la ropa que había guardado durante años para los hijos que nunca llegaron. Limpió su cuerpo, peinó su cabello y la perfumó con agua de rosas. Tal vez eso fue lo que convenció a Latife, el olor. Arrobada por la visión maternal, finalmente podía descansar de su pesada carga. Badía tendrá una mamá de verdad.

Marie levantó la vista y posó sus ojos en Yusuf Lisbona como si lo besara.

Merci sonrió. De todas las palabras, no encontró ninguna otra capaz de describir la plenitud que estaba experimentando.

Latife sintió que en ese triángulo equilátero y perfecto ella salía sobrando. ¿Qué pensará la señora de mí? La convenceré para que se quede también conmigo.

—Yo podría ayudarla… con la niña… ¿Sabe? La conozco bien, es mi hermana. Tal vez le serviría si yo vivo aquí, con usted, con ustedes.

Antes de que Marie pudiera pensar siquiera en una respuesta, Lisbona contestó.

—Latife, tú vivirás en la casa grande. Será bueno que convivas con mis hijos, dos niños casi de tu misma edad.

Al ver la cara de desilusión en el rostro de la niña, el hombre continuó, procurando convencerla.

—Te gustará, estoy seguro, hay mucho que hacer en la casa. Además, podrás venir a visitar a Badía cuando lo desees.

Con el tiempo, Latife se adaptó a su nueva vida. Aprendió a limpiar cuando se lo pedían, a lisonjear a Lisbona a la mínima oportunidad, y a alejarse rápidamente en cuanto aparecía Hannán.

A los pocos días de su llegada, el señor mandó traer a una costurera y le permitió elegir la tela de sus vestidos. A ella el ruido de la tijera al cortar y el paso del hilo de un lado al otro le pareció fascinante, magia pura. Decidió que sería costurera como esa señora, a quien trataban con una amabilidad insólita, o tal vez pintora o maestra...

Latife resaltaba en su belleza. La buena alimentación y la vida tranquila comenzaron a dar frutos. Limpia, con el cabello cepillado y vestida con esa ropa elegante, parecía una hija más de la familia. Yusuf estaba complacido. Ojalá la viera su padre, pensaba. También le compró zapatos nuevos, aunque todo ese gasto no lo hacía realmente por ella: Latife le permitía, una vez más, demostrar su generosidad ante los ojos de la gente, que admiraba a *jawaj'a* Lisbona al grado de rendirle culto.

Cada día y cada noche se transformaban en una nueva aventura. A la pequeña, los asiduos invitados le parecían de lo más extravagantes. Trataba de comprender cómo era posible que al gran jeque no se le cayera la cabeza al sostener la enorme esmeralda que sobresalía de su turbante. La hipnotizaba el destello de la joya al fundirse en la luz, se mantenía inmóvil, sin quitarle los ojos de encima, pero sólo hasta que el gran *jaham* Bashi terminaba su relato acostumbrado y comenzaba a comer. Entonces se entretenía observando su larga barba que caía hasta las rodillas. ¿Cómo podía meterse esa cantidad de comida en la boca sin ensuciarse, con tanto pelo en la cara?, pensaba preocupada. Pero después de observar por varias noches, la niña se dio cuenta de que lo hacía sin dificultad: los platos iban incansables para regresar vacíos. Ese deambular a ella le parecía muy conveniente ya que, sin ninguna supervisión adulta, se atragantaba de bocadillos y dulces.

El señor Ámbar, un hombre de baja estatura y aspecto bonachón, hablaba orgulloso de las lámparas que había conseguido en Viena mientras intentaba dibujar con palabras la ciudad.

—¡Qué lugar! *¡Bij'enen!* ¡Esos son castillos!

Latife deseaba pedirle que la llevara a conocer su casa. Las cocineras decían que era la más grande del *hara*: si hacían comparaciones, la de Lisbona parecería un cuartucho al lado de aquélla. Los sirvientes comentaban que la mansión era inmensa a un grado tal que Ámbar y su mujer se buscaban uno al otro, en las diferentes habitaciones, sin encontrarse jamás. Todos atribuían la causa de su infelicidad al número infinito de las estancias.

—La esposa no ha podido concebir y ya tienen más de cinco años de casados —le explicaba una de las cocineras—. Siendo tan joven debería embarazarse, al menos, cada dos años —proseguía el chismorreo—. Escucha lo que te digo, cuando te cases, *¡insh' Allah!*, tú y tu esposo se volverán una sola sombra. Uno siguiendo al otro, tan cerca que sus afectos no podrán desprenderse.

Latife no estaba tan segura, tenía sus dudas y sus miedos.

Al señor Ámbar ese asunto de procrear no parecía interesarle o, al menos, ya se había resignado a su suerte. En vez de hijos, estaba gestando el palacio de sus sueños.

—Has gastado de manera exorbitante en esa casa —le sermoneaba Lisbona—. Hay que guardar en otra canasta; uno no sabe las vueltas que da el destino.

Ámbar era generoso con Latife. A menudo la obsequiaba con algún presente producto de sus viajes: un pasador para el cabello o una pulsera, alguna baratija que en los bazares costaba una bagatela. Ella agradecía amable, con la cabeza baja, siempre en su lugar. Ante cualquier desvío, por mínimo que fuese, Hannán la fulminaba con la mirada, como si pretendiera asesinarla.

Yusuf, ajeno a los celos que provocaba en su esposa y en sus hijos, sentaba a Latife cerca de él, le pedía que guardara silencio y que sonriera como si fuera modelo en una sesión fotográfica. A pesar de sus esfuerzos y sus falsas sonrisas, Latife no podía evitar que, de su mirada, asomara un dejo de tristeza.

El que siempre se las ingeniaba para estar cerca de ella era Kamil, el hijo mayor de Lisbona. Un niño de trece años, largo y delgaducho: sus huesos escapaban de la camisola y la enorme nariz sobresalía de su rostro. Se podría suponer que con esas orejas enormes escucharía cualquier sonido, hasta el más fino, pero Latife pensaba que probablemente era sordo. Nunca contestó ninguno de sus saludos. Le recordaba un poco a su primo Nuri, con las mismas ínfulas de adulto, tan insoportables y típicas de los hombres. Creían saberlo todo por haber sobrepasado la edad del *Bar mitzvá*.

Kamil le parecía un animal depredador siempre al acecho. Su única vocación en la vida era divertirse a costa de los demás; por lo pronto y para su mala suerte, a costa de ella. Buscaba el momento para aplicar el pellizco, ponerle una zancadilla o meterle una lagartija dentro de la ropa. Ella se quedaba quieta, sin responder, soportándolo todo. Tal vez eso era lo que a él más le gustaba. Gozaba con la idea de poseer un ser humano, tenerlo a su disposición. La última hazaña había consistido en introducir unas ratas en su colchoneta. No esperaba que Latife conociera más de ratas que él mismo. Al día siguiente, sosteniéndolas de la cola, la niña las puso en su regazo.

—¿Se te perdió esto? —le dijo, con actitud autosuficiente.

"Perder." En cuanto escuchó la palabra, Kamil cambió de táctica. Se dedicó a hurgar entre las cosas de Latife. Le robó las pulseras y los pasadores que tan amablemente le había regalado *jawaj'a* Ámbar. Ella sabía quién era el culpable del atraco, pero optó por permanecer callada. Imaginó a Hannán acusándola de embustera y a Yusuf observándola con gesto reprobatorio. Tuvo que soportar la humillación en silencio pero en su interior hervía un coraje que le hacía rechinar las tripas del estómago.

En cambio Murad, el hijo pequeño de los Lisbona, miraba a Latife con admiración. Le hablaba con cortesía y así le respondía ella. La niña pensó que era mucho más guapo y simpático que el terrible Kamil.

Se acostumbró a visitar a Marie en cuanto terminaba su trabajo, el que Hannán le había asignado para que no se sintiese una mantenida: ¡Que gane el pan que come con todo y los pastelillos!, gritaba con su voz chillona. Así que barría, trapeaba los cuartos que le parecían descomunales y ayudaba en la cocina. Después salía corriendo a la casa de sus sueños. Abrir la puerta era como entrar en un mundo de fantasía. Marie la saludaba en su idioma desconocido, le enseñaba palabras y Latife, cada día más, se expresaba en *franzawi*.

La mujer la dejaba descansar en la cama con dosel. Corría las cortinas y la niña se sentía transportada a otro mundo distinto, lejano, parecido al vientre materno. Por momentos su felicidad era completa... hasta que la invadían los recuerdos. Veía entre brumas el rostro de su madre muerta y a su padre lo imaginaba solo, desesperado, muerto también.

¿QUIÉN ES SABIO?
AQUEL QUE APRENDE
DE TODA PERSONA

Las cenas empezaron a aburrir a Latife. Las desveladas y el trabajo intenso que se le exigía por las mañanas la mantenían en un estado de perpetuo agotamiento, al grado de ensimismarse. Muchas veces no se enteraba de lo que sucedía a su alrededor, en especial durante esas veladas interminables. Había pláticas que no comprendía del todo y las historias del *jaham* Bashi, que en un principio la cautivaban, ahora la adormecían sin poder evitarlo.

Kamil también se cansaba, pero tenía una gran excusa: la escuela. Como al día siguiente debía levantarse temprano para asistir a clases, no necesitaba más explicaciones. En cambio ella, si bien no estudiaba, también se levantaba temprano y sus obligaciones la dejaban sin energía, la que apenas recuperaba en las pocas horas de sueño. Se interesó por la escuela. ¿Cómo podía existir una llave tan poderosa, capaz de abrir todas las puertas? Con sólo nombrarla, Kamil adquiría un dominio sobre sus padres, quienes sin decir palabra se plegaban a sus deseos.

Una mañana Latife, escapando de sus tareas, siguió al niño. L'Alliance estaba a su alcance, era como llegar a la casa de al lado. La albergaba la mansión Stambuli, propiedad de una viuda que seguía sin saber qué hacer con sus siete solteronas.

—Mis hijas son tan hermosas que no necesitan dote —repetía la madre hasta el cansancio sin que nadie realmente le creyera.

Se acercó y escuchó la cantinela de los niños. Repetían las oraciones matutinas de la misma manera en que lo hacía su padre todos los días. Palabras en hebreo, tan conocidas que quizá podría decirlas también ella de memoria pero que perdían significado ante su incapacidad para comprenderlas. ¿Es esto tan importante?, se preguntó desilusionada. Estaba a punto de volver sobre sus pasos cuando escuchó al maestro hablar en un francés fluido. ¡Aquí enseñan el idioma de Marie!, pensó emocionada. Disfrutó ese sonido a pesar de que sólo entendía algunas palabras.

Se asomó un poco más y vio que unos niños realizaban cuentas en sus ábacos. Ella también quería un juguete de esos, con pequeñas bolas de colores. Otros, sentados en círculo a la sombra de un naranjo, leían en voz alta una historia que parecía divertirlos mucho porque en medio de la lectura soltaban la carcajada.

Al día siguiente se acercó a Lisbona y declaró con tono determinante:

—Yo también quiero ir a la escuela.

Hasta entonces él no se había percatado del cambio radical en Latife. No era sólo el aspecto exterior sino que también se había transformado interiormente. La niña apagada, miedosa e insegura que recogió por caridad mostraba ahora una actitud franca, tal vez demasiado franca, pensó Yusuf, preocupado.

—Lo siento, Latife —resolvió después de pensarlo unos minutos—, esta vez no voy a poder complacerte, bien sabes que tu padre no estaría de acuerdo. En cuanto a lo que tú debes aprender, aquí en la casa tienes a las mejores maestras, ni siquiera necesitas molestarte en ir al *Bet maalme* como otras niñas.

Latife recordó que su padre había mencionado ese lugar. Deseaba que le enseñaran las labores necesarias para ser una buena ama de casa. Una niña que había aprendido las obligaciones del hogar tenía posibilidad de un mejor matrimonio.

—Si te esmeras y pones de tu parte —prosiguió Yusuf—, sabrás cocinar a la perfección; en ninguna casa se guisa mejor que en la nuestra. De Hannán podrás aprender el arte de administrar un hogar, porque el asunto tiene sus problemas, no es tan fácil; además, podría venir la costurera y enseñarte a confeccionar tus propios vestidos, pero L'Alliance... ¿qué necesidad tienes de permanecer sentada horas, escuchando lecciones?

Lisbona buscaba en la mirada de la pequeña por si hallaba algún indicio de convencimiento, pero hablaba sin lograr efecto alguno. Así que concluyó, con una respuesta tajante.

—No, querida, L'Alliance no es para ti.

Latife se sorprendió ante el no rotundo. Estaba lejos de comprender esa negativa. ¿Por qué?, se preguntaba, ¿piensa que no soy tan inteligente como su hijo, que no soy capaz de aprender? ¿Ser mujer me hace tonta? O a lo mejor es al revés: tiene miedo de que yo me vuelva más inteligente que ellos.

Se alejó rumbo al jardín sin pronunciar palabra. En cuanto se sintió libre, lejos de todos, echó a correr. Quería escapar. Corrió hasta desfallecer, hasta que sus piernas ya no fueron capaces de dar un paso más. Entonces se dejó caer, se tapó la cara con las manos y lloró. A pesar de no darse cuenta de cómo esta decisión afectaría el resto de su vida, sospechaba que había perdido la posibilidad única de ser ella, como ella deseaba.

Se olvidó del tiempo. Se acomodó en un rincón sosteniendo las rodillas contra su pecho. Volvió a su verdadera realidad, se percibió miserable y sola. Descubrió que, a pesar de estar viviendo un cuento de hadas, no era la protagonista del relato. Siempre sería una extraña en esa casa. Y me tengo que aguantar porque mi padre, mi única familia, me abandonó; eso sí: aunque se haya olvidado de mí y esté lejos, impone sus deseos. No estudiaré porque él no lo quiere, así dijo Lisbona… y mi padre ni siquiera se ha preocupado por venir a vernos.

Después de un par de horas, con la vista perdida en un solo punto, se sintió aún más dolida: nadie se percató de su ausencia, nadie tuvo interés suficiente en su persona como para tratar de encontrarla. Puedo desaparecer y ningún morador de la casa se daría cuenta, pensó. Llegó a la casita del jardín con los ojos hinchados, deseosa de recibir unas palabras de consuelo.

En contraste con su estado de ánimo, Marie la recibió contenta y la animó a que viera algo insólito: de la boquita de Badía había asomado el primer diente. La bebé reía a su vez. A Latife le dio gusto el acontecimiento aunque no tuviera ningún deseo de celebrar. Obediente, frotó con su dedo y sintió, en medio de una encía blanda y carnosa, la tan preciada joya.

—¡Haremos *slieh* e invitaremos a *jawaj'a* Lisbona! —dijo la mujer.

Latife no comprendió a qué se refería, pero asintió. Marie la vio con más detenimiento: descubrió los ojos rojos, el cabello enmarañado, los labios secos. En vez de importunarla con preguntas, simplemente le ofreció:

—¡Hoy dormirás aquí con nosotras! ¿Gustas beber un poco de *shrab* de chabacano?

La niña asentía, abatida. Su protectora, ajena a todo lo que sucedía en la mansión, no encontraba cómo ayudarla.

—*Allez, cherie!* Vamos a preparar el dulce. Tú lava el trigo y yo pongo el agua a hervir.

Marie vació el cereal en el agua hirviendo y añadió semillas de anís, dos rajas de canela y azúcar.

—Ahora, mientras se cuece, hay que añadir el *ma 'zzahr*. Sólo unas gotas, para que no amargue —prosiguió feliz, mezclando el cereal con la esencia de azahar. Persistió en su labor como si no se enterara de nada—. Latife, desde hace tiempo tengo un regalo para ti y esperaba el momento para dártelo. ¿Lo quieres ver?

Abrió el ropero de los secretos. La pequeña se impresionó al ver todos esos tesoros. Las joyas guardadas en cajas, los dulces, las carpetas bordadas por la madre de Marie y un hermoso chal que le había tejido su abuela. Ella señalaba con orgullo mostrando sus posesiones hasta que encontró lo que buscaba. Un libro de tapa dura, un cuento con ilustraciones en el interior. *Les petites filles modèles,* leyó mientras lo ponía en manos de Latife. La niña acarició la tapa sin poderlo creer.

—¿Es mío?

—Te pertenecerá cuando puedas leerlo —contestó Marie—. Yo seré tu maestra.

Damasco, 1915

Una banda de malvados
me acorrala

Un invierno crudo dio paso a una primavera sofocante. La gente, bañada en sudor, pensaba que en cualquier momento podría derretirse o, al menos, desmayarse. Muchos de ellos, en sus intentos vanos de abatir el calor, dormían en las azoteas. En la oscuridad de la noche, se escuchó un ruido lejano. Cientos de pisadas arremetían contra la tierra, pateaban las piedras, aplastaban cualquier cosa que se cruzara en su camino. Marie y Latife, todavía entre sueños, permanecieron en silencio, casi sin moverse, tratando de adivinar cada uno de los sonidos, adjudicándoles formas para convertirlos en seres corpóreos, hombres con rostro.

Conforme el día despuntaba, el estruendo se intensificó hasta volverse aterrador. El ruido se mezcló con otros ruidos: los bramidos de los animales, las voces de los hombres confundidas con sus groseras risotadas, los clamores de los habitantes.

Marie se incorporó inquieta.

—*C'est la guerre, ma petite!*

Latife, adormilada, a pesar de entender las palabras no comprendió a qué se refería, pero el miedo a lo desconocido afloró en su cuerpo con un batir insistente que también se agregó al resto de los sonidos. Vio la rapidez con la que la mujer se vestía e hizo lo mismo sin preguntar. Se puso la ropa como pudo, recogió su cabello enmarañado en una coleta y siguió a su protectora.

Subieron a la azotea al igual que el resto de los habitantes del barrio. Desde lo alto era más fácil contemplar el mundo. Desde lo alto vieron la intensa nube de polvo y sintieron cómo se cimbraba la tierra.

Latife y Marie observaban sin querer ver. Más allá del jardín con su fuente y sus árboles, se apreciaban las callejuelas reducidas: pisos de terracería, puertas simples, muros sin ventanas. Latife, impresionada, vio cómo se llevaban a los más jóvenes, arrastrándolos por la fuerza a pesar de las súplicas de los padres quienes, al darse cuenta de que no podían rescatarlos, se derrumbaban, impotentes; se cubrían la cara, acongojados; rasgaban su ropa.

—No tienen con qué comprar su libertad —explicó Marie, en un susurro.

Formaban una fila más larga aún que la de los propios militares. Muchachos entre doce y dieciocho años. Iban esposados, unidos por eslabones que los separaban tan sólo unos centímetros formando una extraña cadena humana.

—¿A dónde los llevan?

—A la muerte.

Esa palabra la obligó a guardar silencio aunque no entendiera el alcance de lo que podría suceder. Mucho tiempo después comprendería al escuchar las anécdotas de los pocos que regresaron. Los jóvenes, utilizados como carne de cañón, serían forzados a permanecer en la primera línea del frente con el fin de agotar las balas del enemigo. Sin preparación militar sólo para eso servían: para tapizar el suelo de sangre, para convertir los campos en el Gran Infierno.

Entre ellos resaltaba un niño negro, mucho más alto que los otros, con el cuerpo medio desnudo y visiblemente maquillado con toda clase de figuras. Jamás lo habían visto. ¿De dónde habrá salido? Caminaba con todos, con la cabeza baja. De nada servían ahora sus tatuajes ni los collares con amuletos que colgaban de su cuello. No había Dios que quisiera protegerlo.

Al otro extremo de la calle, donde se veían casas más grandes, Latife reconoció la de los Rahmane. Vio a los tíos replegados en un rincón, temblando como hojas, mientras su abuela, esa anciana que apenas tenía fuerzas para moverse, se enfrentaba cara a cara con los soldados.

Le parecía escuchar sus insultos. Nadie como ella para proferir una sarta de maldiciones en el lenguaje árabe más florido. Sin embargo, esta vez su entereza no funcionó. Uno de los hombres, con el puño en alto, la amenazaba y gritaba también. Ella desistió. Derrotada, bajó la cabeza y le hizo una señal a Daud, quien entró a la casa para regresar con un cofrecito que entregó a su madre. En él guardaba Latife Rahmane sus joyas, las que ya nunca heredarían las nietas de su propia mano, como las había recibido ella de manos de su abuela.

Latife entendió que su familia había pagado. Mis primos están a salvo, pensó con alegría secreta, aunque tristemente advirtió en la fila a varios de sus conocidos: los hijos de la vecina, la señora Bulín Salame, quien desesperada se arrodillaba a los pies del comandante, jalando su ropa, hasta que otros soldados la apartaron con brusquedad. También vio a los hijos de Abu Jelil, el barbero, quien a pesar de su popularidad en el oficio no tenía cómo pagar. Jamás le interesó enriquecerse, la mayoría de las veces hacía su trabajo por gusto, sin cobrar un centavo. Ahora se arrepentía de ser tan generoso: costaban caro las buenas intenciones.

A la niña la sorprendió ver a su tío Aslán llorando inconsolable. Qué raro, pensó, él no tiene hijos y sus sobrinos están a salvo. ¿Por quién sufrirá de esa manera?

Al grito de ¡en marcha! los viejos y los nuevos soldados se pusieron en movimiento. Todos los visitantes de la azotea, impresionados, se miraron en silencio al ver cómo la imponente masa humana se acercaba cada vez más hasta alcanzar el jardín, la fuente y la puerta de la casa. Abrevaron los animales en la parte de atrás mientras los sirvientes realizaban una actividad febril, como nunca antes los habían visto.

Yusuf Lisbona, siendo el gran estratega que era, sabía que para ganar la partida había que dar un paso inesperado. Ordenó a los criados prepararlo todo y salió a invitar personalmente a los jefes del

destacamento para que descansaran y comieran en su casa. Al enemigo hay que tenerlo cerca, explicó Yusuf a Hannán, quien asintió
obediente. A tu enemigo tiéndele un puente de oro, decía mi padre.
Ante la amenaza exterior, se mantuvieron unidos y completamente
de acuerdo.

PALABRAS QUE SON
COMO GOLPES DE ESPADA

Jemil Pashá, el comandante en jefe del destacamento, era un hombre
civilizado. Nacido en el seno de una de las familias sobresalientes de
Turquía, se había educado en Europa, en la Inglaterra que tanto admiró
en su juventud, hoy convertida en despiadada enemiga del islam.

A Lisbona le llamó la atención su aspecto occidental, no sólo por
su vestimenta, de fino casimir inglés, sino también por su presencia.
Alto, y aunque moreno como todos, sus ojos claros lo delataban: eran
el recordatorio de la mezcla proveniente de una abuela rusa. Ahora
todo lo que había aprendido en su juventud le daba la espalda y sus
raíces occidentales, de las que no podía desprenderse por más que lo
intentara, lo traicionaban.

Después de degustar una gran variedad de manjares y de eructar
en señal de satisfacción, el *pashá* intentó despedirse. Lisbona, con
toda deferencia, le propuso una plática privada en la terraza, donde
podría disfrutar uno de los mejores habanos del mundo, recién
traído a Damasco desde América.

En cuanto bebió cuatro copas del excelente *arak* de la zona, al
comandante se le soltó la lengua. Comenzó su discurso y afirmó su
identidad.

—*Allah* nos ha mandado esta guerra para recuperar el honor
del islam. Un asunto de justicia —dijo, exhalando el humo a grandes bocanadas—. Le demostraremos al mundo que el Imperio otomano no es ningún viejo enfermo.

—¿Quién se atreve a afirmar tal cosa? —preguntó Yusuf, haciéndose pasar por ingenuo.

—He de serle franco. Nuestros enemigos no sólo consideran al Imperio otomano un viejo enfermo. Muchos hablan de nosotros como si fuéramos un cadáver olvidado en su tumba.

—¿No serán exageraciones?

—¿Le parece una insignificancia haber perdido Serbia, Bulgaria, Grecia y Montenegro? ¡Para usted tal vez sea poca cosa que Estambul esté rodeada de enemigos! —señaló con brío el *pashá*. Cuando mencionaba una de las potencias en pugna se alteraba, le cambiaban los colores del rostro, le temblaban las manos—. La razón está de nuestra parte —gritó—. ¿Comprende usted, *jawaj'a* Lisbona? Los pueblos del mundo nos asedian, pretenden repartirse nuestras tierras como se reparte el *dyafe* en una fiesta y, de todos ellos, la peor es Rusia, la gran enemiga del islam, esa prostituta capaz de venderse al mejor postor. Si nos descuidamos, sus ejércitos, *¡Yahre dinhon!,* entrarán por la Sublime Puerta y conseguirán adueñarse de nuestra gran ciudad.

—¿Tan grave es la situación?

—Estamos en guerra.

Yusuf lo sabía, no necesitaba de sus explicaciones pero se mantuvo en el juego de la inocencia.

—¿Y qué podemos hacer?

—¡Haremos la *yihad* en nombre de *Allah!* —gritó Jemil, exaltado—, *¡Allah hu akbar!*

—*¡Allah hu akbar!* —contestó con falso fervor Lisbona. En el fondo, sus preocupaciones eran otras.

—Reuniremos al mayor contingente posible —prosiguió el *pashá*—. Todos los ciudadanos deberán defender su patria, dar la vida en la lucha si es necesario. Y si hemos de morir, que sea en nombre de *Allah, ¡Allah hu akbar!*

—*¡Allah hu akbar!* —una vez más se sintió Lisbona obligado a responder aunque, después de una pausa, decidió dar la primera estocada—. Disculpe, comandante: usted, un hombre de mundo, culto y experimentado, tal vez sabrá explicarme... ¿para qué le sirven muchachos como estos en un ejército poderoso como el suyo? Véalos usted mismo: andrajosos, mal alimentados, tan débiles que apenas podrán hacer el largo viaje hasta Turquía, si es que llegan...

—¿A Turquía? ¡No, señor! ¡Mi ejército viajará hasta Rusia! —se levantó como resorte y se acercó exageradamente—. ¡Por la victoria, la fama, el martirio y el paraíso!... Mire, Yusuf *efendi*, no piense que somos unos salvajes sin sentimientos. Talat Pashá, *Allah ikun mao*, es un hombre justo. Por eso en su indiscutible magnanimidad decidió que sólo irían a la guerra los solteros, los que estuvieran en libertad de morir sin dejar atrás mujeres y niños desamparados.

—¿Sólo los solteros? ¿No hay entre ellos ningún casado? ¡Por supuesto que no! ¡Si son unos niños!

Lisbona buscaba argumentos para convencerlo de que, al menos, dejara a los más pequeños, pero la angustia le impedía pensar con claridad; no medía la consecuencia de sus palabras.

—Usted conoce, Jemil Pashá, nuestra condición de *dhimmis*, protegidos del sultán. Durante siglos hemos estado exentos de ir al ejército. Ahora me imagino que se mantiene la misma política, ¿no es así? La verdad es que los judíos no servimos para pelear, servimos para rezar... si al menos aceptaran dejar a los más pequeños. Le prometo que incluiremos en nuestras oraciones a los Jóvenes Turcos y a todo el islam, *Allah ijelihon* —dijo, y se inclinó en señal de respeto.

—¡Ustedes los judíos son unos malagradecidos! —se indignó Jemil Pashá—. Ninguno, a todo lo largo del *Sham*, ninguno fue a quejarse cuando se les otorgó la categoría de ciudadanos con igualdad de derechos... ¿y ahora resulta que prefieren la baja condición de protegidos? ¿Prefieren seguir siendo ciudadanos de segunda clase?

133

—¡Por supuesto que no! *Allah* prodigue larga vida a los Jóvenes Turcos, quienes nos han enseñado el valor de la libertad —Lisbona prosiguió, intentando calmar los ánimos—. Le ruego no me malinterprete, pero es imposible imaginar que esos jóvenes puedan pensar en sus derechos precisamente ahora, cuando los llevan a la fuerza y esposados como si fueran ladrones o asesinos...

El comandante hizo una pausa, fumó con deleite el habano y miró a Yusuf Lisbona entre sorprendido e irónico.

—Y si no es demasiada indiscreción de mi parte —cambió de tema el *pashá*—, ¿de dónde ha sacado usted tanto dinero?

—Usted sabe, *efendi*, los negocios... compramos en un lado, vendemos en otro...

—Su negocio es acumular una fortuna y el mío, quitársela... dicen que los *yehud* son como esponjas. Hay que esperar a que se llenen para luego exprimirlos.

—En el fondo me parece usted gracioso —contestó Yusuf llenando su copa.

La conversación seguía su curso. Se tensaba por momentos, cuando afloraba lo que verdaderamente pensaban, y se relajaba gracias a las cortesías infinitas con las que Lisbona congraciaba a su invitado. El *arak* se servía con libertad, no sólo entre ellos sino entre todos los miembros del contingente quienes, a pesar de jactarse de su religión musulmana, bebían sin remordimiento.

Tus soldados se han vuelto mujeres

La escena que observaban desde la azotea se volvía cada vez más grotesca. Algunos soldados se habían disfrazado de mujeres. Con alegres canciones y al grito de *¡Ya habibi!* los otros militares los aventaban, como si lanzaran una pelota, para manosearlos. Estos hombres, instalados en su papel de hembras, se prestaban al juego, simulaban los pechos y mostraban las piernas, animados por los cantos de sus compañeros. Lanzaban gemidos agudos, moviendo las caderas exageradamente y embarrando el trasero en sus ansiosos camaradas. Marie alejó a Latife, quien reía divertida con la escena. La mujer temió que, al calor de la bebida y la droga, no faltara mucho para que se desnudaran y acabaran en una orgía.

—¡Tu hermana! —le dijo, nerviosa—. Debemos regresar ahora mismo.

Después de un día lleno de fatalidades, Marie recordó a la criatura. A pesar de haberla dejado a cargo de la sirvienta, era necesario asegurarse de que todo estaba en orden en la casita del fondo. Cuál sería su sorpresa al encontrarse en la entrada con varias mujeres del pueblo. La esperaban desde hacía unas horas convencidas de que era la única capaz de ayudarles. Pensaron que al ser la más allegada a Lisbona, podría influir en ese hombre poderoso. Confiaban en ella a pesar de ser la esposa abandonada. Al verla se echaron a sus pies, lamentándose en coro, desesperadas. Tenían la ilusión de que si ella hablaba con su marido, tal vez lo convencería de pagar por los niños. ¿Pagar por todos?, pensó, imposible. No hay dinero que alcance. Conocía a Yusuf, no traicionaría su sentido de justicia; no salvaría a unos mientras abandonaba a otros. Necesitaban pensar en otra alternativa.

—Están hambrientos de mujer —explicó Marie—, eso hemos visto desde la azotea. Tal vez si algunas de nosotras entretienen a los guardias, platican con ellos, aunque sin ofrecerse directamente, las otras podríamos rescatar a varios de los niños.

—¡Qué ocurrencia! —protestó *sitt* Bulín—. Sería un riesgo terrible. ¿Y si nos toman por la fuerza?

—¡*Yallah*! La pureza hace mucho que la perdimos —contestó Liza, la esposa de Raful Mugrabi—. Ya no somos unas jovencitas, aunque para ellos más nos vale parecerlo. Si así lográramos salvarlos… yo daría la vida por mis hijos, ¿por qué no ofrecer mi cuerpo?

—Las mujeres no contamos con armas para defendernos —dijo Marie—. Tal vez nuestro sexo sea el único recurso que nos fue otorgado, ¿comprenden?

Permanecieron en silencio. Cada una de ellas temiendo ser la elegida para el sacrificio. Nadie se sentía con la autoridad para tomar esa decisión tan escabrosa, que además afectaría directamente el destino de la otra; ni siquiera Marie se atrevió a opinar. Se miraron con aprensión, hasta que Kahile, la esposa de Abu Jelil, se ofreció a realizar el ardid. Sus cuatro varones habían sido tomados por el ejército.

—*¡Ya haram!* ¡Qué desgracia!… ¿A dónde los llevarán? —exclamó llorando. Otras dos mujeres la secundaron en la hazaña, aunque le advirtieron que permanecerían a la sombra, con el fin de protegerla.

Marie les prestó sus mejores vestidos; entre todas las peinaron y maquillaron, tratando de ocultar con el *kehel* alguna que otra cana que ya asomaba en el cabello negro.

Salieron vestidas y perfumadas con la consigna de regresar ahí mismo, a la casa escondida del jardín, mientras que las demás aceptaron volver a sus hogares a la espera de noticias. Otras se harían de herramientas adecuadas para abrir las esposas en caso de que Kahile no consiguiera las llaves.

Oscurecía. Embriagados por la fiesta, en el ejército se habían olvidado de los niños. Sólo dos custodios permanecieron junto a la larga fila. Uno al principio y otro al final, lejos de los demás, quienes gozaban a sus anchas en una bacanal que prometía durar toda la noche. Las mujeres se acercaron al último soldado pensando que así estarían más seguras: mientras más alejadas les sería más difícil ser descubiertas. Kahile se acercó. Trató de sonreír pero su vergüenza la dominaba. Las otras dos desde lejos se unieron a ella, animándola con gestos.

—¿Qué buscas aquí? —el guardia espetó con rudeza.

—Quería ver si es cierto que los soldados son tan guapos como dicen —le susurró ella al oído.

—Algunos somos guapos, no todos —contestó el hombre con parquedad.

—Me gustas, ¿sabes? —sonrió ella, refrenando su asco. El tufo a sudor y a orines que el sujeto despedía le revolvió el estómago—. Hace tanto que no estoy con un hombre… uno verdadero como tú. Con sólo verte siento un ardor intenso que pasea entre mis piernas.

El guardia no podía creer su suerte. Una hermosa mujer dispuesta para él, después de meses de soledad, de haber soñado con una piel suave, sin tener que desahogar sus ansias por sí mismo. Su miembro respondió al deseo con una erección. Tomó a Kahile entre sus brazos y la pegó bruscamente a su cuerpo.

—¿Esto quieres? —preguntó, apresándola.

—Sí, pero no aquí delante de los niños —sintió su mano grasosa en sus muslos—. Atrás de ese árbol podremos quitarnos la ropa.

El hombre la besó. Su boca se llenó de un sabor a podrido que la hizo estremecerse. Conquistó su aversión: le ayudó a quitarse la camisa y le acarició el pecho fingiendo un éxtasis que estaba muy lejos de sentir. La pestilencia a sudor y a excremento se intensificó. Sintió las manos ásperas recorrer su espalda y su lengua pegarse como lapa en sus pechos, los que el hombre succionaba y mordía. Ella, acostumbrada al aroma a jabón y a las manos tersas del peluquero que sabían recorrerla con dulzura, apenas podía soportarlo. Sin embargo, simuló. Firme en su propósito, pensó en sus hijos.

Con una habilidad que desconocía, le quitó el pantalón y las botas. Lanzó la ropa lo más lejos posible para que las otras mujeres tomaran las llaves. A pesar de sus esfuerzos, no pudo evitar un gesto de repugnancia. Por suerte, el guardia no lo notó. La penetró con fuerza, lastimándola en cada oscilación, haciendo gala de su hombría. Ella sentía que al penetrarla la desgarraba por dentro. No soportó más. Escapó un grito que reveló su verdadera intención.

—¡Cerdo! ¡Suéltame!

—¿No es esto lo que querías? ¡Largo, puta desgraciada! —la aventó al suelo—. Agradece que no te mate aquí mismo.

El hombre reaccionó, se dio cuenta de su vulnerabilidad: desnudo y expuesto, en un país desconocido, en el jardín de una casa ajena, con esa mujer extraña, a merced de la condena y la burla de sus compañeros. ¿Cómo perdí la cabeza?, se preguntó. Se volvió a buscar su ropa. Le urgía vestirse, regresar a su apostura acostumbrada, pero no encontró su uniforme, alguien lo había tomado para sustraer las llaves. Ésa era la verdadera intención de toda esta farsa: liberar a los niños bajo su cuidado. ¡Qué iluso! Pensar que una mujer se le entregaría sólo por gusto. Si su comandante se enterara, lo mataría sin piedad, no tendría ni un gramo de clemencia para tanta estupidez. Me dejé llevar, se justificó. Qué caro habrían de costarle esos minutos de placer.

Kahile aprovechó esos segundos de desconcierto. Era su única oportunidad de escapar, mientras el soldado buscaba sus cosas, pero el hombre escuchó sus pisadas pequeñas y rápidas y le dio alcance sin hacer grandes esfuerzos.

—¡Perra! ¿Qué hiciste con mi ropa? ¿Dónde están las llaves? —la sujetó del cabello con fuerza, al grado de arrancárselo.

Ella sonrió con desprecio. Observó su piel flácida, el pene colgando sin vida en medio de las piernas. El hombre le pareció disminuido, insignificante. Perdía su poder, lo único que en el fondo le pertenecía. Ella ganaba la batalla para la eternidad. Satisfecha de haber logrado su propósito, ya no le importó lo que pudiera sucederle.

El guardia cerró la mano para dirigirla brutalmente, una y otra vez contra ella. Los golpes, implacables, sellaban su cuerpo, certeros, contundentes. No había tregua. Kahile no intentó defenderse, cerró los ojos dejándose llevar.

Entró al remolino del dolor sin resistencia.

De un puñetazo le rompió la mandíbula. Ella sintió el borbotón de sangre y los dientes flotando en su boca. A causa del impacto cayó al suelo, pensó que la cabeza le estallaba. Él comenzó a patearla con las botas, directo en el vientre. Kahile trató de cubrirse poniéndose en posición fetal, procurando evadir los golpes que acertaban en varias zonas vitales de su cuerpo.

Cuando los niños se dieron cuenta de que estaban liberando a los últimos de la fila, intentaron desatarse y huir. Jalaron en su carrera a todos los que les precedían, pero al estar sujetos no pudieron avanzar demasiado. Se atropellaron: unos tiraban hacia adelante mientras que a los de atrás el jalón los tomó desprevenidos y cayeron. La fila se convulsionó. La tensión crecía. Los que no pudieron mantenerse en pie acabaron pisoteados por aquellos que, desesperados, buscaban su libertad. El efecto llegó hasta el vigilante, quien tuvo que investigar por qué la hilera de jóvenes se había convertido en una serpiente. Después de recorrer algunos metros se percató de que varios pequeños reclutas habían desaparecido y muchos otros estaban a punto de fugarse. El guardia disparó varias veces al aire para evitar la estampida.

—¡Alto! ¡Al que corra, lo mato!

Los jóvenes asustados gritaron y, junto con los disparos, llamaron la atención de los demás soldados, quienes se percataron de lo que sucedía. Buscando a los que habían escapado descubrieron a su compañero desnudo al lado de una mujer a la que golpeaba brutalmente.

Jemil Pashá no era hombre de contemplaciones: sin hacer una sola pregunta disparó contra el guardia, que cayó al lado de la desconocida.

Ella ya no se percató de los gritos desaforados ni de los cientos de piedras que empezaron a caerle encima, golpeándola sin piedad, hasta cubrirla, hasta convertirse en su tumba.

¡Has inmolado sin piedad!

El sol asomó como siempre, sin ningún alarde. Para Jemil Pashá y su ejército era tiempo de rehacerse. Había que poner orden, recuperar sus pertenencias, preparar los alimentos y abrevar a los animales. Todos hicieron fila para lavarse en el río con la esperanza de limpiar también su conciencia. Jemil Pashá anunció que en la mezquita roja se harían las oraciones y suplicarían a *Allah* que los acompañara en su camino. A la luz del día todo se veía más limpio: los cuerpos de los muertos desaparecieron. Con un ritual idéntico, el guardia sería preparado para su última morada en la mezquita y Kahile en la sinagoga.

Las mujeres la lavaron con cuidado sin evitar rociarla con sus lágrimas. Esta vez el dolor compartido no las confortaba. Creció hasta introducirse en el pecho y pintarlo de negro. Lo sentían como si las hundiera bajo la tierra; apenas podían soportarlo. Al menos su muerte no fue en vano, se decían. Dib, el más joven de sus hijos, logró salvarse. ¡Qué triste! A ella le hubiera gustado saberlo, sollozaban.

—Ella está aquí con nosotros —dijo Marie—. Ella sabe. Lo verá crecer desde el cielo.

—¡Amén! —suspiraban las mujeres tristes y a la vez felices de haber rescatado a varios de sus hijos.

Me aguarda el día de mi ruina

Después de unas horas, los soldados se despidieron de la buena vida. Marchaban en fila; ya no cantaban como cuando llegaron. Caminaban sin brío, bajando la cabeza. En la mezquita, muchos dieron su palabra de no beber jamás. Una promesa que es probable que olvidaran en el pueblo siguiente. Las mujeres, desde la azotea, los miraban aliviadas. Al menos por un tiempo se alejaba el peligro, estarían a salvo. Sin embargo, Marie los observaba con aprensión, ¿cuándo volverán? Pensó que la amenaza no desaparecía con ellos. Después de las bondades que habían recibido se les haría fácil regresar en cualquier momento.

Latife, ensimismada, observaba los acontecimientos desde la azotea cuando de repente una aparición la sobresaltó. La niña no podía creer la visión que se filtraba entre sus ojos. Ese señor barbudo, con el cabello enmarañado y la vestimenta sucia, era Musa, su padre. A pesar de que tenía mucho tiempo de no verlo, lo reconoció de inmediato. ¿Qué hacía allí? ¿Qué buscaba? Vio cómo se acercó al comandante rogando con vehemencia. Después de escucharlo por unos momentos, el jefe inclinó la cabeza en señal de aceptación. ¡Se irá con ellos! ¡Lo matarán! ¡Van a matar a mi papá! Entonces la palabra muerte adquirió todo su significado.

—¡Papá! —gritó—. ¡Papá, no! ¡Mi papá no!

El ejército partió como había llegado, con una marcha rítmica, contundente, dejando un rastro de hedor y polvo.

Porque hemos pecado

Una desolación espesa cubrió al pueblo y a sus habitantes, presos de un malestar que no podían definir. No había luto que respetar. Sus hijos no murieron: vivían, aunque les hubieran sido arrancados sin contemplaciones. El *jaham* Bashi ordenó evitar el llanto. Le pareció de mal agüero tratar a los jóvenes como si estuvieran muertos. Sin embargo, a sus padres el dolor inexpresable por decreto los hundía aún más en la desesperación.

El silencio acompañaba sus horas. Se clausuraron las bromas en la peluquería de Abu Jelil, convertido ahora en un anciano taciturno. Los regateos en el mercado se acallaron al igual que la cháchara acostumbrada en las cocinas comunes donde las mujeres preparaban más habladurías que guisos. Ahora, suspiros y lamentos se mecían en el aire. Muchos tuvieron la sensación de estar viviendo un mal sueño. Acabarían por despertar y volver a la normalidad con los hijos haciendo bulla a su alrededor. Sin embargo, a medida que pasaba el tiempo reaccionaban. Se les impuso una realidad afilada como un cuchillo: les rasgaba el alma.

El silencio se mantuvo cada vez más denso, al grado de que les costaba trabajo proferir la palabra más simple. Solamente se avivaban, como pequeñas cenizas en la hoguera, al recordar la llegada de *Pesaj,* la Pascua judía. Aunque la mayoría intentó volver a la normalidad y conmemorar la fiesta con el rito acostumbrado, varios de ellos, en especial los padres de los más jóvenes, se rebelaron contra la tradición; después de los acontecimientos, todo perdía importancia. Se atrevieron a interrumpir al *jaham* Bashi en la sinagoga justo en el momento en que ensalzaba al Todopoderoso: "Porque Él nos sacó de Egipto con mano fuerte y brazo extendido".

Los padres proclamaban su desaliento, cuestionando al rabino:

—¿Acaso ha llegado la redención para nosotros? Fuimos esclavos en Egipto y seguimos cautivos en Damasco.

—¿Quién ayunará antes del *Seder*? ¡Ya no quedan primogénitos que agradezcan al Creador el haberlos salvado!

—¡Hemos probado el pan de la aflicción!

—¿Para qué necesitamos el cordero en la mesa? ¡Nuestra propia carne ha sido llevada al sacrificio!

—¡Ninguno comerá la hierba amarga, no necesitamos recordar la amargura de nuestros antepasados; ya la llevamos con nosotros!

—¡En vez de vino destilaremos las plagas con la sangre de nuestros hijos!

—¡El Todopoderoso nos ha abandonado!

—¡Silencio! —el *shamosh,* el guardián de la sinagoga, acalló las protestas y pidió que le cedieran la palabra al rabino.

Después de una pausa que les pareció infinita, el *jaham* Bashi profirió su sentencia:

—Ya lo predijo el gran rabino de Jerusalén. Ustedes se han alejado del camino recto, han olvidado los preceptos que el Creador del mundo, bendito sea Su nombre, nos encomendó. Cada vez nos alejamos más de nuestras costumbres, desde que se abrió la escuela francesa las nuevas ideas nos persiguen como veneno. ¡Se ha perdido el recato en la vestimenta y la vergüenza al hablar! ¡Varios de ustedes han robado, mentido, profanado el *Shabat*! ¡En la misma mesa se sienta el piadoso y el corrupto! ¡Han deseado a la mujer de su prójimo! ¡La maledicencia y el libertinaje beben del mismo vino!

Sus palabras provocaron reprobación. El rabino no había tenido para ellos una frase de consuelo. Dedujeron que tampoco encontraba una respuesta. No había respuestas.

El *jaham* Bashi se dio cuenta de su error. No era momento de amonestaciones, tenía que ofrecer a su comunidad un soplo de esperanza:

—*¡Vehí she amda!* —gritó con voz potente—, ¡No olviden la promesa que sostuvo a nuestros padres y sigue sosteniéndonos! En cada generación se levantan contra el pueblo judío para exterminarnos, ¡y el Santo, bendito sea, nos salva por propia mano!

Todos bajaron la cabeza en señal de asentimiento. Recordaron las historias de persecución que los padres relataron a sus hijos, las mismas que ellos, a su vez, contaron a los suyos.

—Ha llegado el tiempo de expiar nuestras culpas —señaló el *jaham* con los ojos húmedos—, pero alabemos al Eterno, ¡porque el día de la redención está cercano!

Vete de tu tierra, de tu patria
y de la casa de tu padre

Durante la noche del *Seder,* la cena que conmemora la Pascua, el orden se dispuso tal como lo exige la tradición. En cada casa, una charola mostraba la verdura verde, el huevo duro, la hierba amarga, el hueso de carnero, la mermelada de dátil y el pan ácimo, símbolo de aflicción y pobreza.

Una vez más, leyeron esperanzados: "El año que viene en *Yerushalaim".* Ahora comprendían el mensaje en todo su significado. Después de más de mil años de haber hecho de Siria su hogar, la promesa de *Pesaj* se convertía en un mandato, llegaba el tiempo de partir: "Vete de tu tierra y de la casa de tu padre a la tierra que Yo te mostraré."

Aunque esta vez el Todopoderoso no se refería a la Tierra Prometida de la Biblia sino más bien a América, el lugar que, en la imaginación del pueblo, se había convertido en el paraíso. América la abundante, decían, y se les llenaba la boca de un dulce sabor. La América, donde el dinero se barre en las calles, los hombres son libres y viven en palacios. Sólo algunos, quienes tenían parientes en Turquía, habían escuchado hablar de primera mano acerca de México gracias a las publicaciones de Francisco Rivas Puigcerver, un profesor y filólogo proveniente de una familia de judaizantes, como él mismo se hacía nombrar, que había llegado al nuevo continente desde la época de la Colonia.

La recomendación de Rivas confirmaba el mensaje del Todopoderoso: "Salga Israel de en medio de esos espíritus malignos y de entre esas gentes inhumanas e inhospitalarias, dirija en nuevo éxodo sus pasos a este Nuevo Mundo en que el Eterno ha plantado un Árbol de Libertad a cuya sombra disfrutan de dulce paz los humanos". Su periódico, *El sábado secreto,* había llegado hasta la comunidad judía de Estambul y el sueño de emigrar se contagió de boca en boca hasta alcanzar todo el Oriente. Esta invitación se convirtió en la única verdad de los jóvenes, su anhelo a perseguir. Algunos lograron adelantarse; sin embargo, por desgracia, el destino de la mayoría estaba aún en estas tierras.

LA RESPUESTA APROPIADA
ALEGRA AL HOMBRE

Yusuf Lisbona reconstruyó varias veces la conversación que sostuvo con Jemil Pashá. Intentaba encontrar una salida, darle la vuelta a estas nuevas disposiciones del gobierno. La falta de una solución viable lo trastornaba día con día porque no pensaba sólo en él, se sentía responsable del destino de toda la comunidad. Además, el hecho de abandonar Damasco, dejar su casa y sus propiedades para marcharse a otro país no estaba todavía en sus planes, aunque no se podía dar el lujo de descartar la idea. Evocó las palabras llenas de fervor del comandante: sus gestos exagerados, sus movimientos tensos, su insistencia en convencerlo.

La guerra ha sido inevitable, caviló Yusuf, y cual ola furiosa que lo abarca todo no tardará en arrastrarnos. Lo que sube debe caer, y así como hubo el tiempo del gran auge, le ha llegado el turno al desplome del imperio. Nadie tendrá la fuerza para protegernos, nadie impedirá la toma de la Sublime Puerta. La guerra arrastra vientos de destrucción, se dijo, no habrá ganadores, ni en un frente ni en el otro. Todos seremos vencidos.

En cuanto a nosotros, al *yehud,* ya lo dijo Jemil Pashá: "Vendrán de nuevo a exprimirnos hasta acabar con nuestros bienes y apoderarse de nuestras familias". Las condiciones han cambiado. La ley ya no nos protege, aunque, ¿cuándo nos amparó la ley?... que yo recuerde, nunca tuvimos plenos derechos; sin embargo, siempre encontrábamos una salida. Ahora la situación se complica: caminamos inseguros por un pasadizo largo y oscuro. Volvieron a su mente las palabras de Jemil Pashá: "La misericordia del sultán es infinita". ¡Por *Allah*!, sonrió irónico, el sultán es un cadáver como muy pronto, gracias a su política, lo seremos todos nosotros. Lisbona externó sus temores con el grupo más influyente del *hara*. Reunió en su casa a los más íntimos, con quienes tenía confianza absoluta.

—¿Y dices que sólo se llevan a los que no están casados? —preguntó el *jaham* Bashi.

—Tienes razón, Yusuf —interrumpió Ámbar—. Pronto volverán y ya nadie tendrá dinero suficiente para detenerlos.

—Una nueva generación se perderá sin remedio —se lamentó Tofik Rayek.

—Yo no olvido el sufrimiento de sus padres, la impotencia de no poder salvarlos —declaró afligido Lisbona.

—¡Cada vez más familias se quedarán sin hijos! —suspiró Ámbar.

—¿Qué te dijo exactamente Jemil Pashá? —insistió el *jaham* Bashi—. Según entiendo, no se llevan a quien esté casado…

—Así lo dijo —respondió Lisbona.

Después de ponderar la situación y buscar el desenlace que fuera más conveniente, el rabino propuso.

—¿Por qué no los casamos a todos? Así no habrá forma de que se los lleven, al menos por un tiempo.

—¡Pero si son unos niños! ¿Está permitido el matrimonio a su edad? —reaccionó Rayek.

—Según explica la *Halajá* —respondió el rabino refiriéndose a la ley judía—, se permite contraer matrimonio a partir de los doce años, la misma edad que han elegido para llevárselos.

—¡Hagamos una boda múltiple! —reaccionó Ámbar—. En mi casa… tal vez sea la última fiesta que celebremos.

La noticia se dispersó como la pólvora. Por orden irrevocable del *jaham* Bashi los varones, a partir de los doce años, contraerían matrimonio, por lo que debían buscar pareja lo más pronto posible.

La ceremonia duraría siete días, tal como dicta la ley. Se llevaría a cabo siete días después de *Shabuot,* festividad que conmemora la entrega de las tablas sagradas a Moisés. Esta fecha auguraba un buen presagio.

—El Todopoderoso está con nosotros —repitió el *jaham* Bashi en la sinagoga.

Y HUBO LUZ, ALEGRÍA Y REGOCIJO

De nuevo, una actividad febril cubrió al pueblo. Los habitantes despertaron de su mutismo para resurgir, como un engranaje que se enciende y vuelve a tomar fuerza. ¡Una boda! Apenas había tiempo para los preparativos. En casa de Ámbar se estacionaron las carretas disponibles con el cargamento necesario para la fiesta multitudinaria. Contrataron a todas las cocineras del *hara* mientras un séquito enorme de sirvientes pulía el mármol y la plata, sacaba brillo a los candiles, replantaba los jardines y decoraba la fuente.

Muchos padres resolvieron el asunto del matrimonio sin mayor problema. Ya tenían asignado al esposo de sus hijas a través del compromiso que realizaran con algún pariente o amigo desde que los niños eran pequeños. En cambio, la cuestión se complicó para los que no habían sellado un arreglo con anterioridad o para aquellos que habían prometido a sus hijas con los jóvenes que se llevaron al frente. Encontrar una pareja de su gusto cuando la mayoría ya estaba asignada de antemano se volvía difícil, si no es que prácticamente imposible.

Varios llevaron a sus pequeñas a casa de Abu Jelil. Querían a Dib como yerno. Un niño antes desconocido, de la noche a la mañana se cotizaba al mejor postor. Pensaban que, después de lo sucedido y por la forma en que el muchacho se había salvado, nada le pasaría jamás. Se convencieron de que su nombre, Dib, lobo, lo había protegido. No tomaban en cuenta que si estaba ahí con ellos se debía al sacrificio de su madre más que a una fuerza sobrenatural.

En casa de Abu Jelil una larga fila de niñas esperaba el veredicto. Dib no sabía cómo reaccionar. A los trece años casarse no estaba en sus planes, pero ante la orden irrevocable del rabino tuvo que aceptar como todos los demás. En un principio miraba y escuchaba en silencio. Deseaba que su padre le dijera qué hacer pero el peluquero, ante los acontecimientos, sufriendo terriblemente la muerte de su querida esposa, se encontraba a leguas de distancia, en un lugar cercano al límite de la nada.

¿Cómo elegir?, se preguntaba Dib. La fila de candidatas crecía; las ofertas eran atractivas. Los padres prometían cubrir con la dote todas las necesidades de la futura pareja. El muchacho miraba a cada una de las jovencitas que se presentaban y se ruborizaba sin explicarse por qué. En el fondo no podía controlar la vergüenza, sentía que algo no estaba bien. El ambiente festivo se filtraba por los muros de su casa cuando la muerte de su madre era aún reciente y la herida se mantenía abierta. ¿Cómo alegrarse sin pensar en el infortunio de sus hermanos? Ante el barullo exagerado, desesperaba. Lo único que quería era salir corriendo rumbo al parque, donde le gustaba refugiarse. Nunca imaginó que acabaría comprando una esposa. ¿Cómo decidirme por la mejor?, se preguntaba mientras perlas de sudor recorrían su frente.

Incapaz de tomar una decisión, pensó que el *jaham* Bashi podría ayudarle. El sabio era quien conocía a las familias íntimamente y sabría elegir lo mejor para él. Decidió ir en busca del rabino, pero al acercarse a la puerta de la casa, casi en el último lugar de la fila, la vio: una niña menudita, parecía aún más pequeña de lo que realmente era. Le sonrió y ella, apenada, bajó la cabeza. Sus ojos, de un negro profundo, transmitían un destello que le recordó su inocencia, el olor materno, la tibia dulzura de un abrazo. Dib se sorprendió de su propia turbación. Sin entender de dónde provenía su necesidad, deseaba a esa niña, acariciar sus cabellos y besar sus labios. Imaginaba desnudarla para hurgar en sus pechos, apenas dibujados. Dib pensó que sería divertido jugar a ser adultos, a estar enamorados.

La abuela Rahmane se sentía feliz con la nueva disposición. Por fin tenía un motivo válido para que su hijo Aslán, el incasable, como ya le apodaban en la familia, sentara cabeza y se uniera a una buena mujer. Decidió concertar una larga plática con él y convencerlo de que había llegado el momento crucial de su vida y no lo debía dejar pasar. Cuál sería su sorpresa al ver que Aslán no tenía ninguna objeción.

—Me casaré con quien tú elijas, mamá —respondió con amargura. Desde la pérdida de su joven amante, todo le daba igual.

La respuesta de su hijo le llenó el alma de alegría. La mujer sonrió satisfecha sin imaginar lo que él realmente estaba sintiendo.

—No te preocupes, yo encontraré a la novia más indicada para ti.

¡Llevaba años rogando por ese momento! Y Dios se lo concedía justo ahora, cuando ella ya había perdido toda esperanza. Existen los milagros, se dijo. Sin embargo, Aslán había aceptado casarse por la fuerza, en medio de una guerra y de una situación que se complicaba día tras día. Así es la vida, suspiró: unas satisfacciones por unas tristezas. En la balanza divina, Dios nunca está satisfecho. La felicidad completa es sólo un espejismo, pensó.

La abuela ya había elegido. ¿Quién mejor que una de las jovencitas de la familia para su tío? Pensó de inmediato en Latife la Grande. Harían una pareja ideal; Aslán le llevaba, a lo mucho, veintitrés años. La experiencia le había demostrado que los matrimonios mejor avenidos se lograban donde reinaba el respeto: el hombre que enseñe con mano blanda y ordene con mano dura. La mujer tenía como misión servir a su esposo y obedecerlo en todo. No le cabía duda de que Latife estaba bien preparada para el matrimonio. Shefía, su madre, la había aleccionado adecuadamente. Latife la Grande era una gran cocinera, sabría complacer al glotón de su hijo. El amor entra por el estómago, mencionaban las mujeres desde siglos atrás.

Esta alianza traería la tan anhelada paz a su hogar. Daud y Aslán tendrían un motivo importante para reconciliarse. Sus hijos no sólo hermanos, sino suegro y yerno también, acabarían por unirse. Latife Rahmane se había equivocado y lo sabía. Era el momento de aceptar las culpas. Hacía tiempo que el remordimiento no la dejaba tranquila y menos aún después de la forma en que había tratado a Musa. Y para su desgracia, su hijo había partido a una muerte segura. ¡Qué triste lección le daba la vida! Tuvo que perderlo para comprender que lo único valioso son los lazos de familia.

Por otra parte, las mujeres del pueblo se la pasaban hablando a sus espaldas. Alegaban que el infortunio les había caído encima por culpa de los Rahmane, por la llegada de ese rabino que sólo los visitó para profetizar su desgracia. Ese pleito entre Daud y Aslán, aseguraban, había generado la fuerza del mal. Sin embargo, la abuela lo negaba rotundamente a todo aquel que aceptara oírla. Es envidia pura, trataba de convencer a su hija Jasibe quien, con aprensión, traía las voces del exterior hasta su madre. La anciana reunió a sus nietas, hijas y nueras, un viernes por la mañana. Se dirigieron a la sinagoga *frengie,* la que quedaba más cerca de su casa, a encender velas y a pedir: por el pueblo, por sus hijos… por Musa. Si él regresara, le pediría perdón y entonces podría morir tranquila.

Y TOMARÁS MUJER PARA MI HIJO

Yusuf Lisbona agradeció su suerte. La fortuna lo había bendecido al traer, hasta las puertas de su propia casa, a quien sería la esposa de su hijo mayor. Sin saberlo, había llevado a la elegida. Latife y Kamil estaban destinados a unirse, Yusuf intuyó que una fuerza superior lo había decretado en otro tiempo y en otro universo: el Todopoderoso había puesto gracia en ellos. De inmediato reconoció en Latife la mitad perdida del alma de su hijo.

Satisfecho de su elección, no en vano vio por ella desde un principio. Nunca dejó de sorprenderle su belleza, la que aumentaba a medida que crecía. Sus cabellos dorados, dispuestos a atrapar al sol, enmarcaban un rostro perfecto. Las mejillas, antes pálidas, mostraban un tenue color rosado. Lisbona se congratuló de que, con sus cuidados y una buena alimentación, la niña había recobrado su lozanía. Ninguna muchacha en todo el barrio se comparaba con ella. Inteligente y habilidosa, notaba cómo Latife se esforzaba en cumplir con sus tareas cabalmente: nunca se quejaba, a pesar de que Hannán se ensañaba con ella. Sonrió convencido: Kamil aprobaría su decisión. En varias ocasiones, por no decir a menudo, había sorprendido al muchacho pendiente de la joven. Estaba al tanto de sus travesuras y lo divertía la astucia de Latife para defenderse. Yusuf Lisbona pensó que, en poco tiempo, sus juegos serían aún más placenteros. Ya se encargaría él de aleccionar a su hijo debidamente.

Ella será una hija para mí

Por el contrario, Hannán se llenó de rabia con la noticia. Aspiraba para su hijo al menos una de las niñas de los Mujaled o de los Dana, así que este enlace le pareció, a todas luces, inaudito. ¡Su hijo mayor, el heredero, el futuro representante de *Bet* Lisbona, emparentado con la pordiosera, producto de una mujer soberbia y estúpida y de un imbécil incapaz de sacar adelante su casa! Aunque no estaba en contra de los Rahmane… si Latife perteneciera a la familia de Daud o de Raful, no se sentiría tan indignada pero, ¿la hija de ese mequetrefe? ¿Cómo se le habría ocurrido a Yusuf algo tan absurdo? ¡Se haría escuchar! Buscó a su marido para echarle en cara, a gritos, su aberración. *¡Amut ana!* ¡Primero me muero! Esta vez el hombre la dejó desahogarse a su gusto hasta que se hizo un silencio pesado. Hannán lo miraba furiosa. Si por ella fuera, lo habría golpeado, le habría arañado el rostro con sus uñas afiladas: quería matarlo a él y luego suicidarse ella.

—No te equivoques, Hannán —declaró con parsimonia, seguro de sí mismo—. Latife proviene de una de las familias más importantes y más antiguas del *hara*.

—No deja de ser una muerta de hambre —alegó la mujer—. Si come, es de nuestra mano. ¿Qué hubiera sido de ellas, de las dos, sin tu ayuda?

A Lisbona lo enfureció su falta de sensibilidad, el exceso de soberbia que la convertía en una bruja odiosa.

—Latife es bisnieta del gran mártir, del gran rabino Salonicli, bendita sea su memoria… ¡ya quisieras tú estar a la altura de la uña del dedo más pequeño de su pie! ¿Qué sería de ti si yo no me hubiera casado contigo? ¿Ya olvidaste? Porque tú, mi respetable esposa, estabas en la misma situación que esas niñas a las que tanto desprecias.

Hannán guardó silencio. No tenía respuesta para tal ofensa, ésa era la insoportable verdad, ella no provenía de un linaje digno de mencionarse. Lo único que la salvó de la pobreza en que vivía el resto de su familia fueron muchos gramos de suerte y belleza.

—Si así lo has decidido —aceptó la mujer simulando toda la dignidad de que fue capaz—, me haré cargo de los preparativos.

—No hay nada que hacer —respondió Yusuf—, se casará con el resto de los jóvenes en casa de Ámbar.

—Hay otros preparativos que debo realizar —Hannán salió de la habitación.

Al día siguiente, esperó a que Yusuf se entretuviera con sus empleados para buscar a Latife y tener una plática íntima con ella.

—¿Ya manchaste?

La niña no sabía de qué estaba hablando, pero al percibir la rabia en su mirada supuso que no sería nada bueno.

—¿Tienes sangrados? —aclaró Hannán ante el asombro de Latife—. ¿Estás sorda? —insistió, al tiempo que Latife bajaba la cabeza—. ¿Qué, no oyes? ¿Te sale sangre por abajo?

Latife asintió. Hacía apenas tres meses que el líquido oscuro fluía de su cuerpo. La primera vez pensó que se había lastimado sin darse cuenta y que, con tamaña herida, moriría desangrada tal como le sucedió a su madre. Corrió despavorida en busca de Marie, quien le explicó lo necesario. Le dio unos paños de algodón que debería poner entre sus ropas. Le enseñó a remojarlos con vinagre y a lavarlos para usarlos de nuevo en el siguiente periodo. Cada que la luna crezca te pasará, había dicho Marie sin inmutarse. No es tan grave, trató de convencerla. A pesar de los terribles cólicos que le recorrían el vientre, no había nada extraño en ella. Marie dijo que eso les pasaba a todas. Sin embargo, Latife no sabía por qué sentía tanta vergüenza. Algo en su interior estaba cambiando y aunque nadie lo prohibiera ya no se atrevía a subirse a los árboles o a corretear a los animales. A veces sentía dolor en los pechos y notaba cómo empezaba a hincharse alrededor del pequeño botón oscuro.

—¡Desvístete! —ordenó.

El vestido cayó al suelo lentamente. Un temblor frío recorría el cuerpo de la niña. El rubor cubrió su rostro, las mejillas le ardían. Bajó la cabeza. Hannán se acercó escrutadora y revisó si del monte de venus había surgido el vello. Una pelusilla suave se apreciaba entre sus piernas formando una mancha alrededor del clítoris. También le pidió que levantara sus brazos y revisó las axilas.

—Tendrás que depilarte. No puedes llegar así a la boda.

Latife se preguntaba de qué boda hablaba Hannán y, al recordar la premura por casar a los hijos, de inmediato se dio cuenta de que alguien la pretendía. ¿Quién? ¿Habían venido a pedir su mano?

—Te casarás con Kamil, mi hijo. Así lo ha dispuesto *jawaj'a* Lisbona.

La niña abrió los ojos desmesuradamente. ¡Con un niño casi de su misma edad! ¿Qué clase de esposo será? ¿Irá a la ceremonia con su resortera? ¿Pensará sacarme la lengua en la *hupá?* ¿Llevará lagartijas a la noche de bodas?

—¡No! —se escapó el grito.

¿Cómo se atreve?, pensó la mujer. ¿Le están poniendo la cuchara de plata en la boca y así reacciona?

—Deberías estar agradecida de tu suerte... Y tienes razón, esta boda no debería llevarse a cabo. Mi hijo se merece algo mejor que tú, pero así lo ha decidido mi esposo y tú y yo tendremos que aguantarnos.

Lisbona se enteró de que la niña había dejado de serlo. ¡Bendita alianza! Ésta no será una boda de apariencias. Decidido a preparar a su hijo para el matrimonio, le pidió que lo acompañara. Un joven, casi niño, con olor a loción y vestido a la última moda francesa, llegó al prostíbulo en las afueras del *hara.* Yusuf se acercó con gran confianza a la mujer muy maquillada.

—*Ya rohi,* necesito que lo prepares. Pronto se casará y le hará bien conocer los placeres de tu mano.

La mujer sonrió. Tomó del brazo a Kamil y lo introdujo en una habitación donde sólo había una colchoneta y unas sábanas recién extendidas.

¡CANTA Y ALÉGRATE, OH HIJA DE SIÓN!

El día del enlace el universo se trastocó: la oscuridad se hizo luz, el silencio dio paso a los sonidos más dulces, la pobreza ostentó sus mejores galas y la escasez se convirtió en abundancia. Bendito seas, nuestro Señor, Rey del Universo, que nos otorgas vida, nos sustentas y nos permites llegar a este momento, repitieron al unísono los cientos de voces acogidas por la misma noche. *¡Elbéreke!,* se sorprendieron al apreciar la mesa colmada de los platillos más exquisitos. Muchos se alegraron, comerían carne y pollo, alimentos que, en su situación, escaseaban constantemente. Mientras bebían el *shrab* de almendra, observaban embelesados. Querían mantener viva la imagen del derroche, imprimirla y guardarla en un rincón especial de su memoria para recordarla por el resto de sus días.

Y corrió el *arak* que surgía de los depósitos de uva apenas fermentada. No faltó quien aportara una botella de cognac, guardada con celo para las grandes ocasiones.

Las novias-niñas lucían los vestidos de sus madres, a varias les quedaban holgados y largos de las mangas. Latife ni siquiera se atrevió a preguntar dónde habría quedado el traje de novia de Feride y, ante la premura de los acontecimientos, Yusuf Lisbona no tuvo oportunidad de encargar un vestido a Francia o a Bélgica. Lisbona le insinuó a Hannán que prestara el suyo, pero a pesar de ser la pariente más cercana a la novia ella prefirió eludir esa petición. En cambio, para Marie fue un honor ofrecer su vestido. Así que Latife vestía para la ceremonia un traje francés de seda, bordado con cristal y perlas, testigo de mejores épocas que realzaba aún más su belleza, provocando a su paso admiración y envidia.

—Mira, es un *shebbe,* te protegerá contra el ojo de la gente —le dijo Marie mostrando una bolsita cosida en uno de los costados del vestido, en la que luego introdujo un pequeña piedra de alumbre.

Apartarán a los hijos de Israel
de sus impurezas

Un día antes de la ceremonia Latife, junto con sus primas y tías, acudió a la *mikva* a realizar el ritual de inmersión. Algo insólito: hubo que formarse durante horas para tener apenas un momento, decir la oración y sumergirse en el agua de lluvia, misma que se enturbiaba cada vez más. Las voces de las mujeres emitían canciones y sonidos de alegría que acompañaban a las novias. Como era la costumbre, lanzaban dulces en señal de buena suerte, aunque varias madres también lloraban al pensar en el futuro que les esperaba a sus hijas. Latife se sentía confundida. Los acontecimientos se desplegaron sin darle un respiro. Antes del baño una mujer, a la que no había visto nunca, preparó una especie de pelota suave, hecha de azúcar quemada. Le pidió a la joven que se quitara la ropa y se parara frente a ella. Con rapidez, embarraba la pelota de azúcar en su piel aplastándola con cuidado, para luego arrancarla con fuerza y desprender con la plasta el vello de axilas, brazos, piernas y pubis. En un principio la niña intentó contenerse, pero el dolor era terrible y al momento del jalón no pudo evitar los gritos. Pataleaba desesperada a pesar de las indicaciones de la señora de mantenerse quieta.

Después del baño y de pasear la vergüenza de su desnudez delante de todas las mujeres del barrio, le decoraron con *henna* los pies y las manos formando un intrincado diseño de flores. La *henna*, decían, traerá fertilidad a tu cuerpo. Pronto quedarás embarazada, si Dios lo permite...

Invitadas a casa de Lisbona, las tías Rahmane llevaron charolas de dulces y Latife mostró a las envidiosas parientes los regalos que había recibido. Ninguna de las niñas Rahmane podría siquiera imaginar vestidos como esos, elaborados con los más finos materiales y de un gusto exquisito. De los dedos de Latife brotaban los anillos de oro y de su cuello colgaban varios collares: distintos regalos con motivo de la boda. *¡Bij'enen!*, decían las tías impresionadas por la belleza de cada joya. En cambio, sus hijas tendrían que conformarse con un hombre sencillo. Se habían terminado, para ellas, los tiempos de las grandes pretensiones. Es el *nesib*, decía Shefía resignada, la suerte de cada una. La realidad era muy distinta: a ella y a su hija, Latife la Grande, la envidia las corroía como mala peste. Las mujeres les explicaban a las niñas cómo era la vida en pareja. Después de recomendarles ser obedientes y complacer a su hombre en todo recordaron que alguna vez fueron inexpertas, tan jóvenes como ellas. Varias habían sufrido terriblemente la noche de bodas y seguían padeciendo relaciones violentas. Se quejaban con lujo de detalles, a gritos, como si ese lamento continuo les causara gran placer. En cambio otras disfrutaban del sexo sin mayor problema y les aconsejaban ciertas posiciones para que la cópula fuera más fácil. Shefía se mantenía en silencio, añorando la época en que su marido se ocupaba de ella. ¿Cómo será para mí?, se preguntaba Latife al igual que el resto de sus primas. ¿Cómo será para Latife la Grande? ¿Qué es mejor, un esposo casi niño como el mío, o un viejo como el de ella?

Hannán aprovechó la presencia de las parientes para darle a su nuera un pedazo de tela blanca del tamaño de un pañuelo. Le explicó que debía usarlo durante la noche de bodas, después de ser penetrada por su hijo Kamil. Ella estaba obligada a devolverle el paño manchado con su propia sangre como prueba irrefutable de su pureza.

La boda seguía su curso. Decenas de *hupot* improvisados formaron un enorme tenderete que intentó cubrir el cielo. Las parejas escuchaban al cantor que se esforzaba por entonar lo más fuerte posible: "Ven en paz con la corona de tu amado, ven novia". Cantaban a la amada, una mujer que no conocían. Dib, el hijo de Abu Jelil, vivía una ensoñación. Miraba a su pequeña con embeleso. No le importaba esperar a que se convirtiera en mujer, la niña viviría con ellos en la casa paterna, sería cada mañana la luz de sus ojos, su alegría, hasta que pudiera llamarla esposa con orgullo verdadero. Latife temblaba… Kamil se dio cuenta pero bajó la cabeza durante la ceremonia. Sólo al momento de poner el anillo en el dedo de su novia captó en su mirada una angustia que lo hizo dudar. ¿Tanto miedo me tiene?

Tú eres sagrada para mí

Al término de una noche desenfrenada, la familia Lisbona regresó a la casa donde una habitación, especialmente preparada para ese momento, esperaba a los novios. Marie se había hecho cargo: cubrió la colchoneta con el cubrecama que su madre había bordado para ella, decoró con un camino de flores y puso esencias de olor en frascos adornados con encaje. Los novios entraron al cuarto mientras que el resto de la familia se quedó afuera, a la espera de noticias.

Kamil se acercó lentamente a su esposa y recordó los consejos de la prostituta: "Háblale con palabras dulces", pero su boca estaba sellada; ni una sola frase brotó de ella. Desprovistos de toda intimidad, temía que lo oyeran sus padres y el resto de los testigos. ¿Y si no puedo hacerla mi esposa?, se preguntaba. Latife se guareció en el rincón esperando lo peor. Recordaba veladamente los gemidos de placer de su madre, pero también los gritos del vecino, quien había convertido su relación de pareja en un templo de odio. Volvían como si los escuchara de nuevo, el sonido de los golpes y los gritos de los niños. Kamil le quitó la ropa. Sus dedos viajaban inseguros desabotonando y descubriendo una piel virgen. Miró los pechos de Latife y sonrió. Comparados con los de su iniciadora parecían dos uvas pequeñas.

—Acércate, no tengas miedo —le pidió.

Acabó por deshacerse del engorroso vestido. "Acaríciala primero, no trates de poseerla de inmediato", recordó las sabias palabras, pero sus roces eran torpes, las manos le sudaban, así como el resto del cuerpo. Sentía la presión del exterior, escuchaba las voces tan cerca como si todos estuvieran ahí presentes, en el cuarto, mirándolos. Tenía que cumplir, eso esperaba su padre de él: un hombre, no un niño asustadizo.

—Eres muy linda —logró decirle.

La niña, avergonzada, seguía temblando. Sufría en silencio. Kamil acarició sus partes que, libres de vello, parecían más tiernas todavía. Aprovechando una repentina erección y ante el miedo de fallar, decidió penetrarla sin miramientos. Trató de introducir su miembro. Al principio sintió un impedimento, pero no cejó. Insistió varias veces presionando con fuerza, hasta desgarrar el himen. Latife, adolorida, lloraba, tratando de contener los gritos. Con pavor imaginó que el sufrimiento se repetiría el resto de su vida. El muchacho se espantó al verla sangrar y llorar a un tiempo.

—¡Perdóname! —le dijo asustado.

Y mientras procuraba limpiar sus lágrimas, decía sin parar:

—Prometo no volver a lastimarte. Tú eres lo más valioso para mí, tú eres sagrada para mí.

Damasco, 1916

Nuestra vida en la tierra
pasa como sombra

Los días se convirtieron en meses a pesar de que el tiempo transcurría lento y pesado, sumiendo a los habitantes de Damasco en un pozo cada vez más profundo. Los soldados regresaron cantando las glorias del gran ejército turco. Venían por más reclutas. Tenían que reponer a los miles de muertos caídos en el frente contra Rusia y defendiendo sus posiciones en los Dardanelos contra Inglaterra.

Para el *Hara el yehud,* el hecho de haber casado a los jóvenes no funcionó como esperaban y, ante las nuevas leyes, todos irían a la guerra, solteros o no.

Nuevamente el barrio se volvió testigo de despedidas dolorosas. Se llevaron por la fuerza a cientos de muchachos arrebatados de los brazos de sus madres y sin poder dar un triste adiós a las futuras niñas viudas. Era el camino sin retorno, lo sabían. A pesar de las tan proclamadas victorias, nadie había regresado de los campos de batalla. Sólo se salvaron de ir al frente los que podían ofrecer copiosas cantidades de dinero. Así fue como, tratando de proteger a los suyos, muchos vieron mermar sus fortunas hasta quedarse con lo más elemental.

Los padres, desesperados, pensaron en soluciones drásticas. No faltó quien lisiara a su hijo, rompiéndole una pierna con tal de salvarle la vida. Compraron un boleto de barco y con unas cuantas recomendaciones, algunas monedas en los bolsillos y un *Sidur,* el libro de rezos en la mano, los mandaron a América.

De igual manera les preocupaban sus hijas frente al éxodo inevitable de posibles pretendientes. Tenían que encontrar una solución o las arrojarían a un futuro de soledad y tristeza, porque bien lo decían los sabios: "Aquel que pasa sus días sin una esposa no tiene felicidad, ni bendición, ni bien"; de aplicarse a las mujeres, la sentencia sonaba todavía más desalentadora. Varias familias ofrecieron a sus niñas, más allá de las fronteras, a los jóvenes que se habían marchado años atrás, quienes ahora deseaban establecerse definitivamente en ciudades como Buenos Aires, Nueva York o México. También ellos mandaban cartas a Damasco en busca de una esposa. Misivas cruzaron los mares, de ida y de regreso, con las fotos de los pretendientes.

—¿Te gusta, hija? —preguntaban mostrando la imagen de un posible marido en pose de galán cinematográfico. La chica dudaba, pero su titubeo se percibía como aceptación—. Si es así, *¡mabruk!*

La carta, acompañada de unas cuantas palabras, era razón suficiente para viajar rumbo a lo desconocido. Los casamientos se llevaban a cabo sin el novio. La fotografía ocupaba su lugar en la ceremonia. Cientos de niñas viajaron solas en busca de sus ahora cónyuges. Fueran hombres o mujeres, toda una generación de jóvenes tuvo que dejar el seno familiar mientras que sus padres quedaban solos, muchos de ellos desamparados.

VAGABUNDO Y ERRANTE
SERÁS EN LA TIERRA

Las reuniones en casa de Yusuf Lisbona se limitaron a unos cuantos conocidos a los que se les servía una comida ligera sin pretensiones. *Jawaj'a* Ámbar se lamentaba de su falta de previsión. No tuvo el revelador sueño del faraón ni las interpretaciones de José aunque, desde tiempo atrás, los años de vacas flacas eran inminentes. Había gastado gran parte de su fortuna en una suntuosa boda que no logró ningún resultado positivo: de todas formas, el ejército arrasó con sus queridos jóvenes. A pesar de su error, Ámbar actuaba por impulso y así lo seguiría haciendo.

—Vengo a despedirme —lanzó esa frase inesperada después del último sorbo a su café—. Probaré suerte en América.

—¿Cómo? —replicó Yusuf—. Ya no estás en edad de aventuras...

—No tengo hijos para esperar su regreso; nada me ata a esta tierra seca y hostil.

Eliahu Ámbar, a sus cuarenta y cinco años, se sentía con derecho a una nueva oportunidad. Tal vez cambiaría su suerte en otros horizontes, respirando aires más libres.

—Deberían venir conmigo —agregó—. Un barco zarpará dentro de quince días de Beirut con rumbo a Marsella; en esos quince días tendrán tiempo suficiente para arreglar sus asuntos, juntar a sus familias y olvidarse de esta guerra que a ninguno de nosotros incumbe.

—Para mí no es tan fácil —respondió Lisbona—. Ésta es mi tierra, en ella descansan los restos de mis padres. Aquí vi la luz por vez primera y aquí he visto crecer a mis hijos. ¿Cómo abandonar el primer amor?

—Un amor muy traicionero, tu primer amor. También tus hijos descansarán en esta tierra cuando los arrastren al frente, a una muerte segura, porque sucederá a pesar de tu dinero y tus influencias. Entonces ningún amor podrá consolarte.

—¿Y si la guerra termina de un momento a otro? Todo volverá a ser como antes.

—No estoy tan seguro —respondió Ámbar—. Los intereses del mundo entero están puestos en este rincón. Bien sabes que acabarán por adueñarse del Imperio otomano.

Lisbona meditaba sin responder, así que el amigo prosiguió con su discurso:

—¡Reacciona, Yusuf! Los judíos no nos podemos dar el lujo de amar una patria que no nos pertenece. ¿Has visto a los armenios? Llegan al mercado con la ropa hecha pedazos, buscando, como perros, un mendrugo de pan que llevarse a la boca y... ¿qué hacen con ellos? Ordenan apalearlos hasta matarlos. Dicen que los caminos están sembrados de sus cuerpos sin vida.

—Hablan de que violan a sus mujeres y las queman vivas... ¿Será cierto? ¡Suena increíble! No puede ser...

—Pero, ¿no se dan cuenta? Cualquiera puede acabar con un armenio, aunque sea un niño o una mujer, la ley no sólo lo permite sino que lo exige. Ahora, me puedes explicar, ¿encuentras alguna diferencia entre un armenio y un judío? ¡Que Dios nos ampare! En cualquier momento podrían crear una ley en contra de nosotros y entonces ¿quién nos protegerá? ¿Quién te defenderá en la que consideras tu propia tierra?

—Es diferente —opinó el *jaham* Bashi—. Lo que pasa con los armenios está escrito: *Timjé et zejer Amalek mi tajat ashamaim...* y borrarás el recuerdo de Amalek debajo del cielo. Ellos son los *amalek*, los armenios.

—*¡Maktub!* —le dio la razón Lisbona—, lo que está escrito no puede rebatirse.

Ámbar sonrió, despectivo. A pesar de ser un hombre misericordioso, fiel a su comunidad, no creía en todo lo que la Biblia señalaba.

—¿No existirá un pasaje similar en el Corán? —preguntó, irónico—. Podría decir... y borrarás a los hijos de Israel de estas tierras. ¿Se enteran? Para ellos siempre seremos *dhimmis,* tolerados, ciudadanos de segunda clase. Desde tiempos que no podemos recordar hemos soportado sus impuestos exagerados y sus injusticias. Ahora pretenden cobrarnos con la vida de nuestros hijos. ¡Ha llegado el momento de marcharse!

—Mientras quede un solo judío en Damasco, yo no podré irme de aquí —declaró el *jaham* Bashi—. Mi obligación está donde estén mis hermanos. Debo cuidar de las sinagogas y los libros sagrados.

—¿Y tú, Yusuf? —preguntó Ámbar—. ¿Tienes una razón tan poderosa como para quedarte?

—No sé... —se aferraba Lisbona. Se preocupaba por Latife, por el bebé que cargaba en su vientre. ¿Cómo le sentará un viaje tan largo a una primeriza?

—Deberías pensarlo. Todos deberían pensarlo. Tienen quince días.

ANTE ÉL SE POSTRARÁN
LOS QUE DUERMEN EN LA TIERRA

Yusuf Lisbona actuó con discreción. Ya llevaba unos años comprando monedas de oro cuando se presentaba la oportunidad con la idea de que sólo eso podría llevarse, y de que tarde o temprano serían un salvoconducto, su única defensa. Nadie, ni siquiera los más allegados, estaban al tanto de sus verdaderas intenciones; a pesar de seguir renuente a abandonar Siria, tampoco era ciego. Una realidad amarga lo despertaba de sus evasivas: sabía que tendría que marcharse mientras pudiera. Era consciente de que ése había sido el destino del pueblo judío a través de los siglos. La decisión lo rondaba sin darle un minuto de paz y ahora se hacía más urgente, luego de la plática con Ámbar.

Después de una larga noche de insomnio, reunió a su familia. A sus dos mujeres, Marie y Hannán, y a los hijos.

—Prepárense, saldremos en dos semanas —ordenó categórico—, y de esto ni una palabra, ¿entienden? A nadie.

—¿A dónde vamos? —preguntó Kamil, asombrado.

—Cualquier lugar es mejor que éste. Por lo pronto a Marsella y ahí decidiremos.

Latife escuchaba preocupada. Vivía un embarazo difícil. Amanecía con náuseas y vomitaba gran parte de la mañana. Por más consejos y remedios de las mujeres cercanas, la náusea persistía. Angustiada miró a Kamil, pero él estaba sumido en sus propias cavilaciones. Sintió un miedo que desconocía; ni por un segundo imaginó que acabarían huyendo, como ladrones.

Lisbona y sus dos hijos salieron rumbo al *Bet Hajaim*, al cementerio, acompañados de dos de sus más fieles sirvientes. Limpiaron las tumbas de los abuelos, rezaron el *kadish* a pesar de no completar a las diez personas que la ley judía exige. Entre lágrimas golpearon las lápidas con piedras pequeñas en señal de despedida. Regresaron a casa en silencio. Los acompañaba un mutismo sombrío que terminó por contagiar a todos los moradores de la casa.

Hannán paseaba por el salón y recordaba con nostalgia las fiestas. Todavía escuchaba las risas de los invitados, el sonido de los platos y el chocar de las copas. Exigió a los sirvientes una limpieza escrupulosa hasta del último rincón: quería dejar la mansión impecable para que cualquiera que llegara a usurpar su lugar no encontrara motivo para hablar mal de ella. Murad, su hijo pequeño, se paseaba por los jardines, subía a los árboles, saboreaba los frutos tumbado en el suelo con los ojos cerrados, de cara al sol. Quería grabar en su mente las formas de las hojas y el sonido del agua en la fuente al caer, constante, imperturbable.

Latife y Kamil, tomados de la mano y sin palabras, intentaron comunicarse su aprensión. Ella pensaba en su hijo, ¿dónde nacería? ¿Quién le ayudaría en el parto? ¿Qué debía llevar consigo? Kamil hacía un recorrido imaginario por la ciudad que tanto amó. Sentía que era una forma de despedirse. Viajaron por su mente los mercados, las mezquitas, los riachuelos, las calles, los cafés. Se imaginó al cuentacuentos narrar esta historia que apenas comenzaba. "Y llegó el día en que todos se fueron…" Su tristeza sólo tenía un consuelo: Latife. Resbaló su mano instintivamente y acarició su vientre. Ella sonrió. Pensó que había logrado en él la misma fascinación que su padre sentía por su madre. Inconscientemente utilizaba los mismos gestos para seducirlo: cepillaba su largo cabello frente a él mientras que del camisón dejaba resbalar una manga al descuido y exhibía, como si no lo pretendiera, su piel blanca y suave. La relación infantil empezó como un juego, tal como lo pronosticara Yusuf, hasta que la pareja se convirtió en una amalgama: sus olores se reconocían, sus cuerpos se buscaban en sueños. Kamil había quedado tan ofuscado después de la primera noche que optó por tratar a Latife con una ternura nueva, recién nacida, y obedeciendo a su mentora, a quien volvió a visitar en otras ocasiones, le habló con palabras dulces. Procuró acariciarla con todo cuidado y sólo la penetró después de besar y reverenciar su cuerpo cuando ella estaba lo suficientemente húmeda como para recibirlo. Latife le agradecía a Dios cada minuto que pasaban juntos. Kamil se había convertido en hermano, padre y madre, en todos los parientes que de alguna u otra forma la habían abandonado. Su necesidad de él era cada vez más intensa y genuina.

Ahora empezaban una nueva aventura: el exilio. Preocupados, sin hablar, se preguntaban uno al otro: ¿A dónde nos llevará el destino? Marie, la primera esposa de Yusuf Lisbona, guardaba un secreto. Pensó que si tenía que mudarse lo haría, pero de regreso a casa. A París, su primer amor, como decía Yusuf. Hablaría con él en Marsella aunque estaba segura de que no sería fácil convencerlo. Trataría de terminar esta etapa de la vida en paz y con la frente en alto, mientras fuera posible sin contradecir a su protector. Si no, de todas formas se embarcaría rumbo a la capital francesa. Ella había sido cuidadosa y tenía sus propios recursos, porque cada vez que Lisbona le mandaba dinero utilizaba lo indispensable y guardaba el resto. Ahora agradecía su generosidad que la tornaba en la mujer más libre de todo Damasco. Por suerte Badía, con tres años, ya no necesitaba de tantos cuidados. Viajar sola no será complicado, pensó, siempre habrá algún conocido que me ayude. Igualmente la pequeña, por su escasa edad, tendría la ventaja de adaptarse con rapidez a una nueva vida. A Marie le dolía dejar a Latife; sin embargo, desde el momento en que contrajo matrimonio, su destino le pertenecía únicamente a la familia Lisbona. Se alejaría de esta guerra, de este matrimonio fracasado, de su esterilidad y su vergüenza. Del abandono en que la tenía sumida su esposo y del dolor que le quemaba las entrañas. También para ella había llegado el momento de partir.

Una estratagema más verosímil era necesaria, meditó Lisbona. Comentó a todos sus allegados que la familia de Selim Hamra, con quien tenía cierto parentesco, los había invitado a pasar una temporada en su casa de la playa. Él había "aceptado" la invitación pensando que a Latife y a su futuro nieto les haría bien respirar la brisa marina. Así que ordenó empacar todo lo necesario para su estancia en Beirut mientras que durante la noche, en absoluto sigilo, Marie y Hannán escondían las monedas de oro cosidas a la ropa o entre las suelas de los zapatos, pegadas a los sombreros y ocultas en el doble fondo de los baúles. Con las joyas prepararon los manjares más exquisitos: las escondieron dentro de las calabazas rellenas, envueltas en los taquitos de parra y convertidas en berenjena encurtida. A Latife le tocó hacer los pastelillos que llevarían para agasajar a sus anfitriones. Elaboró el *ma'amul* más caro del mundo porque entre la masa introdujo aretes y anillos... únicamente llevaron lo que era habitual para un viaje de descanso.

Tal como lo habían planeado, pernoctaron en casa de su amigo Selim Hamra, pero sólo la noche antes de zarpar. Ninguno pudo dormir. Sentados a la mesa y dando pequeños sorbos al café surgieron, como si nunca hubieran sido contadas, las historias de cuando eran niños. Sobrevino la melancolía. El pasado se escapaba: la infancia se convertía en el primer exilio, preludio del que se avecinaba.

Apenas despuntaban los rayos de sol cuando se dirigieron al puerto. El barco que los llevaría a Marsella no se parecía al que Yusuf había imaginado. En comparación con otros era más bien pequeño, un carguero. En la cubierta se veía a varios marineros estibando pesados fardos mientras escuchaban la voz potente del capitán. Yusuf se acercó al oficial que custodiaba la entrada y le mostró los pases de abordar. El hombre los miró una y otra vez detenidamente, como si no reconociera los billetes emitidos por su propia empresa. Después de un rato miró en una lista y trató de empatar los nombres con los que tenía apuntados.

—Lisbona no aparece...

Yusuf, nervioso, no entendía, se sentía confundido.

—Aquí están nuestros nombres y números de camarote —señaló en los boletos—. ¿Por qué tendríamos que aparecer en una lista? No veo la necesidad...

El hombre volvió a revisar la relación de pasajeros. Miró de nuevo a la familia como si necesitara reconocer sus rostros y luego desapareció, dejándolos sin respuesta.

Sácame de la red
que me han tendido

Esperaron más de una hora y el oficial no volvió. Mientras más pasaba el tiempo más se apretujaban los pasajeros, ansiosos de que se les permitiera subir. Se provocó un desorden. Muchos se quejaron a gritos, pero habían cerrado las puertas; nadie salió del barco a contenerlos.

Lisbona le pidió a Kamil que recorriera el lugar a ver si encontraba alguien con quien hablar. También ordenó a sus sirvientes hacerse cargo de las mujeres y procurarles un lugar donde sentarse y beber algo. Murad, el hijo más pequeño, se mantuvo junto a su padre. Asustado, sin saber por qué, temía lo peor: era como si olfateara el peligro. Prefirió no acompañar a las mujeres y esconderse tras la holgada vestimenta paterna. Permaneció inmóvil hasta lograr la grata sensación de haber desaparecido, a pesar de la multitud.

Pasó otra hora. Algunos, como Tofik Rayek y su esposa, optaron por retirarse. Pensaron que ese barco no les traía un buen augurio; el atraso y los inconvenientes eran una señal divina de que no debían aventurarse. Algo malo pasará durante la travesía, comentaban entre sus conocidos, ¿para qué retar al *nesib*?, con el destino no se juega.

Yusuf se sentía muy confundido. Acostumbrado a las deferencias de los más influyentes, de pronto se paralizó. ¿Con quién hablar, a quién reclamarle?, se preguntaba. Lo mejor sería regresar como todos. Sin embargo, Kamil tardaba demasiado en volver. Decidió ir en su búsqueda. Tomó de la mano a Murad y rodeó el embarcadero hasta llegar a las oficinas de la capitanía del puerto. Llamó su atención verla ocupada por soldados, no precisamente marinos. Se acercó a preguntar por su hijo y cuál no sería su desesperación cuando vio a Kamil atado y rodeado de guardias.

—¡Papá! —gritó el joven, asustado.

—¿De qué se trata? ¿Por qué lo detienen? —reclamó Lisbona, enfurecido.

—El muchacho se unirá al ejército como todos los demás. Es la orden.

—Yo he pagado por su libertad en repetidas ocasiones… ¡No tienen derecho a llevárselo!

Yusuf reaccionó: estaba perdiendo los estribos y así no lograría salvar a su hijo. Decidió apelar al elogio, una fórmula que siempre le había funcionado.

—No me cabe la menor duda de que usted es un buen hombre —dijo en tono conciliador—. Sé que no tiene nada en contra nuestra, únicamente cumple con su deber… pero si me ayudara tal vez habría una recompensa cuantiosa por sus servicios…

—Qué más quisiera yo que poder aceptar su propuesta, *jawaj'a* Lisbona, con lo bien que me vendría su recompensa precisamente ahora.

—¿Sabe mi nombre? —se asombró Yusuf—. ¿Cómo es posible?

—En su casa ecné la mejor comida de mi vida. ¿Cómo olvidarlo? Mire, será mejor que se dirija a mi comandante —contestó el guardia—. ¡Aquí viene!

Cuando Lisbona vio acercarse a Jemil Pashá se dio cuenta de que le habían tendido una trampa. Había actuado con una ingenuidad casi pueril y ahora pagaba las consecuencias de su exceso de confianza. ¿Quién lo delató? ¿Los sirvientes? Podría haber sido cualquiera, tenía a todo un pueblo deseoso de traicionarlo, pensó con ironía. Se imaginó a Jemil Pashá esperando durante meses este momento, ansiando la ocasión de prenderlo él mismo.

—¡*Jawaj'a* Lisbona! ¡Bienvenido! —exclamó el comandante.

—Jemil Pashá —contestó, con un gesto de derrota.

—¿No le parece increíble, Yusuf *efendi,* encontrarnos aquí? Porque, como me imagino usted sabe, estuve en el frente varios meses.

En su angustia, Lisbona olvidó las cortesías a las que estaba acostumbrado y, sin saludar al comandante, respondió:

—¿Cuánto quieres por dejar en libertad a mi hijo?

—¡De ti, judío, lo quiero todo y lo tendré todo! ¡A mí nadie me puede sobornar! ¿Quién te has creído que eres? ¡Traigan el equipaje del señor!

Después de unos minutos de espera angustiosa varios soldados entraron a la oficina del comandante quien, en cuanto tuvo los baúles frente a él, ordenó abrirlos, rasgar el fondo, revisar minuciosamente la ropa y los zapatos. Así fue reuniendo en su mesa la cuantiosa fortuna de los Lisbona mientras que a un Yusuf distinto, empequeñecido y humillado, le temblaba todo el cuerpo. Veía sus pertenencias hechas pedazos y una considerable pila de monedas que, reunida en la mesa, brillaba tentadora. Lisbona recordaba las historias de cada una de ellas. Las había atesorado durante toda su vida, eran la herencia para sus hijos, la que ahora se desvanecía. No las valoraba solamente por su cuantía, ahí quedaba en la mesa el trabajo de su padre, el de su abuelo y el de su bisabuelo, celosamente guardado por generaciones. ¿Qué pensarían ellos de él ahora? Una mala decisión, un mal cálculo lo había hecho perder toda su fortuna en menos de lo que sopla una ráfaga de viento. A pesar de su acostumbrada dignidad no pudo evitar que, frente a Jemil Pashá, sus ojos se humedecieran. En un último arranque de cólera se dirigió a su verdugo y profirió como un gemido:

—¿Ya tiene lo que buscaba? ¿Ha quedado satisfecho? Ahora podremos irnos, claro, si su magnánima benevolencia nos lo permite.

—Usted y el resto de su familia tienen permiso de marcharse —propinó la última estocada el *pashá*—, pero su hijo Kamil no podrá acompañarlos. Está acusado de alta traición.

—¡Alta traición! Si nunca ha pertenecido al ejército y he pagado cabalmente su libertad. ¿De qué lo pueden acusar?

—En unos días será juzgado y no dudo del veredicto: culpable. Colgará en la plaza como tantos otros.

—¡Tómame a mí preso, pero a él déjalo ir! ¡Te lo suplico! —se arrodilló, vencido, Yusuf Lisbona.

—¡Ustedes han hecho de los jóvenes judíos unos cobardes! —increpó el comandante—. Mientras nosotros nos rompemos el alma en esta guerra, ellos se esconden detrás de las faldas de sus madres. ¿No te da vergüenza?

—¡Por *Allah,* déjalo libre! ¡Si hay un culpable aquí, soy yo! —rogó Yusuf, desesperado, de la misma forma como había visto a tantos rogar antes que él.

—¡No te atrevas, judío *ibn keleb,* no te atrevas a pedir por *Allah*!

Dicho esto, Jemil Pashá se mantuvo en silencio. Gozaba la satisfacción de ver cómo Yusuf Lisbona, el gran líder de los judíos, se arrastraba a sus pies como lo que realmente era, una rata. De todas sus victorias, ésta también lo llenaba de satisfacción. Minutos más tarde prosiguió su arenga en un tono controlado.

—No vengas a regatear. Éste no es tu palacio donde eres dueño y señor, tampoco el mercado donde amasas tu fortuna organizando negocios.

A medida que brotaban las palabras de su boca, como estallidos, el comandante volvía a indignarse. Su rostro se enrojecía, sus manos se crispaban y de vez en vez soltaba un puñetazo en la mesa haciendo sonar el metal dorado.

—¿Dónde estaban tú y tus hijos cuando en el frente retumbaban las balas por encima de nuestras cabezas? ¿Dónde cuando nos ensordecía el estruendo de los cañones enemigos y miles de moscas como nubes negras nos comían vivos? ¿Dónde, dime, cuando enterrados en trincheras teníamos como única compañía a las ratas y a los piojos? Vi a jóvenes heridos aullar de dolor y no teníamos medicinas para atenderlos. Vi a nuestros niños morir por su patria con una sonrisa en la boca pero ustedes, los *yehud,* no tienen patria, ni madre, ni Dios. Son peores que perros, *ibn keleb,* husmeando en la destrucción y el sufrimiento de los otros como si fuera la basura, para llevarse su tajada.

"Mientras mis tropas se batían cuerpo a cuerpo con el enemigo, ¿tú qué hacías? ¿Libabas el vino? ¿Te deleitabas con un cordero relleno al tiempo que mis hombres lloraban por un trago de agua y un mendrugo de pan? ¡Ya lo dijo mi general, el gran Mustafá Kemal, nosotros no venimos al campo de batalla a vivir, venimos a morir por la Patria! Y tú, ¿qué hacías tú?… ¡Largo! ¡Mantente lejos de mi vista si no quieres también ser juzgado!"

EN PLENO DÍA TROPIEZAN
CON TINIEBLAS

Hannán y Marie se sentaron a la mesa, una frente a la otra. Se observaban mutuamente, sorbían su té de manzana roja y callaban. No tenían nada que decir, se conocían demasiado: eran las dos caras opuestas de una misma moneda. El destino las había llevado a esa posición antagónica sin proponérselo. Ninguna se sentía culpable, ninguna se pretendía ofendida. No había sido su elección convertirse en las mujeres de un mismo hombre. Nunca procuraron despojar a su rival. Tampoco optaron por ser enemigas. Simplemente ocurrió, como suceden todas las cosas importantes en la vida, de pronto, sin pedir permiso: el destino jugando a las ironías.

Se mantuvieron por largo rato sentadas, representando cada una su papel protagónico en la historia. Observaban el mar: impasible, ajeno a los tiempos violentos que sobrevenían como una tempestad. De la misma forma ellas permanecían impasibles, ajenas a la desgracia que vivía el esposo a unos cuantos metros.

Latife, sin preocuparse por entender esa muda conversación, jugaba con su hermanita Badía, quien insistía en arrullar a un bebé confeccionado por Marie. Con una cucharita daba té a la pequeña y ofrecía otra al muñeco, como si pudiera beber. Las dos reían llenando el espacio.

A lo lejos apareció la figura de un Yusuf Lisbona distinto. Caminaba lentamente, cabizbajo. Un temblor incontrolable se había apoderado de su cuerpo. Pretendía encontrar las palabras adecuadas para explicar lo sucedido, pero no había forma de mitigar el dolor que experimentaba. Su pena acabaría por contagiar, como una enfermedad, a las mujeres que tranquilamente lo esperaban. Cómo quisiera ahorrarles este sufrimiento que me oprime, pensó. Respiraba con dificultad. Con cada paso, una agonía; con cada acercamiento, la destrucción de sí mismo.

—¿Qué pasa, qué tienes? —se acercó Hannán. Le ofreció té pensando que el calor intenso del mediodía le había afectado—. ¿Por qué vienes sólo con Murad? ¿Y Kamil, dónde está Kamil?

Yusuf se aferró a ella como un niño a su madre. La abrazó sin poder contener el llanto. De sus ojos brotaba un mar de lágrimas que a Hannán le humedecía la ropa hasta introducirse en su cuerpo tratando de alcanzar su corazón. Sin embargo, su esposa no intentó consolarlo. Estaba demasiado asustada para pensar siquiera en el consuelo.

—¿Dónde está mi hijo? ¡Dónde está Kamil! —lo separó de su hombro.

¿Qué pudo haber sucedido tan terrible? Jamás había visto a su esposo tan empequeñecido. Sintió como si el mundo se hubiera trastornado y el gran Yusuf Lisbona desapareciera para dar paso a un guiñapo.

—Te estoy preguntando, ¿por qué no me contestas, acaso eres un *hmar* que has perdido el habla?

Lisbona se desmoronó como un fardo pesado que cae al suelo. Hannán comprendió que la desgracia los había alcanzado también a ellos y que su esposo, a pesar de su poder, ya no tenía forma de protegerlos. Por primera vez se dio cuenta de la gravedad de la

173

situación con una claridad inusitada. Una tristeza profunda la hizo permanecer en silencio.

Latife se acercó a Yusuf. Con el cariño de una hija le ayudó a levantarse y le procuró una silla en el café. Pidió al sirviente un té para su suegro.

—No puede ser tan grave. Pronto volverá, ya lo verán, Dios es grande —repetía Latife, intentando convencerse a sí misma a pesar de sentir un desprendimiento en su interior: la mitad de su esencia se separaba sin remedio.

—De la guerra nadie ha vuelto —repitió Yusuf la frase que todos proferían asustados.

—Él volverá, ya lo verán —insistió Latife, mientras con una cuchara le daba té a Lisbona, tal como había hecho con su hermanita.

Los sirvientes alistaron las pocas pertenencias que habían sobrevivido a la requisa militar. Por suerte, pensó Yusuf, a ningún soldado se le ocurrió probar la comida que las mujeres habían preparado con tanto esmero. Las joyas que contenían les serían de gran ayuda, al menos por un tiempo.

Inútil tender redes
a la vista de los pájaros

Arribaron a la estación de tren. Cambiaban sus boletos de navegación por unos terrestres. Viraba también su fortuna: de la esperanza al desaliento. Otra estrella, menos luminosa, los guiaría de regreso. Antes de subir, Marie se acercó a Yusuf:

—Yo no vuelvo a Damasco —dijo con tono resuelto.

—¿De qué hablas, insensata? ¡Tú irás a donde tu esposo vaya!

—Si me obligas te seguiré, pero recuerda que ya no eres mi esposo. Hace años que vivo alejada de ti, no tienes ningún derecho sobre mi persona. Sólo soy tu prisionera. ¿Eso pretendes que siga siendo? ¿Tu cautiva?

—¿Y a dónde piensas ir tú sola? ¿Crees que una mujer puede valerse por sí misma, andar por el mundo, que es como el infierno, y no quemarse?

—Vienen tiempos difíciles, tú lo sabes mejor que yo. Quiero darle a Badía la oportunidad de vivir en un mundo civilizado donde la mujer sea tomada en cuenta, donde pueda estudiar si así lo desea, donde crezca segura de sí misma y donde, cuando sea mayor, tenga la opción de elegir al hombre con quien quiera compartir su vida. ¡Vuelvo a París! ¡A la casa de mis padres!

—¡Marie! ¿Y Badía? —reaccionó Latife—. Tal vez no volveré a verlas. ¡No te vayas, no te la lleves! ¡No me dejen!

—Cómo me gustaría que pudieras acompañarnos, Latife, pero tú tienes a Kamil, eres parte de esta familia. En cambio yo ya no tengo nada que me retenga.

—¡Desvergonzada! —atacó Yusuf—. Cuando pude mantenerte con lujos no proferiste ni una sola queja; en cambio ahora que la situación se complica, en vez de apoyar a la familia decides marcharte. ¡También Francia está en guerra! ¡El mundo entero está en guerra!

—Piensa, Yusuf, seremos dos bocas menos que alimentar. Dos seres de los que ya no tendrás que preocuparte. Les escribiré —dijo a Latife—. Por suerte, *cherie,* sabes leer. Podremos comunicarnos.

—Déjala ir —intervino Hannán—. Ella tiene razón. Son tiempos difíciles.

Marie abrazó a Latife y tuvo que arrancar de sus manos a Badía, quien en su inocencia lloraba también. Latife vio cómo se alejaban por el largo pasillo hasta desaparecer de su vista. Subió al vagón y se sentó al lado de Lisbona. ¿Dónde estaba Kamil? ¿Qué le habría pasado? No necesitaba contagiarse del dolor de Yusuf, ella tenía el suyo, oscuro y profundo. Acostumbrada a las pérdidas, todos los que se acercaron a su vida en algún momento se habían alejado intempestivamente. Su madre, su padre y ahora su esposo y su hermana. Estoy maldita, pensó. Volvió la vista a la ventana. No pudo apreciar el bosque de cedros que rodeaba el camino a Damasco. Una tristeza húmeda le nublaba la vista.

GUARDA A TU SIERVO DEL ORGULLO

El hecho de que la casa Lisbona estuviera construida como una fortaleza no fue impedimento para que la turba entrara a apoderarse de todo lo que sus habitantes dejaron tras su huida. El secreto de Yusuf pronto se convirtió en rumor y más tarde en certidumbre. Los Lisbona se marchaban. A los habitantes del *hara* llevarse un recuerdo de la casa no les pareció ningún delito. Estaban convencidos de que no hacían daño a nadie, porque cuando ellos terminaran de saquear la mansión la familia ya habría llegado a América.

Arremetieron contra el mobiliario: sillas, lámparas, espejos, alfombras, candelabros, colchonetas y cojines. Los que llegaron tarde se llevaron ollas y vajillas. Las mujeres que habían quedado solas fueron más previsoras: cargaron con el vino y el *arak,* los frascos de encurtidos, las aceitunas y las frutas en conserva. En un alarde de fervor, los libros de rezo se repartieron en las distintas sinagogas. Los niños se escaparon de la escuela para robarse los frutos de los árboles mientras estuvieron a su alcance. Yusuf bien podría detectar quién había saqueado su propiedad porque hasta de los arbustos se apoderaron para plantarlos en sus patios.

El impacto, en especial para Hannán, fue demoledor. Ver su casa en esas condiciones la hizo sentir como si hubiera sido violada. Sentía el equivalente a que todos los hombres del pueblo hubieran irrumpido en su intimidad sin ninguna consideración.

Latife caminaba entre los pedazos de mármol que se habían roto cuando trataron de desprenderlos de los muros. Pensaba cómo la vida la seguía sorprendiendo, mudando su apariencia inesperadamente. Un acontecimiento sucedía a otro sin darle respiro. No había tiempo para explicaciones ni forma de asimilar los cambios. Surgieron en su mente las imágenes aún frescas del primer día en que arribó a esa casa. Recordó cómo apenas quería pisar para no opacar el brillo del mármol. Volvió a experimentar la fascinación por las lámparas y cómo afloró en ella un sentimiento de reverencia al apreciar la belleza en cada mueble, en cada tela. Ahora desaparecían de los rincones que ella veneraba los objetos de los que se había apropiado poco a poco. No se atrevió a entrar a la casita de Marie, le daba miedo ser testigo de la destrucción de ese lugar, para ella mágico, lleno de gratos momentos. Todo se desvanecía. Nuevamente la acosaba el vacío, la nada inexplicable.

En medio del caos, Yusuf Lisbona intentó dar un sentido a la sinrazón. ¿Qué quieres de mí?, preguntó al Amo del Universo. Has castigado mi orgullo a tal grado que me desconozco. Tal vez tú, que todo lo sabes, podrías decirme: ¿aún soy un ser humano? ¿La carne que palpo es todavía mi carne? Cuando en mi desesperación tiro de mi cabello, ¿es mía la cabeza de donde proviene? ¿Estás, acaso, tratando de protegerme? Recordó las palabras de Hillel, el sabio: "Mientras más propiedades, más ansiedad; mientras más mujeres, más superstición; mientras más sirvientes, más hurtos". ¿Y mientras más hijos? ¡Te llevas a mi primogénito como te llevaste a cada uno de los hijos de Egipto! Me envías la décima plaga, la más dolorosa, la que contiene todas las demás: en mi pecho se esconden la oscuridad, la sangre, el granizo, los piojos, la peste… ¿Dónde está mi culpa? Sin bienes y sobre todo, sin mi hijo, valgo menos que la más insignificante de tus criaturas. ¡Gracias, Dios mío, por combatir mi soberbia y hacerme igual a mis semejantes!

SE SACIAN CON
LAS PROVISIONES DE TU CASA

Despidió al personal a pesar de sus ruegos. Sus sirvientes más allegados abandonaron la casa con tristeza y preocupación genuina. No tenían a dónde ir ni forma de ganarse la vida. Sin embargo, Lisbona fue terminante: jamás depositaría su confianza en nadie. No quería extraños en lo que quedaba de su mansión. Sólo dos habitaciones se mantendrían en uso. La comida sencilla la prepararían entre Hannán y Latife; Murad y él mismo, si fuera necesario, ayudarían con el aseo de la casa, aunque no quedaba mucho que limpiar.

Al día siguiente desenvolvió los tacos de parra y guardó las joyas en lugar seguro donde nadie, ni siquiera las mujeres, supiera de su existencia. Se dirigió a la avenida, ahora solitaria. Habían desaparecido los puestos donde los vecinos ofrecían su mercancía, los talleres que fabricaban utensilios de cobre, las casas de sastres y los zapateros. Ningún niño ofrecía pan gritando por las calles. Ya no había nadie cargando enormes bandejas con dulces recién elaborados.

A pesar de ser consciente de lo que ocurría, a Yusuf le sorprendió la ausencia de hombres en la calle. El silencio era lúgubre. El olor a podrido provenía, pensó, más que de los desechos, del campo de la muerte. En la desolación vio cómo algunos lo observaban desde sus casas. Nadie salió a saludarlo, ni siquiera los viejos; también ellos, enfermos de vergüenza, lo desconocían.

El mercado, antes lleno de vida, permanecía en silencio, los puestos vacíos. Los mercaderes ahora regateaban por su vida en los frentes de batalla. Los pocos hombres que quedaron no tenían nada que vender ni tampoco forma de comprar. Yusuf tuvo que dirigirse al mercado *Al Hamidiye,* en el barrio musulmán, para adquirir lo que necesitaba. Reconoció en el largo pasillo varios objetos que le habían pertenecido. Preguntó, curioso, por el costo de las sillas y le impresionó el precio exorbitante. Más de veinte veces el valor que él había pagado por ellas. Lo inaudito era que por ese mismo precio se obtenían diez piezas de pan, dos medidas de jocoque, aceitunas y queso. Por más que intentó regatear, el hombre se mantuvo inflexible, convencido de que su cliente no encontraría a ningún otro que le ofreciera mejor precio. Lisbona tuvo un primer impulso de preguntarle al dueño del local quién le había vendido sus muebles, pero se abstuvo; Dios lo había colocado en esta posición, qué más daba quién se los hubiera llevado. Vivían tiempos difíciles, recordó la frase de Marie. Lo que menos necesitaba era avivar el odio contra sus hermanos.

Una moneda de oro, con la que usualmente podría sobrevivir durante un mes, apenas alcanzó para lo indispensable. Colchonetas, cojines y algo de víveres.

Murad cargaba con dificultad las provisiones a la vez que observaba la ciudad desolada: únicamente los más pobres se atrevían a salir para buscar en la basura, junto a los perros, algo que llevarse a la boca.

—¡*Ya haram!* —dijo el niño, impresionado ante la indigencia.

—¡*Ya haram!* ¡Qué desgracia! —repitió su padre.

Y PREGUNTAN A SUS MADRES...
¿DÓNDE HAY PAN?

Para las mujeres del barrio fue una gran desilusión el hecho de que Marie no regresara con la familia Lisbona. Nadie como ella para aconsejar con sabiduría, suspiraban, nadie para escuchar atenta y consolar al que sufre; ninguna con ese despliegue de generosidad. Vivieron su partida como un duelo, conscientes de que no volverían a verla. Sentían que había muerto, como si no se hubiera marchado por voluntad propia. En cuestión de meses perdieron a Kahile, la Valiente, y ahora a Marie, la Sabia. Su amiga se alejaba cuando más la necesitaban, dejándolas inmersas en el desamparo absoluto. Sin esposos o hermanos que vieran por ellas, quedaron desprotegidas. ¿Qué hacer? ¿Cómo conseguir alimento para sus hijos? ¿A quién recurrir?

Acudieron con el maestro del *kitab*. Creyeron que, al ser un anciano, con su experiencia, tendría alguna idea de lo que debían hacer. No obstante, también él estaba confundido, sin respuestas. A pesar de los relatos que conocía de mujeres valerosas, no supo cómo aconsejarlas. El anciano las veía con aprensión: ¿Cómo podrían bastarse a sí mismas? ¿Cómo enfrentarse al mundo si estaban acostumbradas a permanecer dentro de sus casas? La obligación de abastecer el hogar recaía en los hombres, así lo señalaba la Torá; no había forma de suplantarlos.

Después de escuchar la negativa pensaron que el aprendizaje era inútil. Bulín Salame se congratuló de no haber perdido el tiempo estudiando en esos pesados libros, ¿de qué les habría servido memorizar aquello si no les ayudaba en momentos de angustia? ¿Para qué todo ese esfuerzo?

Decidieron preguntar al *jaham* Bashi a pesar de no conocerlo, ya que se les prohibía a las mujeres acercarse al gran sabio. Finalmente solas, sin nadie que las custodiara, estaban decididas a arriesgarse; alguien debía orientarlas. El rabino escuchó sus quejas y como única respuesta les recomendó rezar.

—Hay que pedirle al Creador que la guerra termine, que nuestros hombres regresen sanos y salvos —les dijo.

Pero mientras el milagro sucede, ¿cómo haremos para llevar comida a la casa?, se preguntó Shefía Rahmane.

Vendieron lo que poseían. No quedó mueble, adorno, joya o pieza de ropa elegante en ninguna casa del barrio. Intercambiaron sus pertenencias por comida aunque lo que recibían no era suficiente… nunca era suficiente.

Damasco, 1918

Vienen días en que enviaré hambre a la Tierra

A pesar de que hacía un tiempo de que la guerra había terminado, en el barrio todos seguían su vida sin cambios. Pasaron meses y el sueño de la *yihad* se volvió inalcanzable.

A los habitantes del *Hara el yehud* ese tiempo les pareció eterno, pero a pesar de los ruegos, nadie volvió... Lo que llegó repentinamente y con gran fuerza fue la extraña fiebre que se propagó con rapidez hasta adquirir la dimensión de epidemia: altas temperaturas, escalofrío, diarrea, decaimiento al grado de desfallecer y finalmente, morir. Los remedios caseros no tuvieron efecto frente a este nuevo mal que se proponía acabar con el barrio y con el resto del mundo. El hambre arreciaba. Los dolores de vientre eran insoportables pero a ellas les afectaba aún más el llanto interminable de sus hijos. Arrullaban a los más pequeños día y noche, hasta que se dormían con el sueño pesado de la muerte.

La falta de hombres se hacía cada vez más patente. Se preguntaban abatidas, ya sin lágrimas, ¿cómo hacer para enterrar a tantos? El *jaham* Bashi y el grupo de ancianos a quienes dispensaron de ir a la guerra intentaron cumplir con sus obligaciones y sepultar en el panteón a los primeros muertos. Sin embargo, al poco tiempo su salud se deterioró y ya no tuvieron la fuerza necesaria para realizar su misión. Varios enfermaron y acabaron por seguir el oscuro camino de los que poco tiempo antes los precedieron.

Las mujeres se armaron de valor: limpiaron los cadáveres y los enterraron con sus propias manos haciendo frente a la exigencia de la tierra que reclamaba más tierra para tantos cuerpos. No hubo plegarias. Nadie se había molestado en enseñarles a rezar. ¿Dios? ¿Dónde estaba en esos momentos de desesperación? Dios, ese desconocido, las había abandonado.

Y HE AQUÍ, UNA MUJER LE SALE
AL ENCUENTRO

Algunas jóvenes fueron más audaces. Vistieron ropa oscura y se acomodaron un velo en el rostro. Cubriéndose encontraron la forma de ser libres. Salieron del barrio a recorrer las calles que los hombres bien conocían y de las que ellas sólo habían oído hablar. La realidad fue mucho más intensa que cualquier relato. El mundo, al salir del *Hara el yehud,* se ensanchaba hasta convertirse en un edén. Pasaron varios días deambulando. Recorrieron los parques y se refrescaron en las fuentes, vislumbraron a lo lejos las mezquitas, se asombraron al contemplar las grandes avenidas y la casa de gobierno. Bordearon lentamente el río Barada para encontrarse con mansiones lujosas, cafés al aire libre y el famoso hotel Victoria.

Latife la Grande las animó a entrar al gran salón de la recepción, entusiasmada con las risas que se escuchaban en el interior. Una delegación inglesa, después de reunirse con el rey Faisal, había entrado a Damasco sin necesidad de disparar sus armas. Increíblemente, el cambio de gobierno se había realizado de manera natural. La bandera del Imperio otomano dio paso a la recién estrenada bandera árabe. Los soldados del ejército turco enfilaron rumbo a Estambul a defender el que sería, desde ese momento, su único territorio. En cambio, ufanos de sus logros, los ingleses esperaban el aviso de retirada para volver a sus hogares. Mientras tanto, no perdían oportunidad de divertirse. Latife la Grande se acercó a uno de los soldados, destapó su rostro, quitó el velo de su cabeza y, dejando caer su larga cabellera, le sonrió.

—¿Tienes una moneda? —le dijo en árabe, sin pensar que el hombre no entendería sus palabras.

Al inglés no le interesaba mezclarse con una mujer pobre y sucia como ésa, la empujó de un manotazo para seguir bebiendo tranquilamente. Latife la Grande se sintió confundida, los días sin alimento y las largas caminatas le habían nublado el juicio. Humillada arregló sus ropas y llena de vergüenza se mantuvo en un rincón observando al hombre que la había empujado. Uno de los soldados que presenció la escena se apiadó de la mujer. No consiguió permanecer indiferente ante su belleza, se acercó y puso unos centavos en su mano.

El conserje, con toda amabilidad, pidió a las mujeres que salieran del hotel. Les darían algo de comer en la puerta del fondo, donde los cocineros recibían los víveres. Ellas engulleron ávidas las sobras de otros platos: en silencio, ahí mismo, temerosas de que en el camino alguien les arrebatara lo que habían conseguido. Al acercarse, el empleado se dio cuenta de que eran muy jóvenes, casi unas niñas. Latife la Grande le pareció hermosa. Se imaginó que era muy distinta a las inglesas que los clientes habían dejado en sus casas.

—Vuelvan mañana, aquí siempre habrá algo para ustedes —se despidió el conserje pensando en la manera de organizar un negocio propio.

A partir de ese día las jóvenes salieron y regresaron con comida y medicinas para repartir en el barrio. Sus habitantes, agradecidos, no preguntaron la procedencia de ese dinero. Un secreto a voces se ocultó, hasta enterrarlo, también, junto con los muertos.

Haré llover pan del cielo

La situación provocó que Latife, contra su voluntad, saliera a las calles en busca de sustento. Le afectaba ver la mansión Lisbona destruida y más aún le dolía la pérdida del hermoso jardín que tantas veces le sirviera de refugio. La casita de Marie había sido ocupada por soldados drusos que se apostaban ahí desde la toma de Damasco.

Las noches de Latife se llenaban de ruidos ajenos, hombres que vociferaban alegremente y pasaban el rato bebiendo, jugando a las cartas y al *taule*. Apenas podía conciliar el sueño; se sentía amenazada, recelosa de que en cualquier momento se apropiaran también de la casa grande y los dejaran a ellos en la calle. Se asomaba con la vista baja, intentando no ser vista. Le parecía extraño, como parte de una pesadilla, ver la propiedad rodeada de camellos, los únicos que abrevaban.

Salía presurosa, muy de madrugada, acompañada de Murad, el hijo pequeño de los Lisbona. Aprovechaba la penumbra antes del amanecer y el pesado sueño de los borrachos para evitar que la molestaran. Como los pozos se habían secado, debían cruzar el barrio hasta encontrar el cauce del río y proveerse de agua. El regreso era lo peor. Además de aguantar el peso de las cubetas tenía que soportar los insultos del muchacho. Un niño caprichoso, acostumbrado a la buena vida, que no estaba dispuesto a trabajar. A gritos le exigía sus derechos. Latife tenía que gritar a su vez y en ocasiones hasta golpearlo para que reaccionara.

—Esto tenemos que hacer y lo haremos, quieras o no.

La arrogancia del joven le recordaba mejores épocas, cuando ella acarreaba el agua sólo unas cuadras, al lado del primo Nuri. ¿Qué habrá sido de él? Seguramente ya estará muerto, se dijo, bien muerto como todos, con heridas en el pecho, asesinado, abandonado en el campo de batalla, enterrado en montañas de cadáveres, alimento de animales. ¿Y Kamil? Él no. Él regresará, estoy segura. ¿Y si no regresa? No conocerá a Feride, su hija, la pequeña que nació poco tiempo después de que él se fuera. Le había puesto el nombre de su madre para honrar su memoria, de tal suerte que su recuerdo estuviera siempre presente en esta criatura.

El simple hecho de recordar a su niña la hizo sonreír. Acababa de cumplir dos años y crecía a pesar de las privaciones. Demasiado delgada, pero traviesa y alegre, se había convertido en su única razón de vivir, le daba la fuerza necesaria para levantarse cada mañana y enfrentarse a todo con tal de protegerla y verla crecer. ¿Y si Kamil no regresa? Feride será un niña sin padre, una más entre tantos quienes, sin entenderlo siquiera, lo han perdido todo. Trató de alejar de su mente los negros pensamientos y azuzó a Murad como si fuera un animal.

—¡*Yallah,* flojo, muévete, está amaneciendo!

Tuvo que soportar, de nuevo, los improperios del muchacho que refunfuñaba a cada paso. Suspiró aliviada. Prefería escucharlo y alejar todos esos pensamientos de muerte que la acechaban implacables. ¿Y Kamil? ¿Y si no regresa? Ningún hombre la haría sentir como él, el frío y el ardor del deseo, el oasis y la sed insaciable. La espera y la necesidad de su abrazo, su cuerpo palpitando libre al más leve roce de sus dedos…

El *jaham* Bashi les había hecho una visita con el único objeto de explicar la ley: si en el lapso de un año, cuando Murad cumpliera el *Bar mitzvá* y alcanzara la edad adulta, Kamil hubiera fallecido, el joven la tomaría por esposa para perpetuar el nombre de su hermano. Casada con el hermano menor, ella permanecería en la familia. Así lo aconsejaban los sabios y así debía hacerse… a pesar de tener una hija, ya que la niña no llevaría el nombre del esposo y éste se perdería para la casa de Israel. Aunque Latife no entendía esa ley y no estaba de acuerdo, tampoco le dieron opción a negarse. Ella, desde el momento en que se había casado con Kamil, se había convertido en propiedad de la familia Lisbona: igual que un mueble o una lámpara. Como el resto de las mujeres, no tenía opción. Nadie le había preguntado nunca sobre sus deseos o sus sentimientos.

Por un instante se imaginó casada con Murad. ¡Horror! Un hijo más que cuidar. Aceptaría ese matrimonio pero por ningún motivo le permitiría tocarla, y aunque la ley lo exigiera jamás haría el amor con él, sin importar que no tuviera descendencia que honrara el nombre de su esposo. ¿Acaso los rabinos se han vuelto locos?, se preguntó. Una mujer casada con el hermano del marido era algo inadmisible, peor que un incesto. Además con ése, sin educación ni modales. ¿Qué había hecho Hannán para convertirlo en un monstruo? Permitirle todo. Durante años Murad hizo valer su palabra hasta volverse un tirano. Pero con ella no. No lo aceptaría, a pesar de pertenecerle por decreto.

Llegaron a la casa en silencio, cada uno sumergido en sus propios pensamientos. Ella, elucubrando todas las artimañas posibles para deshacerse de ese engreído. Él, imaginando lo feliz que sería rechazándola públicamente, negándose a casarse con ella aunque le escupiera en la cara. Quedaría viuda, de regreso en casa de la familia de su padre, llevando a cuestas una hija y sin ninguna posibilidad de rehacer su existencia.

Latife cruzó el jardín con la cabeza baja, procurando no pisar el excremento de los camellos que ahora estaba por todas partes sin que nadie se molestara en limpiarlo. De pronto se dio cuenta: ¡qué ciega había sido! Dios había traído la solución hasta su propia casa. En ese momento comprendió que en la vida lo más importante es escudriñar en las posibilidades más ocultas: si era capaz de mirar con atención, siempre encontraría la respuesta. Notó que de las heces sobresalían pequeños granos como perlas que los camellos no habían digerido. Ahí estaba su alimento, el ansiado trigo escondido en la podredumbre. Obligó a Murad a cargar con el excremento y llevarlo a la parte de atrás de la casa donde los soldados no sospecharan. Aplastaron la masa informe hasta separar el trigo, lo lavaron varias veces y los utilizaron para hornear un pan sabroso que les permitió subsistir. El excedente lo vendieron a los drusos, sus originales propietarios: nadie podría imaginar de dónde lo habían obtenido.

¡CARTA DE MARIE!

Nerviosa, Latife observa varias veces el sello postal con la palabra *France* impresa en tinta negra. Abre el sobre con cuidado, procura no romperlo. La escritura fina se repite en varias hojas delgadas. Aspira el aroma a lavanda que aún emana del papel y lee como si devorara cada frase.

Ma trés chère Latife:

Espero que cuando recibas estas letras la familia goce de plena salud. Sé que han pasado varios meses desde mi última carta pero, *ma petite alouette,* no vayas a creer que me olvido de ti.

Latife se alegra de saberse querida. ¡Marie le hace tanta falta! Siente que con su ausencia ha perdido a su madre por segunda vez y ahora la recupera en estas sencillas líneas.

La mañana que Badía y yo llegamos a París, la ciudad se mostró tal como la recordaba en sueños: altiva y hermosa. Sin embargo, todo fue una ilusión. Muchas cosas han cambiado a pesar de que el Sena siga fluyendo impasible.

Latife imagina navegar en el *bateau mouche* que tantas veces le describió Marie. Alcanza con la mirada las torres resplandecientes de las iglesias y los techos de los palacios. ¡París! Repite varias veces como si fuera un conjuro que pudiera acercarla a la ciudad de sus sueños.

Mis padres me recibieron cariñosos pero me fue muy difícil llegar a la casa y no abrazar a mis hermanos. Al igual que tu Kamil, luchan en el campo de batalla aunque ellos se sacrifican por su gran amor a Francia... Me angustia pensar que nuestros más queridos combaten en bandos opuestos y, Dios no lo permita, podrían enfrentarse como enemigos implacables. Sería terrible, *n'est ce pas?*

Oui, cela serait cruel, se dice Latife. La guerra es inhumana. Los hermanos se convierten en enemigos... al menos Marie todavía puede abrazar a sus padres, suspiró. Vuelve la página y continúa con la lectura.

También aquí la falta de víveres es un asunto cotidiano. Pero a diferencia del *Sham,* las mujeres han dejado las labores del hogar para salir a las fábricas, asumir la responsabilidad en los trenes o como ángeles, cuidando a los heridos de guerra. ¡Son miles! La misión femenina, ante la ausencia de hombres, es mantener al mundo rodando. Yo misma me dedico a unir piezas metálicas con un soplete en una fábrica de armamento. Por primera vez en mi vida gozo de un sueldo que, a pesar de ser muy reducido, nos permite salir adelante.

Latife recuerda las manos blancas y suaves de Marie. Le parece inaudito que ella trabaje. ¡En una fábrica de armas, soldando! Si bien es cierto que durante años las viudas se ocuparon en el taller de orfebrería del *hara,* su principal tarea era realizar los diseños y marcarlos en charolas y adornos, pero jamás se les permitió forjar o soldar una pieza. ¡Mujeres obreras, qué locura! Se siente confundida, le parece imposible ponerse en el lugar de Marie. El mundo está de cabeza, pensó, mientras sigue leyendo.

Badía goza de muy buena salud y asiste todas las mañanas al jardín de infancia. Está encantada de jugar con otros niños. Cuando la veo tan feliz no me arrepiento de la alocada decisión de haber viajado solas. Ella logrará lo que tú tanto anhelaste, prepararse, conseguir en la vida lo que desee... Tendrá una profesión, quizá enfermera o maestra. ¡Podrá manejar un auto! ¡Varias jóvenes son taxistas, aunque parezca una excentricidad! No les importa la crítica de los que quisieran detener el tiempo, pero ya no es posible vivir en el mundo de ayer.

Si Latife no puede concebir en su mente la imagen de una mujer arreglando los rieles del tren con un martillo, mucho menos puede entender que alguien como ella maneje. Sin embargo le parece maravilloso que Badía asista a la escuela y llegue a ser algo más que una buena ama de casa. Pero, ¿manejar un auto? ¿Hasta dónde se atreverán?, piensa excitada. Sin embargo, en el fondo ansía también esa independencia de la que habla su mentora. Se imagina detrás del volante, tocando el claxon: la idea de libertad la invade con su frescura, una ráfaga que todo lo trastoca, pero que también permite respirar intensamente.

¿Sabes? Nos da miedo salir a la calle porque ha habido bombardeos en diferentes sectores de la ciudad, pero refugiarse en las casas tampoco es un seguro de vida. *C'est la loterie noir!* Hace unas semanas la gorda Bertha, el cañón de largo alcance, escupió varias bombas en la Rue Charles V, a sólo unas cuadras de aquí. Las casas se desmoronaron; parecían construidas de papel. Varios de sus habitantes quedaron sepultados entre los escombros. ¿Qué hacer? *Ma petite amie,* lo único que nos queda es expandir el tiempo, alargar las horas lo más posible, vivir cada día con intensidad eterna, porque podría ser el último.

A Latife, en cambio, el tiempo le parece un fardo más sobre su espalda. Desea convertir los días en segundos, dar vuelta al calendario lo más rápido posible: ver el regreso de Kamil o envejecer y morir.

¿Te platiqué que soy madrina de guerra? Escribo cartas de amor a dos jóvenes en el frente. Mis palabras son el único aliciente que reciben, puesto que se hallan condenados a una trinchera. ¿Sabes qué es eso, *ma petite*? Enormes corredores que han construido debajo de la tierra para defenderse. Ahí han pasado meses, hasta años, sin ver otra cosa que una pared de lodo.

Se libran de las balas, mas no así de las ratas y piojos, ni de enfermedades que han llevado a muchos a la locura o a la muerte. Hasta que dan la orden de saltar las trincheras y salen de su escondite para enfrentarse con el enemigo. Los pocos que regresan cuentan historias aterradoras. ¡Y pensar que todavía hay miles sufriendo esas condiciones!

¿Cartas de amor a un desconocido?, se pregunta Latife. Sin duda, la guerra termina con lo poco que le queda de cordura a la gente y por lo visto afecta también a Marie. Se imagina a Kamil adentro de un hoyo, ¡años sin saber de él! Cuando vuelva ¿podré reconocerlo? ¿Su rostro habrá cambiado? Si le escribo una carta ¿a dónde la mando? ¿Recibirá otras? ¿Tendrá su madrina de guerra? Las hojas le temblaban en las manos, pero siguió leyendo.

Mis "novios" son adorables, muchachos sencillos del campo. Les mando medias para el invierno y, cuando puedo, algo de *confitures*. Las cartas están llenas de palabras de aliento aunque confieso que también llevan mensajes de amor. Me describo como una mujer ardiente, les prometo que llegará el día en que mis letras se conviertan en noches apasionadas, donde nos besaremos a la luz de la luna. Todo esto te parecerá muy extraño, pero me he propuesto mantenerlos con vida insuflando amor en sus almas.

¿Qué pasaría si vuelven y la buscan? Latife piensa que Marie se arriesga estúpidamente. ¿Y si uno de ellos la acecha? ¿Qué haría? ¿Cómo poner un freno cuando se ha prometido todo? Se da unos minutos para reflexionar. Marie, al exponerse, también arriesga a Badía. En cuanto Kamil regrese, haré todo por viajar a París y encontrarme con ellas. No olvida el pacto con su madre al momento de morir. Su hermana depende de ella y, por lo visto, ahora más que nunca.

Los que en realidad me preocupan son los niños, continuaba la misiva. Durante la batalla del Marne, muchas francesas fueron víctimas de violaciones multitudinarias. Los alemanes, envalentonados, trataron a nuestras jóvenes con una crueldad que ningún humano normal es capaz de imaginar. Miles murieron víctimas de la brutalidad, y las que sobrevivieron, avergonzadas, no platicaron su desgracia. Pero la naturaleza no guarda secretos. De esas violaciones quedaron preñadas y nacieron los niños, *les enfants de l'ennemi*. En un principio se permitió abortarlos. ¿Cómo podría una madre querer a un hijo así, fruto de su dolor y su odio? Sin embargo, poco tiempo después, el gobierno prohibió deshacerse de ellos. Estos niños rubios, hermosos y tan aborrecidos, serán criados como franceses. En ello radica la mejor venganza.

A Latife la invade el horror al pensar que su propia casa está rodeada de soldados drusos: hombres deseosos de mujer que están borrachos la mayor parte del tiempo. En cualquier momento podrían perder el juicio y atacarla. Niega varias veces, intentando alejar los malos pensamientos.

Me dedico a localizar parejas que quieran adoptarlos. A pesar de la guerra, hay todavía matrimonios que ansían un hijo. La vida les da esa oportunidad y yo facilito el camino para que así sea.

Uno de estos bebés vive con nosotros. Lo he nombrado Joseph en honor a mi marido a quien, como bien sabes, no pude darle hijos. Ahora este niño, fruto de la infamia, será educado con amor. Un bebé alemán y francés que se convertirá en un buen judío.

La carta despliega una ventana desde donde Latife vislumbra un universo distinto, más libre. Un mundo con el que ha soñado tantas veces y que Marie, desde hace tiempo, le ha pintado como perfecto. Después de la lectura, su deseo es vivir de otra manera. Salir de Damasco, conocer lugares fascinantes. Si esta guerra termina, se dijo, viajaremos. Haré todo lo que sea necesario con tal de escapar de esta prisión.

Damasco, 1920

TIEMPO DE LLORAR Y TIEMPO DE REÍR

Por más que intenta evitar las comparaciones, Latife recuerda melancólica los años felices. *Rosh Hashaná* era todo un acontecimiento en la casa Lisbona. ¿Cómo olvidar los preparativos que comenzaban semanas antes de la fiesta? Yusuf pedía traer a varias costureras. Toda la familia estrenaba, incluso ella, considerada una extraña por Hannán. Año nuevo, ropa nueva, decía el patriarca. La uva recién cosechada llegaba en cajas. Se limpiaba entre varios para comenzar la diversión. Los hombres y los niños lavaban sus pies y los introducían en una enorme tinaja. Ella, desde la azotea, los observaba aplastar la fruta hasta convertirla en el preciado líquido que terminaría guardado en garrafones enormes. Los mercaderes llamaban incesantes para entregar sus productos: carnes variadas, frutas y verduras de calidad. El mejor pan, el mejor aceite, las especies más preciadas. Otro año de abundancia para los Lisbona.

Durante toda la época de preparativos Hannán se ponía insoportable, gritando a la menor provocación. Revisaba meticulosa cada detalle, nada podía faltar en su mesa. Supervisaba a las cocineras que parecían muñecos de cuerda fabricando una inmensidad de platillos. ¡Y los dulces! ¡Cómo olvidar el chabacano relleno de pistache, uno de sus preferidos! Sólo de pensarlo se le hacía agua la boca. Su suegra, como un tanque de guerra, iba de un lado a otro exigiendo, a punto de hacer explosión. En cambio ahora, suspira Latife, se ha vuelto una sombra. Ronda por la casa como un fantasma… ¿Qué pensará de mi mesa?

A pesar de sus esfuerzos, sólo consiguió unas granadas y un poco de azúcar. En mi mesa reinará el vacío, se dijo, aunque haré el pan distinto. Para seguir la tradición, en vez de sal añadiría azúcar esperando se cumpliese la promesa de un año dulce. Deseaba conseguir algo de alubia o calabaza. Vivían el momento preciso para pedir a Dios la destrucción de sus enemigos, pero ¿quiénes eran realmente esos enemigos? Los hombres son rivales unos de otros y, todos por igual, del pueblo judío, pensó.

Tampoco encontró pescado y Murad, en vez de atrapar algo en el río, mantenía su postura: hacer lo menos posible, así que tampoco se molestó en ayudarla. ¿Cómo podrían pedirle al Creador ser cabeza y no cola? A ése no le importa; lo que quiere es ser el último, rezongó, acabará arrastrado por la corriente. Pretende echarse en cojines de seda y que lo atiendan, pero yo no lo voy a servir, nunca, que ni lo piense.

Latife cumplía con sus obligaciones: limpiaba lo poco que quedaba de la casa. Si no contaba con Hannán, sumergida en su depresión, menos aún con Yusuf, quien hacía tiempo que se mantenía ensimismado; apenas respondía cuando se le hablaba. La depresión se había apoderado de su alma a tal grado que incluso olvidó las joyas enterradas en el jardín que ahora tanta falta les hacían. A ella el anciano le provocaba mucha ternura y lo atendía como a un padre. En estos días anteriores a la festividad, Lisbona se pasaba toda la noche en la sinagoga: estudiaba y rezaba. Pedía el perdón del Altísimo, suplicaba, con especial fervor, el retorno de su hijo. Cuando el patriarca volvía, ella le preparaba un café que servía con rosquillas, como tantas mañanas de su vida hizo con su padre. *Selem diatek,* decía el viejo, con un gesto de amor y agradecimiento.

Feride era todavía muy pequeña para ayudarla y, en cuanto a Murad, ¡a ése quería matarlo! Cada vez que lo tenía cerca, aprovechaba para patearlo como un fardo indeseable.

¡Una voz! ¡Mi amado!
He aquí que él viene…

En esos momentos daba igual la paz o la guerra, su única preocupación consistía en conseguir algo que llevarse a la boca.

Latife, por un momento, recordó a la abuela Rahmane. Tal vez le ayudaría a completar su cena, eso sería lo más justo. Sin embargo, más tardó en pensarlo que en arrepentirse. ¿Por qué habría de ayudarla si cuando vivían sus padres y los Rahmane tenían riqueza nunca lo hizo? Por un instante la invadió la imagen de Musa, su padre, al que daba por muerto. Sería un milagro que regresara con vida, se dijo, pero ya tenía un buen rato que Dios no hacía milagros… ¿Se habrá quedado dormido? Inmersa como estaba en sus cavilaciones, en un principio no notó el bullicio que surgía en el exterior hasta que la propia Feride gritó, contagiada por otras voces, mientras procuraba asirse a su falda.

—¿Qué pasa? —reaccionó Latife, haciéndola suavemente a un lado—. ¿No ves que estoy ocupada?

Un grupo de soldados se acercó a la casa, reclamando a gritos la presencia de Yusuf Lisbona. Ella pensó lo peor: vienen por mí. Saben que soy la única mujer joven. Nos quitarán la casa… Llamó a Feride y se escondió en una covacha donde, en tiempos mejores, guardaban enseres de cocina. A la niña le tapó la boca y le indicó con señas que se mantuviera en silencio.

—¡Yusuf! —el tumulto se oía cada vez más cerca—. ¡Traemos una sorpresa!

Ella pensó que no era momento para sobresaltos. Se mantuvo quieta, ya no le daba tiempo de subir a la azotea. Abrazó muy fuerte a Feride: *Rohi,* pase lo que pase, recuerda que te quiero mucho. Las voces se acercaban, se intensificaban, empezaron a golpear la puerta como si quisieran derribarla.

—¡Yusuf! —alcanzó a escuchar—. ¡Traemos a tu hijo, Kamil está de regreso!

¿Y si fuera cierto? La emoción la hacía temblar, pero se mantuvo a resguardo. Murad finalmente reaccionó y abrió, a pesar de sus aires de grandeza, al ver que su cuñada no aparecía. Los hombres comenzaron a cantar: Venimos y trajimos al novio. Una antigua melodía que se entonaba en los compromisos y en las bodas. Latife no pudo resistir la curiosidad y lentamente se acercó. Rodeaban a un joven y le cantaban felices. ¿Quién era? Delgado, sucio, con una barba inmensa, la ropa y los zapatos hechos trizas, una venda mal puesta asomaba del pantalón roto. Ése es Kamil, o lo que queda de él. Se acercó. Sus miradas se encontraron, se reconocieron. Él hizo un enorme esfuerzo por sonreír y logró lo que más bien pareció una mueca. Ella sólo pudo llorar.

Yusuf y Hannán despertaron de su letargo para abrazar a su hijo. Un halo de esperanza asomó en el ambiente.

QUE TUS PECHOS ME EMBRIAGUEN

Durante varios meses Kamil se convirtió en el centro del universo. Todos en la casa concentraron sus pensamientos en sacarlo adelante. Las voces sólo proferían palabras dirigidas a él, las manos se dedicaron a protegerlo y consolarlo. Se guardaba silencio para facilitar su descanso. De la comida se apartaba para él la mayor porción. Su cura se había convertido en un proceso que muy lentamente se apreciaba cierta mejoría.

Latife contaba los días de la gestación esperando el alumbramiento: el regreso de su esposo a la vida. Con una sabiduría antigua que sólo se adquiere gracias a la presencia del amor, procuró sanar sus heridas. Lavó, ceremoniosa, cada centímetro de su piel, besó cada rasguño y se abrazó a su cuerpo balanceándose, como si arrullara a un recién nacido. Su instinto le señalaba el camino. El esposo retornaba del inframundo y, para seguir viviendo necesitaba nacer de nuevo. Ella lo comprendió con claridad: era la única capaz de insuflarle ánimo. A pesar de sus cuidados no podía evitar la llegada de la noche. Entonces todo lo que lograba enmendar durante la jornada se diluía en la oscuridad. Kamil se transformaba. Su silencio se convertía en aullidos constantes que desgarraban la quietud nocturna. Ella trataba de acercarse, pero él se apartaba bruscamente, arisco, como animalito herido. Con el paso del tiempo, la leve mejoría dio lugar a una franca recuperación. De repente algo cambió en el interior de Kamil: sin ser capaces de definir en qué instante trocó el silencio por las palabras y la mirada de dolor por otra más esperanzada, un brillo nuevo lo acompañaba; la mueca de disgusto se convirtió en una sonrisa triste.

Latife comprendió y se preparó para el encuentro. Aseó y perfumó su cuerpo, y protegida por la noche, yació a su lado. Lo acarició como hacía siempre, aunque ahora con otra intención. Ya no veía en él a un hijo, deseaba rescatar al hombre. No sólo pretendía aliviar las heridas del cuerpo, tenía que asegurarse de que también sanaran las del alma. Lo besó varias veces y le dio a beber de sus pechos. Susurraba a su oído palabras de ternura guardadas durante la ausencia. Quería encender su deseo. Tomó su mano y le enseñó a tocarla como si nunca lo hubiera hecho. Acompañó la palma de Kamil por todo su cuerpo para detenerse en los glúteos mientras se pegaba a él hasta sentirlo. Gratamente sorprendida, se le escapó un gemido de gozo que él contuvo sellando sus labios con un beso tras otro. No tuvo tiempo para seguir acariciándola, su deseo era apremiante. Ella tampoco necesitó más caricias. Ambos ardían en la misma llama.

La espera había sido larga y penosa. Ahora se buscaban tempestuosos, oscilando con intensidad hasta que, con una oleada de placer indescriptible, lograron desvanecer la distancia.

PROTÉGEME A LA SOMBRA
DE TUS ALAS

Damasco despertó con pereza a una época de paz. Bajo el mandato francés, la población volvió a tener necesidad de mayor número de productos y el engranaje de la economía, a pesar de los obstáculos en el camino, se puso en marcha.

Kamil procuró construir el mundo con base en una rutina. La jornada, repetida de la misma manera, le daba una sensación de seguridad. Recorría las calles acompañado de su padre, buscando la forma de hacer negocios. Las relaciones que Yusuf Lisbona había alimentado con extraños tiempo atrás, les sirvieron para salir adelante: eran cientos los que le debían algún favor. Así que no faltó un amigo caritativo entre los musulmanes que les fiara mercancía en un extremo de la ciudad, misma que ellos vendían, con algo de ganancia, en el otro extremo. Recorrían del sector musulmán al cristiano y del cristiano al judío, ganando apenas lo necesario para subsistir. Sin embargo, volvían satisfechos. Un día más habría queso, aceitunas y pan. Si estaban de suerte, alcanzaba para huevo y leche, alimentos reservados para la pequeña Feride.

Latife, sin que su esposo lo notara, conseguía hacerse de unos centavos que guardaba celosamente pensando en otro tipo de gastos: zapatos, ropa, un baúl, pasajes de barco... *Insh' Allah,* algún día... pensaba.

Una tarde, cuando habían terminado la jornada y disfrutaban tranquilos de una taza de café, Kamil logró franquear el silencio y dio paso a las confesiones: El puño de Jemil Pashá es tan duro como su corazón. ¿Saben cómo le llaman entre los soldados? El carnicero, y... ¿les digo algo?, hace honor a ese nombre. Yo nunca entendí por qué me quiso tener siempre cerca de él, siendo apenas un muchacho y además judío. Tal vez aprendí de ti, papá. Constantemente trataba de adularlo, de venerarlo como si fuera un Dios, de hacerlo sentir el más grande, el más noble de todos los mortales. ¡Jemil Pashá *hu akbar*!

¿Quieren enterarse de lo que hacía con los prisioneros? Buscaba una cueva, y ahí los encerraba y les prendía fuego. Esperaba atento hasta que el calor hacía que los cráneos se reventaran en mil pedazos. Escuchar ese estruendo le fascinaba. Su mirada se llenaba de locura, lanzaba destellos de una maldad que provenía de *Hazazel*. Nosotros sentíamos que, al vernos, nos hería como si nos disparara con una ametralladora. ¡Él es hijo del diablo, no puede ser humano!

Ordenaba que los parientes y los amigos estuvieran allí para ver cómo asesinaban a los suyos. El sufrimiento de otros era su mayor gozo, su mejor diversión. Luego los mandaba quemar también a ellos. Yo tenía que salir corriendo. No soportaba. Mi cuerpo insistía en vomitar todo el odio que Jemil Pashá trataba de alojar en mi alma… ¡El olor, Dios mío, el olor! ¿Cómo se olvida? ¡Alguien que me explique cómo se borra tanto sufrimiento, cómo me desprendo de tantas muertes que me acompañan!

Las lágrimas resbalaban por el rostro de Kamil pero esta vez Latife no intentó consolarlo. Sabía que hablando traspasaba el dolor y ésa era la única oportunidad de sanar. Hannán se acercó a abrazarlo, pero él la hizo a un lado. Debía proseguir con el relato, expulsar todas esas palabras silenciadas que le estaban quemando por dentro.

Por suerte no te mató cuando lo enfrentaste y le reclamaste mi captura, le dijo a Yusuf. Ahora que lo conozco, te aseguro que lo hubiera hecho: a ese monstruo nada lo detiene. En las noches yo permanecía despierto horas, debatiéndome entre escapar o vengarme. Quería matarlo. Aniquilar al hombre que acabó con nuestra familia y que tanto te humilló a ti, padre. Exterminar al demonio que me había hecho su esclavo. Imaginaba que entraba a su habitación con el pretexto de pedir instrucciones para el día siguiente. Sus guardias personales no recelarían porque estaban al tanto de nuestra relación cercana. Ansiaba matarlo en silencio para salir de inmediato con una falsa sonrisa y escabullirme lo más lejos posible.

El miedo se apoderó de Latife. Adivinó que su esposo era capaz de asesinar y seguramente lo había hecho varias veces durante la guerra. La sed de venganza brotaba de sus palabras: un veneno que se filtraba en su sangre y la corrompía. Por un momento se preguntó si con el paso del tiempo él sería capaz de convertirse en un hombre normal. No. Su esposo era otro. Ella tendría que aprender a vivir con eso.

Lo único que deseo, prosiguió Kamil, es vengarme de lo que te hizo, de la desgracia que le ocasionó a tanta gente. Quisiera agarrarlo por el cuello y retorcérselo hasta que muera, no sin antes decirle lo que realmente pienso, ser yo quien lo mire a los ojos con odio.

Los *yehud* somos gente de paz, respondió el padre. Si pensáramos en vengarnos de cada cosa que nos han hecho, no acabaríamos nunca. Se llame Jemil Pashá o de cualquier otra forma, sea turco, *muslem* o *franzawi* para nosotros nunca ha sido mejor. Ése es nuestro destino. ¿Vengarte? ¿Para qué? El Todopoderoso lleva la cuenta, ya lo verás, Él se encargará de castigarlo, al menos, con una muerte prematura. No tendrá descanso. Nunca.

Me enfurezco de tan sólo recordar la forma en que te insultó. Te llamó perro cobarde cuando él es el verdadero cobarde, *¡ibn keleb!* Dicen que, en el mayor secreto, se entrevistó con el príncipe Feisal y temiendo por su suerte le ofreció Damasco en bandeja de plata. Cedió todo un imperio con tal de salvar el pellejo. Y Feisal, que es un hombre magnánimo, le perdonó la vida. ¿Es cierto que estuvo en Damasco? ¿Ustedes lo vieron? ¿Estaba con él Jemil Pashá? ¿Volviste a ver al maldito que te hizo tanto daño?, dijo Kamil.

Trataba de distinguirte entre sus hombres, respondió Yusuf. En cuanto nos enteramos de que el *muslem* había tomado Damasco, Murad y yo fuimos a buscarte entre los prisioneros, queríamos traerte de regreso a casa pero no estabas ahí. Pensamos que tal vez habías muerto. Y yo moría a cada instante contigo. ¿Dónde encontrarte? No sabíamos qué hacer, a quién preguntar, siguió narrando Yusuf. Se esparció el rumor de que los hospitales turcos estaban repletos de heridos. Murad y yo corrimos al único que conocíamos, cerca de la mezquita. Después de mucho insistir a los guardias nos dejaron entrar y abrieron para nosotros la puerta del infierno. Un olor a podredumbre nos asaltó. Se sentía en la nariz un picor agrio, rancio. La descomposición de los cuerpos, las heridas supurando. El recinto apestaba hasta las náuseas, nos impedía respirar. No pudimos soportarlo, salimos varias veces a vaciar el vientre. De regreso notamos que esa pestilencia provenía de cientos de cuerpos amontonados en el suelo. El silencio de los cadáveres se revolvía con el lamento de los vivos. ¿Cómo dar contigo entre toda esa montaña? ¿Cómo asegurarnos de que aún permanecías con vida… y si te enterraban vivo junto con los muertos?

Nos ofrecimos a separar los cadáveres, prosiguió Lisbona. Un hombre rubio, un *anglizi,* con voz pausada indicaba lo que debía hacerse. También él llevaba las ropas sucias y manchadas de sangre. Tenía un gesto de asco, similar al nuestro. Habló con sus prisioneros, los obligó a cavar una fosa y dio órdenes de llenarla y rociarla con cal. Antes de echarlos a su última morada, los mirábamos: desfigurados, la mayoría jóvenes, con el gesto de sufrimiento sellado en los rostros. Deseaba encontrarte y a la vez rogaba al Creador no dar contigo. ¿Y si eras uno de ellos? ¿Cómo seguiría la vida su curso, si te hallaba mezclado con los cuerpos? Al relatar, Yusuf volvía a la escena en forma tan real que, mientras narraba lo sucedido, se estremecía como una hoja.

—Calma, papá —lo tranquilizó Kamil—; ya estoy aquí y no volveremos a separarnos.

—Después de todo lo que vimos —sonrió Yusuf—, Dios ha sido generoso conmigo.

—Entonces —intervino Latife—… ¿dónde estuviste todo este tiempo?

Nos dieron órdenes de detenernos cerca de Deraa, comentó Kamil. Había que reparar los rieles del tren. Ése fue un juego constante: los musulmanes hacían estallar las vías y nosotros nos rezagábamos para arreglarlas, lo que a ellos les regalaba un tiempo muy valioso para proseguir en su avance. Por eso el comandante decidió separarnos y dirigirse, con el resto del contingente, rumbo a Damasco. Dependíamos del ferrocarril. Ahora me explico la escasez de alimentos en la ciudad porque aunque contábamos con caballos y camellos, no eran suficientes para transportar los granos que abastecieran a toda la población. Sólo el *Hijaz* conectaba a las aldeas vecinas con Damasco y Alepo.

Nos convertimos en una cuadrilla indefensa, al descubierto. Jemil Pashá dictó su sentencia: nos abandonó a nuestra suerte... Ya no éramos soldados, solamente unos obreros restaurando las vías, obreros que en cualquier momento se convertirían en prisioneros... o en cadáveres. Aunque contábamos con algo de armamento y a pesar de la vigilancia, nos capturó el grupo de Nuri Shalan, uno de los hombres más valientes que he conocido, partidario de la rebelión. Estaba feliz con el botín, deseaba presumirnos. En un principio creí que nos mataría de la misma forma en que lo hacía el *pashá* con sus prisioneros, pero no: nos llevó frente a un hombre rubio, un *anglizi,* seguramente el mismo que ustedes vieron en el hospital, le decían Lawrence, y hablaban con él como si fuera uno de ellos. El tal Lawrence decidiría nuestra suerte. Recuerdo su mirada triste, como si en vez de ser el poderoso hubiera sido la víctima...

—Ahora que lo mencionas, Lawrence... creo que sí... *ma baaref...*

—¿Lo viste? ¿Hablaste con él? —preguntó Murad.

Hicieron una especie de juicio y nos preguntaron, prosiguió Kamil, yo sólo podía gritar, me carcomía el pavor de lo que pudiera sucedernos: ¡No somos otomanos! ¡No somos enemigos! ¡Fuimos reclutados a la fuerza! Les pedimos que nos incluyeran en su ejército pero no aceptaron. Estaban conscientes de que el que traiciona una vez, traiciona dos veces.

—¿Tú, un traidor? *¡Yahre dinhon!* ¡Cómo pensaron eso! —lo defendió Hannán.

Salimos de Deraa presos, relató Kamil, caminando en fila y amarrados como delincuentes, y llegamos a las granjas de las aldeas en calidad de esclavos. Ahora puedo decirles mi valor real: diez costales de avena. Es lo que el *felah* pagó por mí. Me consideró de su propiedad y me obligó a trabajar en su granja de sol a sol recibiendo como único pago un plato de sopa grasosa con sabor a tierra y una jarra de agua. Al principio regalaba la comida a los otros hasta que el hambre dominó mi asco y me forcé a comer para no caer desmayado o muerto en las horas de trabajo a pleno sol. Lo único que me hacía resistir era la esperanza de volver a verlos, de abrazar a Latife y a mi hija.

—¡Pobre! —exclamó Latife, procuraba imaginar todo lo que Kamil había vivido.

Muchas veces intenté escapar, pero era imposible burlar la vigilancia. Sin conocer otra ruta, tendría que caminar siguiendo las vías del tren y fácilmente darían conmigo. A los que trataron de fugarse los sorprendieron, los colgaron para escarmiento de los demás. Aunque siempre hubo alguien que prefirió la libertad a riesgo de su propia vida.

Latife imaginaba el sufrimiento de su esposo, más allá del suyo. Los meses de trabajo forzado, las largas noches de incertidumbre, el hambre, el miedo, la muerte. Tomó sus manos y las besó con reverencia. Quiso sanarlas, curar las cicatrices con el roce suave de sus labios.

Ideamos una forma de sobrevivir, continuó Kamil, varios estuvimos de acuerdo. En una granja, con un poco de astucia, podríamos alimentarnos de otra manera. Robábamos frutos y granos. Todos vigilábamos, entre nosotros nos protegíamos.

Hannán lloraba en silencio. Recordó las mesas de abundancia a las que su familia estaba acostumbrada. Le pesaba imaginar a su hijo mendigando un pedazo de pan.

Latife, dolida, reflexionó: La guerra no ha sido fácil para nadie. Al menos mi esposo ha vuelto y se repondrá con el tiempo. En muchas familias el duelo no terminará nunca.

Damasco, 1923

POR LAS NOCHES BUSQUÉ EN MI LECHO
AL QUE AMA MI ALMA

Sin embargo, así como los días se hacen noches, las semanas meses y los meses años; así como de las tinieblas surge la luz, el duelo, junto con la vida, también siguió su curso. El deseo de los habitantes del *Hara el yehud* de recuperar la normalidad hizo que el sufrimiento aminorara, las heridas sanaran y, a pesar de seguir mutilados por dentro, padeciendo un vacío que les helaba el alma, levantaron la vista y con la mirada puesta en la esperanza siguieron adelante.

Los niños, convertidos con premura en jóvenes, se hicieron cargo. Ellos organizaban las rutas de los comerciantes y los puestos en el mercado. Conseguían, por pocas monedas, productos de buena calidad como canastas o tinajas de cobre aunque, para mala suerte de muchos empleados, la fábrica de latón permaneció cerrada. El dueño no volvió y su viuda no fue capaz de enfrentar un negocio de esa magnitud. Tampoco confió en que alguien lo hiciera por ella. Su condición de mujer, su ignorancia absoluta con respecto al mundo exterior, terminó con el negocio más próspero del barrio.

Los caballos que habían sido utilizados por los diferentes ejércitos durante la guerra ahora impulsaban carretas o llevaban cargamentos, igual que las mulas y los camellos. Cientos de carretones transportando víveres podían apreciarse en el cruce de caminos, provenían directamente de la estación del tren. Algunos ancianos se ganaban la vida vendiendo té, el que ofrecían de garrafas enormes; otros más se dedicaron a vender comida en puestos improvisados en calles y mercados. Como por arte de magia aparecieron charolas enormes que sirvieron de mesas: los comensales en corro comían sentados a ras del suelo mientras los menos favorecidos los miraban de lejos, con hambre, percibiendo los olores a especias que invadían el ambiente. Las mujeres volvieron a hilar y a tejer las prendas que les permitirían sobrevivir el invierno; los hombres a fabricar calzado, turbantes y objetos necesarios en el hogar.

El bullicio de la multitud que regatea los precios, los niños correteando por los callejones, los jóvenes indolentes descansando a orillas del río, los hombres bien vestidos que entran y salen del hotel Victoria, los gendarmes franceses dirigiendo el tráfico, todo se conjuntó para producir un aire de estabilidad. Damasco, bajo el mandato francés, parecía estar en paz, al menos eso mostraban al exterior, porque en lo más recóndito sus habitantes anidaban odio y deseo de venganza, que sólo tendría una salida violenta, repentina, fulminante.

Las mujeres, en sus respectivas cocinas, preparaban los platillos que tanto gustaban a sus familias mientras bromeaban y reían. Hannán abrió su casa para que se convirtiera en el centro de reunión. Ahora ellas visitaban libremente la que antes había sido su guarida: la casita de Marie. Los drusos terminaron expulsados de Siria por los franceses, en defensa de la integridad cristiana, tantas veces ofendida y amenazada por esta población. Así que un buen día, antes de que Kamil regresara y por órdenes del nuevo gobierno, los drusos desalojaron intempestivamente la casita de Marie lle-

vándose sus pertenencias, entre ellas a los camellos, dejando únicamente trapos sucios, restos de comida, botellas vacías, colillas de
cigarros y un olor insoportable a sudor y mierda.

Ellas se apropiaron del lugar. Lo limpiaron y ordenaron aunque
ya no les fue posible recuperar la magia que había tenido en sus
años de esplendor.

En tiempos de paz todo parece acomodarse plácidamente, y eso
sucedió con el vientre de Latife, de nuevo embarazada y a la espera
de dos criaturas idénticas, al menos eso aseguraba Bulín Salame,
quien después de la guerra se había convertido súbitamente en una
anciana respetable. Ahora ya no tenía que trabajar: su hijo Víctor,
mafi mitlo, se hizo cargo de la situación y, como decía la misma
Bulín, la trataba mejor que a una reina. Aunque hablaba del muchacho con gran orgullo, lo hacía también con cierto pudor cuando
veía la reacción de las mujeres que suspiraban melancólicas. Todas
deseaban apasionadamente a Víctor en su mesa y en su cama.

Una tarde, al terminar sus labores y después de preparar el café
y disfrutar de unas galletas, Bulín, la comadrona, hizo acostar a
Latife y, con la protuberancia de su abdomen a la vista, meció sobre
ella una cadena como si se tratara de un péndulo hasta que lentamente la cadena se detuvo y giró en círculo.

—¡Dos varones! ¡*mabruk!*

Las mujeres, emocionadas, emitieron sonidos guturales, felicitaron a la futura madre y, mientras ella se levantaba con mucho
esfuerzo, bailaron a su alrededor una antigua danza que invocó por
siglos la fertilidad.

Entre broma y broma llegó la hora esperada: la de las novedades. Siempre había alguna que había escuchado una historia y con
placer malévolo la compartía con el resto.

—¿Has sabido, Latife, de la familia Rahmane? —preguntó al
descuido Liza, la esposa de Raful Mugrabi—. Dicen que a tu prima
Latife, la hija de Shefía, la secuestraron los soldados.

El chisme se cocinó como uno más de sus guisos. Cada una añadió una pizca de sal, pimienta, comino, un chorro de limón, unas cucharadas de tamarindo, un toquecito de azúcar...

— Cuentan que durante la guerra se tapaba la cara y se iba al hotel...

—Si yo fuera joven también hubiera ido, al menos ayudó en lo que pudo...

—Primero andaba con alemanes, luego se fueron los alemanes y se enredó con los ingleses... y luego con franceses.

—Algunos le pagaban, pero otros, después usarla, la echaban a patadas del hotel.

—Una perra callejera que se escurre por la puerta.

—Tanto venderse sin conseguir nada...

—Todo para acabar con un *muslem, ¡yahre dinhon!*

Latife las oía hablar e imaginaba que, con cada palabra, se convertían en serpientes dispuestas a envenenar al primero que pasara. Recordó sus maldiciones contra Latife la Grande cuando niña; se sintió culpable, como si ella hubiera provocado la guerra, el hambre, el abandono. Como si la hubiera obligado a prostituirse. Todo con tal de vengarse de su prima.

Una de las jóvenes recién casadas que había quedado sin marido y sin hijos reaccionó:

—Al menos tiene hombre que vea por ella. No morirá sola como nosotras.

—Qué suerte, Latife, Kamil regresó, pero nosotras no sabemos si estamos casadas o viudas.

—Como no hay seguridad de que nuestros esposos vayan a volver, el *jaham* Bashi nos consideró *agunot,* mujeres en dudosa situación: solas pero no libres. Ordenó que nadie debía pedirnos en matrimonio así que, a pesar de que pase el tiempo, no podremos rehacer nuestra vida.

—¡Ay! Si Tofik regresara...

—Yo extraño a Raful en *Shabat*. ¿Quién va a bendecir ahora mi mesa?

Hablaban de los esposos como si no los conocieran. El prisma de la distancia se encargó de transformar su percepción: los hacía más grandes, más fuertes, más generosos. El moreno se volvió rubio; el torpe, hábil; el feo, un Adonis. Los golpes que algunas padecían se volvieron caricias que de pronto echaron de menos. Los insultos les hacían falta y en el imaginario les parecían halagos. Experimentaron, en carne propia, que el abandono es más cruel que el peor de los maltratos.

HE PUESTO FRENTE A TI LA VIDA Y LA MUERTE Y TÚ ELEGIRÁS LA VIDA

A pesar de todo, nacieron los niños.

Llegaron sin pedir permiso a hogares de miseria donde cubrir sus necesidades era una hazaña cotidiana. Nacieron. En medio del caos. Nacieron, frente a la adversidad y pese a la desesperanza. Una nueva generación que obligó a sus padres a despertar de un letargo impuesto para reinventar el mañana.

Latife dio a luz a un varón rollizo que apenas cabía en su vientre, por eso la confusión de Bulín Salame, quien tuvo grandes dificultades al arrebatarlo de la tibieza materna. Con la anuencia de Yusuf Lisbona lo llamaron Musa, como el padre de Latife. Ella sentía que recuperaba a sus padres a través de sus hijos, nombrados igual que ellos. Era como si volvieran, los reconocía en sus rasgos, en el idéntico color de cabello y tono de piel.

La situación era difícil pero ella recordaba su niñez, los apuros de su propia familia, y a pesar de las preocupaciones constantes sabía, igual que Feride, su madre, multiplicar la comida, remendar lo irremendable, añadir un poco de calor al invierno, reservar unas cuantas monedas para tiempos mejores, soñar con una vida próspera lejos de ahí. Respondía de la misma manera que su padre, *Allah Karim*, Dios, el Generoso, proveerá, y así era. El Creador daba; a cuentagotas, pero daba. Pudieron realizar el *Brit milá* de su hijo y darse el lujo de invitar a algunas de sus amistades. La casa, a pesar del deterioro, experimentó una vez más tiempos de gloria, para alegría de Hannán.

El *jaham* Bashi, junto con los que antes fueran los hombres más acaudalados del barrio, presidió la ceremonia de la circuncisión. Una vez más, y como sucedía con cada recién nacido, se renovó la alianza milenaria del pueblo judío con el Todopoderoso. A Yusuf se le concedió el honor de ser el *sendak:* sostuvo al bebé sentado en la silla dispuesta especialmente para la ceremonia, al lado de otra destinada al profeta Elías, testigo eterno del pacto. El privilegio otorgado a Lisbona estableció, desde ese momento, una relación espiritual muy cercana entre el abuelo y el nieto que perduraría para toda la vida.

El *mohel* desprendió el prepucio: con la maestría que da la práctica, realizó un trabajo limpio, perfecto.

Presa de un dolor indescriptible, el recién nacido, con la fuerza de sus pulmones, prorrumpió en un llanto destemplado. Sus mejillas enrojecieron al tiempo que movía desesperadamente brazos y piernas. Sin embargo, su dolor no preocupó a nadie; por el contrario, los hombres se felicitaron, contentos, deseando toda clase de parabienes. *¡Mazal Tov!,* gritaban las mujeres, lanzando sonidos guturales.

La única consternada era Latife, quien esperaba en un rincón, preocupada por el sufrimiento de su criatura. Después de pasar por varias manos que se congratulaban de haber sostenido al bebé, como si fuera un amuleto de la buena suerte, al fin llegó hasta su madre, la única capaz de consolarlo, ofreciéndole el pecho rebosante de alimento.

Departiendo a la mesa, los hombres tuvieron oportunidad de cambiar impresiones.

—Ahora, cuando la gente más lo necesita, muchos han olvidado la generosidad —comentó el rabino con tristeza—. El principio santo de la *tzedaká* ya no tiene importancia para ellos, hombres voraces, insaciables.

—¡Pero, *jaham*! No queda nadie con dinero de sobra —reaccionó Lisbona.

—Acuérdense de mis palabras, siempre hay quien sabe beneficiarse de la paz o de la guerra. Algunos, a pesar de haberse enriquecido con las revueltas, endurecieron su puño y no se conduelen de sus semejantes, quienes siguen viviendo en la miseria absoluta.

—¿Y no hay forma de obligarlos? —preguntó Kamil, acostumbrado a la generosidad de su padre.

—¿Obligarlos? —respondió Laham con ironía, criticando lo que él mismo practicaba en los buenos tiempos—. ¿Cómo obligarlos? Cada uno es libre de hacer con sus bienes lo que desee.

—Así como es libre de condenarse en la vida futura —aprovechó el rabino para explicar a los presentes—. A quien Dios da con abundancia debe pensar en hacer el bien. Ése es el mandato divino —elevó su voz para ser aún más convincente—. Todo aquel que comparte sus bienes para hacer con ellos caridad se salva del juicio del infierno. El que separa de sus bienes para obras de *tzedaká* y el que no lo hace son comparados con dos ovejas que en momentos de angustia tenían que cruzar un río embravecido con fuertes corrientes. La que fue podada y trasquilada lo cruzó, mas la que se encontraba cargada de lana no soportó su propio peso y se hundió.

Murad escuchaba en silencio. Rellenaba con *arak* las pequeñas copas de los comensales e imaginaba todo lo que podría hacerse para ayudar. De esta plática surgiría su vocación. Nunca le interesó trabajar para sí mismo pero se daba cuenta de que le importaba el beneficio del prójimo. Surgía en él el líder, el político. ¿Por dónde empezar?

—Si se organiza un grupo de ayuda, algo así como *Matán ba seter,* el que da en secreto —dijo entusiasmado—. Las mujeres que se encarguen de visitar a los enfermos y de asistir a los niños. Podríamos escribir cartas a los que se han marchado, pidiéndoles su apoyo. Sé de algunos que les va bien en Argentina y en México, otros en Londres, o en Nueva York…

Lisbona estaba impresionado. Era un milagro. Su hijo, siempre indolente, había recibido en ese momento un soplo divino, ahora entendía su desinterés por el trabajo. Estaba destinado a ser un hombre especial que los superaría a todos.

—*¡Ya habibi!* ¡Bendito seas! —exclamó el *jaham* Bashi—. Habla tu boca en nombre de tus abuelos y bisabuelos, has heredado de ellos la sabiduría y la bondad.

Se acercó, posó su mano sobre la cabeza del muchacho y, como si fuera su padre, murmuró: *Yebarejejá Adonai veishmereja:* Que el Señor te bendiga y te proteja, que Él pose su rostro resplandeciendo sobre ti y te conceda su Gracia…

Damasco, 1925

¡CÓMO SON DESTRUIDOS EN UN MOMENTO!

Pasaron los años en los que la única preocupación fue llevar suficiente alimento a la casa al tiempo que intentaban recomponer sus vidas. Varios hombres volvieron del frente pero a muchos otros los dieron por muertos. Sin embargo, la vida parecía recuperar la normalidad… hasta que aquella noche un estruendo inesperado, repetido cientos de veces como eco insaciable, despertó a los habitantes de la ciudad. Abandonaron súbitamente sus pesadillas para adentrarse de lleno en el horror colectivo. El peligro se volvió real, cercano, tangible. Junto con el ruido ensordecedor, irrumpía en sus casas una luz intensa que por instantes los deslumbraba, aunque sólo por instantes, para sumergirlos de nuevo en la oscuridad profunda. Hasta que la luz decretaba fulminarlos.

En el barrio judío los que se atrevieron a mirar desde las azoteas contemplaron las llamaradas que incendiaban varios sectores de la ciudad, observaban las casas derrumbarse como si fueran de papel, veían a sus habitantes huir desesperados. Reinó la confusión. Los gritos de los hombres, los gemidos de las mujeres y el llanto de los niños se unieron a esta sinfonía siniestra, orquestada por los motores de los aviones que, incansables, sacudían a la ciudad inundándola de destrucción. Pensaron huir, ¿pero a dónde? Rodeados de peligro podrían estallar hechos pedazos en las calles, en las azoteas, en las casas. Morir aplastados por los derrumbes. Morir quemados, atrapados por las llamas. Morir de asfixia, víctimas del humo espeso y negro. Morir. No había dónde ocultarse, prisioneros como estaban entre dos fuegos, atrapados en esa ratonera infernal.

A los ciudadanos de Damasco los invadió la locura. Su impotencia y desesperación hizo que eligieran la respuesta instintiva aunque esta vez los traicionó por completo: familias enteras salieron a las calles convirtiéndose en blanco perfecto de rifles y cañones. El humo intenso les impedía respirar, los niños tosían y lloraban haciendo aún más difícil soportar el traslado a lugares que consideraban más seguros. Miles cayeron como bandadas dispuestas frente al rifle del cazador.

Kamil, angustiado, rogaba a su padre que huyeran, consideraba que la mejor opción era viajar al Líbano: los franceses resguardarían bien su ciudad predilecta aunque el resto de Siria se hundiera en los escombros. Yusuf Lisbona se negaba a abandonar su casa.

—Ya lo intentamos una vez y recuerda el resultado. Además, en medio de este polvorín, sería imposible llegar con vida a la estación —decía Yusuf—. Aquí nos tocó, aquí nos quedaremos.

—¿Piensas dejarnos morir? —Hannán, atemorizada, dirigía su pavor contra el esposo—. ¡Eres un cobarde, Yusuf Lisbona!

Latife, nuevamente embarazada, dudaba. Nadie tenía más deseos de abandonar la ciudad que ella, se había preparado años para dar ese paso: la idea de marcharse rondaba su mente todos los días, al despertarse, como si repitiera una oración. Sin embargo, casi a término, pensaba que sería imposible trasladarse con sus dos hijos pequeños hasta la estación, la que en esos momentos seguramente ya habrían inhabilitado dinamitando los rieles. ¿Cómo evadir la violencia? ¿Y si eran alcanzados por la furia de los cañones? ¿Y si el parto se adelantaba? ¿Quién la asistiría? ¿Daría a luz en medio de la calle, rodeada de escombros? Tuvo que interrumpir sus cavilaciones porque Hannán seguía insultando a Yusuf a gritos, sin darle tregua:

—¡Qué hice de malo en esta vida para que me pagaran con un hombre como tú! ¡Eres un inútil, incapaz de defender a tu familia! ¡Prefieres esconderte como una mujercita! *¡Ulí alena!* ¡Qué desgracia!

—¡Basta, mamá! —gritó Kamil perdiendo la paciencia—. Con reclamos no vamos a llegar a ninguna parte. Y no olvides que estás hablando con el padre de tus hijos; no es tu sirviente para que le hables así.

Hannán, como una posesa, se retorcía y se jalaba los cabellos:

—*¡Ya haram!* ¡Qué desgracia! ¡Van a destruir la casa, vamos a quedar sepultados en ella! ¡Vamos a morir!

—*¡Strij!* ¡Cálmate, mamá, verás cómo todo se arregla! —Murad se acercó condolido y la abrazó—. Padre, escúchame: si fuéramos a la sinagoga podríamos enterarnos de las noticias. Las mujeres estarían protegidas y más tranquilas —recalcó la palabra tranquilas observando a Hannán—. ¿Tú qué opinas, Kamil?

Kamil miró a Latife y a sus niños. Temía por ellos y, tal como reclamaba su madre, tampoco estaba en condiciones de protegerlos. No tenía la menor idea de cómo actuar y de cuál sería la mejor decisión. Así que se acogió a los deseos del hermano.

—Me imagino que será más fácil si estamos todos juntos...

HA CAÍDO DEL CIELO FUEGO DE DIOS

Esperaron la llegada de la noche para enfilar rumbo a la sinagoga. Llevaron lo que tenían de harina y granos, algo de verdura, un poco de queso y aceitunas. Ésa sería su aportación a la cocina común que pensaban acondicionar para todos los que se reunieran en el recinto sagrado. A pesar del numeroso grupo que se resguardó en el *knis*, contra la costumbre, el silencio imperaba. Temerosos, cercanos unos de otros, escuchaban los motores de los aviones en pleno vuelo, los bombardeos, los derrumbes, los gritos lejanos . gracias a Dios, lejanos. Yusuf se encontró con viejos conocidos: ahí estaban los Rahmane, los Ámeo, los Rayek, los Maslatón, los Dana, todos lo saludaban con respeto.

Kamil acomodó a su familia en el que le pareció el mejor lugar: un rincón cercano al *Hejal*, el armario sagrado, donde por siglos se custodiaron los libros más antiguos. Estarían doblemente protegidos: por los actos de los hombres y por la palabra del Todopoderoso. Ayudó a Latife a sentarse lo más cómoda posible y puso en sus brazos a Musa, aún somnoliento.

—Por suerte —le susurró a Latife—, Bulín Salame también ha venido. En cualquier momento podrías necesitarla, más que a mí.

Latife tomó su mano entre las suyas. La tranquilizaba saber que él, solícito, se ocupaba de ella. Con la vista recorrió el lugar hasta que reconoció a sus tías, a la abuela Latife Rahmane y a sus primas. ¡Qué lejana se sentía de todas ellas! La abuela había envejecido al grado de que, cuando caminaba, parecía un cadáver escapando de su tumba. Podía apreciarse su calva ya que sólo unos cuantos cabellos ralos y enmarañados sobrevivían en su cabeza. Había adelgazado tanto que la piel, antes cobijo de un cuerpo rollizo, colgaba flácida. Su rostro fofo, surcado de arrugas, lucía un bigote oscuro igual que su barbilla salpicada de vello. Al reconocerla la abuela le sonrió, lo que causó un efecto de rechazo todavía mayor en su nieta: de sus dientes, antes blancos, sólo quedaban dos colmillos sucios y ennegrecidos. Latife no correspondió al gesto, la sola presencia de la anciana la inquietaba. Una bruja, pensó justificando su repulsión, lo que en el fondo siempre fue.

La tía Shefía la miraba con envidia. ¿Y ahora de qué?, se preguntó ella. En estos momentos nada nos diferencia. ¿Qué puede envidiarme ésa? Pero cuando Kamil se acercó solícito a ofrecerle un té y le tomó la mano con afecto, Latife comprendió de dónde provenía su celo. El tío Daud nunca se había destacado por ser un hombre cariñoso con su esposa; por el contrario, cada día la despreciaba más. La culpaba de todo lo sucedido: de la deshonra de su hija Latife la Grande, de la muerte de sus vástagos durante la guerra, del abandono de las hijas menores que partieron lejos de ellos, rumbo a América; de la pobreza, del hambre, y de que se mantuviera con vida, odiándola tanto.

Tuny, en cambio, le sonreía cariñosa. A Latife le hubiera gustado acercarse, saludarla, pero difícilmente podría ponerse de pie sin la ayuda de Kamil. Cerca de la anciana Rahmane, Jasibe, como siempre, trataba de atenderla lo mejor posible. Latife tenía especial predilección por ella. El día que su madre dio a luz, el nefasto día que su madre falleció exhausta, Jasibe estuvo ahí con ella y sufrió con ella; eso no lo olvidaría nunca.

La pequeña Feride escapó de la tutela materna para mezclarse con otras niñas de su edad. Llevaba la muñeca que Marie le había regalado a Latife y ahora todas le rogaban que las dejara cargarla.

Feride se negó rotundamente. Cuando mucho les permitió acariciarla y peinarle el cabello. Latife las miraba desde lejos: el parecido con su hermana Badía era impresionante, dos gotas de agua, aunque cada una en distinto mar. Al ver a su hija feliz, pensó: Bendita edad, para ellas todo es juego y fantasía. Nada las detiene, ni los cañonazos ni las bombas que revientan todo a su paso. No obstante la terrible situación, ellas seguirán inmersas en el juego de la vida.

Los hombres, por su parte, al otro extremo, platicaban de política.

—La culpa es de los drusos —alegaba Musa Laham—. ¿Por qué vienen a nuestra ciudad a perturbar la paz? ¿Quiénes son ellos? Unos rufianes sin educación. ¿Esos pretenden gobernar?

—Yo, por el contrario, pienso que los franceses no tienen ningún derecho a estas tierras —comentó Yusuf Lisbona—. Han venido desde lejos a adueñarse de lo que no les pertenece.

—¡Imponen impuestos a diestra y siniestra! —se quejó Víctor Salame—. Los campesinos no pueden seguir así, las cosechas disminuyen y aquí los únicos que engordan son los extranjeros. ¡No son los dueños!

—Ése es el problema, ¿a quién verdaderamente pertenece esta tierra? —comentó Daud Rahmane—. Turcos, árabes, franceses, ingleses, drusos... ¡todos quieren repartirla como un enorme pastel!

—El poder —explicó el *jaham* Bashi— corrompe el alma de los hombres, quienes olvidan que *Adonai* es el único que manda. ¿Acaso no nos ha creado un solo Dios? Pero a los tiranos de nuestra época no les importa el respeto a la vida humana, únicamente dominar a los otros. Han olvidado que una buena acción ayuda a construir, pero un acto infame puede condenarnos a la destrucción.

—Y eso estamos viviendo —afirmó con tristeza Yusuf Lisbona—. La destrucción del mundo.

Damasco dejará de ser ciudad
y se volverá un montón de ruinas

Hombres, mujeres y niños permanecieron a la expectativa, apiñados en la sinagoga, hasta que el silencio súbitamente emergió del estrépito. Esperaron dos días con sus noches antes de salir. Primero lo hicieron algunos hombres, entre ellos Tofik Rayek y Dib, el hijo de Abu Jelil, quienes regresaron impresionados.

—La ciudad está destruida —comentó Tofik alarmado—. No queda piedra sobre piedra... ¿Recuerdan el hotel Victoria? ¡Sólo escombros! Así como el puente y las casas de la avenida. ¡Por donde camines, hay derrumbes!

—Nos llamó la atención que la plaza estuviera rodeada de gente —refirió Dib—. En estas condiciones esperábamos que todo el mundo siguiera en sus refugios.

—Pero cuando nos acercamos —le arrebató la palabra Rayek—, ¡ambaelak! ¡No lo van a creer! ¡Los jefes drusos colgaban como banderas en medio de la plaza!

—Fue terrible —prosiguió Dib—. Yo nunca había visto el rostro desfigurado de un hombre pendiendo de la horca. ¡Es espantoso!

—¡*Allah ma igüerj'ina!* ¡Que nunca lo veamos entre nosotros! —añadió Rayek.

Al día siguiente Kamil, Murad y Yusuf se propusieron averiguar por ellos mismos la situación. Dejaron a sus mujeres bajo el cuidado de otros, especialmente a Latife, y enfilaron directamente al puente del río Barada, donde acostumbraban pasear los habitantes de Damasco. Yusuf estuvo a punto de desfallecer, mas no por la larga caminata sino porque las condiciones de su amada ciudad eran peores de lo que imaginó. La colonia musulmana había sido destrozada ya que los franceses los consideraban artífices de la rebelión junto con los drusos. Cientos de cadáveres emergían de entre las piedras. Aún mantenían en sus rostros la expresión de angustia.

Qué trágica manera de morir, pensó Kamil. Le hubiera gustado dar marcha atrás unas cuantas horas, las necesarias para poner a la población a salvo. Ahora debían rescatarlos de los escombros y enterrarlos: un nuevo hogar les esperaba bajo la tierra. Los maronitas también habían sufrido pérdidas pero la balanza se inclinó de su lado gracias al resguardo de la poderosa aviación. La ciudad de Damasco, especialmente la zona del Líbano, seguiría siendo católica y francesa por un buen rato.

—Nosotros, los *yehud,* no estamos interesados en la política. Somos gente de paz. Lo único que nos importa es velar por nuestras familias y mantener una vida digna. Pronto se apaciguarán los ánimos y volverá la tranquilidad…

—¿No lo ves, papá? —exclamó Kamil—; aquí en el *Sham* eso ya no será posible.

—Lo que destruyeron en unas cuantas horas tardará años en reconstruirse —comentó Murad—. ¡Las calles están inundadas de muertos! ¡Cuántos muertos! Nadie vendrá a reclamarlos. ¿Cómo vamos a asistir a los que quedaron con vida? ¡Mis manos no alcanzan para todos!

—Yo estoy empezando una familia, papá —continuó Kamil—, apenas tengo energía para salir adelante. ¿Y ahora qué vamos a hacer? ¿Cómo se prosigue día con día en medio de la destrucción? ¿Cómo les enseñas a los hijos el amor a la vida si el olor a muerte se filtra por las rendijas de tu casa?

—¡*Allah Karim!* Todo se acomoda, con la bondad de Dios.

Con la bondad de Dios. Esa frase de su padre retumbó como un martillazo constante en la mente de Kamil. Hacía tiempo que Dios los había alejado de Su gracia. Después de lo vivido durante la guerra, al joven le era imposible conservar la fe. El Creador de infinita misericordia había regado los campos de cadáveres; el Todopoderoso, como le llamaba el *jaham* Bashi, dejó morir a niños, mujeres y ancianos. En los momentos de desesperación el Eterno permaneció escondido en la trinchera de la indiferencia... ¿cómo creer en Él? Si llegara a viajar sería por voluntad propia, no esperaría la intervención divina, concluyó Kamil.

—¿Y si el Creador desea que nos marchemos? —intervino Murad—. ¿Si lo que sucede son señales a las que debemos poner atención?

—Si Él lo tiene previsto, así será —contestó Lisbona con fervor.

Siguieron caminando hasta llegar a la plaza. Todavía colgaban los cuerpos sin vida. A Murad le costó un gran esfuerzo contener las lágrimas. Kamil sintió la urgencia de escapar. Mientras más pronto salgamos de aquí, mejor, pensó. Dieron la espalda a los hechos y sus pasos volvieron de regreso a la sinagoga.

—Sé que Latife guarda celosa cada moneda que le sobra, o más bien, que piensa me arrebata sin que me dé cuenta —reveló Kamil—. Ha ahorrado obsesivamente durante estos últimos años con el único deseo de partir y ahora estoy convencido de que tiene razón. Irnos es lo mejor que podría pasarnos.

—¿Qué piensas, papá? —preguntó Murad—. ¿Estás de acuerdo? Nos han saqueado, aquí ya no tenemos nada que perder, nada nos retiene.

—Dicen que América está llena de oportunidades —comentó Kamil.

Yusuf no respondió a sus hijos. Siguió avanzando con paso firme. Se detuvo por un instante. Su vista se perdió en la lejanía hasta que mirar se volvió doloroso. Mi tierra, pensó. Ésta es mi tierra.

Vivir es renacer a cada momento

En la sinagoga se encontraron con la noticia tan esperada. Latife sintió los primeros dolores, había comenzado el trabajo de parto. Como ya no tenían nada que temer, decidieron regresar a su casa, ahí el alumbramiento sería más tranquilo. Bulín Salame, al lado de Hannán, los acompañó. Todo saldrá bien, si Dios lo permite, pensaba aprensiva.

—No te preocupes, Latife —sonrió la partera, ayudándola a incorporarse—. Caminar unas cuantas cuadras permitirá que el bebé baje más rápido.

A las pocas horas nació un varón al que llamarían Yusuf, en honor a su abuelo. Latife sonreía orgullosa. Había cumplido con su obligación de traer al mundo dos varones, perpetuando así los nombres de los padres de ambos.

Su vientre, a diferencia del de su madre, se preñaba con facilidad y daba a luz sin más esfuerzo del necesario. Bulín Salame limpió al bebé y lo acomodó de manera que Latife pudiera amamantarlo. A medida que succionaba, ella experimentaba intensas contracciones que le ayudaron a expulsar la placenta. A pesar del dolor, un vínculo amoroso se formó entre ellos. El pequeño Yusuf, rosado y rubio, se le parecía. Su escaso cabello le recordó el color de las arenas del desierto y sus ojos, de un azul intenso, le parecieron dos partículas robadas al cielo.

Roh elbi, el niño de mi alma, pensó satisfecha.

Damasco, 1926

SOSTENIDOS POR LAS ALAS DEL VIENTO

La imposición del mandato francés trajo cierto sosiego a la ciudad. Se limpiaron las calles de escombros y se allanaron los caminos para dar paso a los comerciantes, quienes una vez más procuraron satisfacer las necesidades de sus moradores.

Kamil y Yusuf prosiguieron con sus negocios, ahora con gran dificultad, pero con algún beneficio que les permitía comprar lo indispensable. Murad se dedicó a recorrer el barrio con el fin de brindar ayuda a huérfanos y enfermos, una población que, a raíz de los acontecimientos, había aumentado considerablemente.

Latife soñaba con marcharse. Le rogaba a Kamil que averiguara sobre los trámites. Ahora debían sacar un pasaporte y eso los detendría aún más. ¿Cómo hacer para reunir el dinero del pasaje? Todos los días contaba sus monedas y se entristecía al pensar que aún estaban lejos de lograr la cantidad necesaria.

Murad, en cambio, les tenía una sorpresa inesperada. Entre su correspondencia, que aumentaba día tras día, ya que solicitaba ayuda a comunidades de distintos países, recibió una carta de *jawaj'a* Ámbar dirigida a su padre. En la parte derecha del sobre se apreciaba una estampilla con un águila muy parecida al águila francesa, pero ésta apresaba con el pico una serpiente, algo que a Murad le pareció insólito. Al lado izquierdo del sobre, con grandes letras, estaba escrita la palabra *Mexique*. Alguna vez el maestro de L'Alliance les había mencionado algo de ese país lejano. Recordaba vagamente una guerra donde lucharon también las mujeres, quienes con una mano sostenían un niño y con la otra un rifle; que los hombres bebían hasta caerse de borrachos y debían andar con cuidado porque cualquiera, por nada, podía enfadarse y matarte. También les platicó que a unos del *Sham,* recién llegados, los habían confundido con espías extranjeros y los habían matado a balazos. ¿Cómo se las arregla Ámbar en un país de salvajes? ¿Cómo hará para hacerse entender?, ¿por señas?, pensó Murad.

Sin esperar el permiso de su padre abrió la correspondencia. Una letra clara lo invitaba a viajar a México, "Aquí les espera una vida de abundancia, *insh'Allah*". Qué extraño, la carta describía un lugar muy distinto del que el maestro les había platicado. Una tierra generosa donde los judíos eran respetados y se les permitía trabajar libremente. Pensó que en efecto le gustaría conocer aquel país lejano. ¿Y cómo llegar hasta allá si no tenían dinero para los pasajes? ¿Creerá el gran señor que todavía somos ricos?, se dijo Murad, decepcionado. Si hay tanta abundancia, ¿por qué no manda ayuda en vez de llenarnos de sueños con palabrerías? El ingenuo joven no sospechaba que las cartas eran abiertas subrepticiamente por los empleados de la oficina de correo, quienes se quedaban con la mayoría del dinero que "escondían" en ellas.

—Al menos se acordó de nosotros —dijo Yusuf, cuando se enteró de la correspondencia.

Latife desesperaba pero no se dejó vencer por el desaliento. Presentía que la partida estaba cada vez más cerca y se preparaba para el momento del viaje. Escribió una carta a Marie avisándole de una posible reunión; estaba ansiosa por ver a Badía, su hermana. Por lo pronto estaba convencida de que no deseaba embarazarse, al menos por un tiempo. Cargar en un viaje tan largo con tres niños pequeños requería de todo su esfuerzo; si estaba embarazada, con las molestias que esto implica, el trayecto se convertiría en un infierno. Además, pensaba, todo es desconocido… ¿cómo será el viaje? ¿A dónde llegaremos? No me conviene otro embarazo, pero… ¿cómo hacer para evitar a Kamil?

Habían pasado meses desde el término de los cuarenta días de abstinencia, ¿cuánto tiempo más le creería que todavía manchaba? Mientras estuviera sangrando no podría tocarla, las leyes judías son muy claras al respecto, pero prolongar aún más la mentira tampoco le parecía justo para su esposo. Lo peor es que corría el riesgo de que Kamil buscara la opinión del *jaham* Bashi. Y si el rabino lo ordenaba, no habría forma de negarse.

Se hablaba de mujeres que tenían constantemente relaciones y no se embarazaban, algo debían saber que ella desconocía. Pensó en Latife la Grande. Ahora, al paso del tiempo, extrañaba su presencia, no siempre grata, pero de la que recibía, al menos, cierta información que le aclaraba el panorama. ¿Qué habrá sido de ella?, se preguntó. Durante la guerra, en momentos de necesidad, su prima Latife la había provisto con alimentos y medicinas como a muchos de los habitantes del *hara*. Ahora la repudian, pensó, pero nos salvamos gracias a esas mujeres que fueron más valientes que nosotras.

Recordó la última vez que la vio, meses atrás, y como si el tiempo no hubiera pasado, la invadió de nuevo la tristeza. Llegó de forma inesperada y llamó a su puerta. Se sorprendió al verla toda vestida de negro; al principio no la reconoció. Le intrigó la visita, ¿por qué entre todas las jóvenes de su edad, deseaba verla precisamente a ella?

—Necesito desahogarme con alguien —le dijo.

—¿Cómo hiciste para llegar hasta aquí? —le preguntó Latife, asustada—. ¡Si tu marido se entera, te mata!

—No te preocupes por eso, hace mucho que estoy muerta —respondió Latife la Grande—. Vivo y muero en un infierno.

Se quitó la bata negra y mostró el pecho y la espalda. La piel había perdido su color y tersura para convertirse en un cúmulo de magulladuras y laceraciones, producto de latigazos constantes. Latife temblaba, intentando ponerse en el lugar de su prima. Por un segundo volvieron a su mente las maldades que le deseó cuando era niña. No, reaccionó, nunca pedí provocarle algo así.

—Pero esto no es todo —prosiguió la prima.

¿Qué más podría haber?, se preguntó Latife, horrorizada.

—El hombre que amaba es un espejismo. La voz de mi amado se convirtió en la bebida más amarga; su bandera, el látigo empuñado con fuerza, su mano izquierda debajo de mi cabeza se llena de espinos y su diestra aprieta mi cuello hasta asfixiarme. Mi amado es zarza ardiente. Mi amado es el verdugo que tortura y asesina lentamente.

—¿Cómo puede hacerte eso?

Latife la Grande se mantuvo en silencio. Bajó la cabeza y se tapó los ojos intentando alejar las imágenes que volvían implacables. Ahora deseaba compartirlas; así, tal vez, pesarían menos en su alma.

—Tenía unas semanas de vivir en su casa cuando de pronto se me acercaron todas las mujeres de la familia —relató Latife la Grande con dificultad—. Me gritaban y empujaban, parecían reclamarme algo pero yo no entendía su enojo. Me tiraron al suelo y, gritando como lobas, empezaron a agredirme, a golpearme, a arañarme con sus uñas de gatas. Yo, desesperada, gritaba su nombre, le llamaba, pero su silencio fue mi respuesta. No entendía por qué me atacaban de esa manera. Una anciana, la madre de todas nosotras, se acercó con un cuchillo en las manos. No era muy grande y por desgracia tampoco muy filoso. Entre todas me levantaron el vestido y observaron burlonas mi desnudez. Me abrieron y me amarraron las piernas como si fuera una res de las que cuelgan en el negocio de Laham. La abuela se acercó, hurgó entre mis partes y empezó a cortar. ¡El dolor, Dios mío, el dolor! Despedazó el trozo de carne que sobresale, cortó las paredes alrededor y mientras más manaba la sangre, más reían y disfrutaban las mujeres. No pude soportarlo. Me desmayé, quedé como muerta y sigo muerta.

Ante Él se postrarán
los que duermen en la tierra

Y llegó el día anhelado. Pasaportes y pasajes en mano, la familia contaba con lo necesario para partir. Antes de marcharse, Yusuf, Kamil y Murad se dirigieron al cementerio: necesitaban despedirse, tal vez definitivamente, de los parientes y amigos que los habían precedido en ese otro viaje: el camino sin retorno. Antes de salir, Latife le pidió a Kamil que intercediera por el alma de su madre y rezara un *kadish,* el último junto a su tumba. De su padre, Musa

Rahmane, nunca tuvieron noticias. Sospechaban que su cuerpo se había perdido como el de miles en los campos de batalla. Reza también por él, rogó.

A pesar del largo recorrido, se sentían ligeros. En esta ocasión no cargaban con ningún difunto. A la entrada del cementerio Lisbona se detuvo. Intentaba captar la imagen del lugar, guardarla en el álbum fotográfico que desde semanas atrás creaba en su memoria. Entraron. Varios vecinos los acompañaban, debían reunirse cuando menos diez hombres para que sus oraciones fueran escuchadas por el Altísimo.

Yusuf se dirigió a las tumbas que había visitado tantas veces: las de su padre y su abuelo quienes, a pesar de su muerte, se mantenían unidos, uno al lado del otro. Tomó una pequeña piedra entre las manos y dio unos golpecitos, llamándolos. Murmuró unas palabras mientras los demás esperaban respetuosos. Las lágrimas asomaron a sus ojos al tiempo que rondaban su mente escenas vividas con ellos. Levantó el rostro y, con un gesto, les hizo saber a los demás que estaba listo. Comenzaron a rezar. Cada letra del nombre del difunto sería el principio de una oración. Así, su alma se elevaría hasta alcanzar un lugar cercano al Creador.

Recorrieron varias tumbas. Visitaron las de rabinos prominentes y rindieron un humilde homenaje a la del gran rabino Haim Vital, *Allah irjamo,* tan venerado por la comunidad. Discípulo de Joseph Caro, el gran cabalista del siglo XVI era famoso por sus milagros; su buen nombre se extendió durante siglos. Ahora le pedían con fervor un milagro personal: que los llevara sanos y salvos a su destino. Dijeron adiós a mujeres queridas y recordaron con tristeza a niños enterrados prematuramente.

—Éste es el lugar de la verdad —exclamó Yusuf—. El Juez de la Verdad rige sus designios. En cada sepulcro hay una historia. Si sabemos interpretar más allá de los nombres, se encuentra la memoria de nuestro pueblo. Dos mil años resistimos en esta ciudad, ha habido judíos en Damasco desde la época del rey David. Sin embargo, es momento de desenterrar las raíces y plantar en otras tierras. Ha llegado la hora de marcharse.

—Para todo hay un tiempo, papá —sonrió Kamil recordando el *Kohelet*. ¿Qué hubiera opinado el rey Salomón? ¿También él pensaría que es momento de partir?

El último adiós fue para su maestro, el *jaham* Haim Maslatón. Tocó levemente con una piedra y una vez más se maravilló de escuchar sus palabras como si estuviera vivo, cerca de él. A Yusuf este encuentro le permitió despejar un horizonte nebuloso. En su entendimiento todas sus dudas tomaban forma y encontraban una respuesta, ahora apreciaba con claridad asombrosa. Las vivencias del pasado y el momento presente se conjuntaron para adquirir un sentido distinto. Se detuvo y murmuró:

—Hay árboles viejos cuyas raíces se han extendido tanto que sería imposible trasplantarlos sin mutilarlos.

—¿Qué quieres decir con eso? —se alarmó Kamil.

—Yo no puedo irme de aquí, no debo —aseguró Yusuf convencido.

—Pero papá, tampoco debes quedarte; es mejor que la familia no se separe —explicó Murad, intentando convencerlo.

Yusuf no contestó, pero su decisión ya estaba tomada.

Al regreso, el camino se volvió penoso. El paso de Yusuf lento, cansado. Una voz interior traducía sus sentimientos: Yo soy parte de los muros que edificaron mis antepasados. Mis células se confunden con el trigo maduro de estos campos y con la tierra que les provee alimento. Mi voz se repite en la de cada ave que surca los cielos. Si me marcho, ¿con qué pies lo haría? Las huellas de los míos permanecerán impresas en las calles que desde niño recorrí. Con qué ojos veré otros lugares, si éstos se han quedado suspendidos en miles de visiones. ¿Dónde encontraré el olor a pan recién hecho y el gusto por el café de este lugar? ¿Habrá una fuente lo suficientemente honda donde enjugar mis lágrimas? ¿Otro sol calentará mi cuerpo?

—Nosotros somos la generación del desierto —se dirigió a sus hijos con tono decidido—, no nos hemos ganado el derecho a otra tierra prometida. Ustedes son el tiempo que espera ser descubierto, el que exige brazos fuertes para cultivar y construir. Nosotros representamos el ayer, lo pasado. Ustedes viajan en un mañana en el que nosotros ya no tendremos cabida.

—¡Pero papá, si no eres un anciano! —reclamó Kamil.

—Así como hay un tiempo para partir, hay otro; el de mantenerse quieto: el tiempo de permanecer.

—Todo suena, como siempre de tu boca, claro y con lógica, pero esta vez no es así, papá, tu deber está al lado de tus hijos, tienes que acompañarnos —Kamil continuó durante el regreso intentando convencerlo—. Has sido nuestro maestro y guía, ¿a quién pediremos consejo? Sin ti no seremos capaces de salir adelante.

VIGILA TU CORAZÓN, PORQUE DE ÉL BROTA LA VIDA

Las mujeres los esperaban. Latife preparó una bebida con los chabacanos que ella misma había puesto a secar; Hannán una ensalada de pepino, cebolla picada, limón y hierbabuena para acompañar su arroz con lentejas.

En cuanto los vio entrar, Hannán comprendió. No necesitaba de explicaciones; la actitud de Yusuf le bastaba para imaginar sus palabras. Asintió. A pesar del deseo enorme de viajar con sus hijos, se dio cuenta de que era lo mejor. Dos viejos en tierras extrañas, una carga difícil de sobrellevar.

Kamil, desesperado, no sabía qué pensar. Habían deseado tanto llegar a este momento que ahora, ante la negativa paterna, no sabía cómo reaccionar. Se sentía profundamente enojado con él. No tiene derecho a echar por la borda nuestros sueños, pensó. Latife, al igual que su esposo, estaba abatida. Olvidó en un instante el cariño que le tenía a Yusuf y todas las atenciones y bondades que tuvo para ella cuando niña. ¡Qué necio!, se dijo, si quiere quedarse solo, es su problema, no el mío. Yo me voy.

—Mi papá ha decidido cancelar su viaje —Murad presionó a Hannán—. No lo dejes, mamá.

—Tu padre tiene razón, hijo —contestó la madre con la voz entrecortada—. También yo lo pensé y estoy de acuerdo. Los viejos somos un estorbo.

—Entonces yo tampoco me voy —reaccionó Murad—. Prefiero estar con ustedes… tengo mucho que hacer aquí, ayudaré a tantos que lo necesitan… no tengo prisa, puedo viajar más adelante.

Hannán endureció el rostro y frunció el ceño, como era su costumbre cada vez que deseaba imponer su voluntad.

—¡Primero me matas! —le gritó—. ¡Tú te vas con tu hermano! ¡Ni se te ocurra otra cosa, no lo voy a permitir!

Yusuf, enérgico, detuvo la discusión con un ademán. Se acercó a Murad y acarició su cabello como cuando era niño.

—Deberás marcharte, porque aquí ya no queda nada para ti —explicó Yusuf—. Hijo, tú y tu hermano son lo más preciado para mí, por eso tendrán que viajar juntos, para que el ojo de uno sea el vigilante de la mano del otro.

¿A dónde vas y de dónde vienes?

No tenían dónde empacar sus cosas. Latife encontró un mantel viejo y con él hizo un atado. Ahí guardó sus pertenencias: el libro de lectura que le había regalado Marie, las pulseras, sobrevivientes de su *bate,* un cambio de ropa para su esposo y sus hijos, la jarrita de cobre, indispensable en la preparación del café, y un mortero, necesario en cualquier hogar para moler el trigo y elaborar el pan. Guardó unos pocillos que les servirían de platos y vasos. Trató de proteger, lo mejor posible, los libros de rezo y las filatelias de los dos hermanos.

Kamil, con antelación, había conseguido las verduras a las que estaban acostumbrados: calabazas, berenjenas y bamias. Con hilo grueso cosió una tras otra hasta formar varios collares que terminaron suspendidos en el patio, puestos a secar al abrigo del sol. Ya deshidratados, los llevarían sujetos al hombro como recuerdo de esta época que llegaba a su fin; pensaron que tal vez no volverían a ver esos alimentos que tanto les gustaban.

Hannán insistió en que se llevaran, además de una colchoneta, el tapete. Era el único objeto de valor que habían logrado salvar de la ruina. Lo enrollaron y amarraron; lo cargarían entre los dos hermanos. En ese momento no imaginaron que contar con un artículo de calidad implicaba un seguro de vida, un patrimonio que podrían intercambiar en caso de necesidad. A Latife le extrañó un gesto que no agradeció en su momento: uno de los hijos de Tuny entró con un baúl, regalo de la abuela Rahmane.

Los pasajes incluían el trayecto en tren a Beirut. Durante el recorrido, después de una despedida dolorosa, y a pesar de su infinita tristeza, no dejaron de apreciar el hermoso bosque de cedros que se extendía en el camino de Damasco a Líbano. Murad pensó con melancolía: Una tierra que no volveré a ver jamás.

Latife se mantuvo taciturna. Pensaba en su prima Latife la Grande, en el futuro terrible que le esperaba. Deseaba que huyera para llevarla con ellos. Ofrecerle la oportunidad de volver a empezar, de ser feliz en tierras lejanas, pero, ¿cómo? No tenía forma de dar con ella, no sabían el nombre de la familia de su esposo. No había nadie a quien preguntarle, ni siquiera en el barrio. Las órdenes de su padre, Daud Rahmane, habían sido tajantes. Ninguno que supiera su paradero abriría la boca. Su hija había muerto para la comunidad, jamás sería mencionada de nuevo.

Se dirigieron al puerto. Kamil recordaba el lugar con rencor. Ahí había perdido su libertad a manos de un loco, un desalmado. La imagen de Jemil Pashá lo visitaba todavía en sueños; su odio se filtraba, lo asaltaba de repente, le provocaba una sensación de terror que lo acompañaría por siempre.

Latife también recordaba con tristeza. Ahí mismo, Marie y Badía se separaron de ella para surcar tierras lejanas. Desde entonces sentía que le habían arrancado una parte de ella misma, como si le faltara un brazo o una mano. "Nunca te separes de tu hermana", le había pedido su madre antes de morir. Desolada, reconocía que no estuvo en sus manos cumplir esa promesa.

Ahora volvían al mismo puerto, esta vez vestidos con el ropaje de la esperanza.

Soy un viajero en la tierra, no me ocultes Tus preceptos

Apenas atisbaron el azul del mar y frente a sus ojos apareció el Rotterdam, un trasatlántico de la Holland American Line. A pesar de que para entonces ya podría considerarse un vejestorio —lo habían botado desde 1908—, a ellos les pareció imponente: más que un edificio, una ciudad en el océano.

Tuvieron que esperar a que abordaran el barco los pasajeros de primera y segunda clase. Se sintieron testigos de un espectáculo exótico. No imaginaban encontrar mujeres tan finas vestidas a la última moda, seguidas de varios estibadores cargando enormes baúles sobre sus espaldas. La mayoría de ellas acompañadas por hombres elegantes. En los señores destacaban los trajes europeos de corte impecable. Los relojes de oro, colgando de los bolsillos del chaleco, destellaban con los rayos del sol. Enormes sombreros cubrían parte de los rostros de ellas. Mientras que sus cuellos lucían esmeraldas, perlas y rubíes. Latife las miraba pasmada. Se sentía distante de esos personajes, como si fueran un remanente del pasado lejano en casa de los Lisbona, como si no existieran en ese momento.

Murad imaginaba a su padre en esas mismas condiciones cuando viajaba a Europa. Tiempos que quedaron atrás, se dijo. Kamil, por su parte, se hizo una promesa: Trabajaré de sol a sol si es necesario y mandaré por ellos. Algún día Yusuf y Hannán Lisbona viajarán en primera clase.

Cerraron la puerta principal para abrir una más pequeña y acondicionar una rampa de madera por donde subirían los "emigrantes". Ni siquiera se les consideraba pasajeros como al resto. Abordaron los desprotegidos, los miserables, la muchedumbre que tenía destinada la parte inferior del barco. Era como bajar por niveles, del paraíso al infierno.

Llegaron a una sala enorme provista de algunos catres. No había suficientes para todos y después de ver el deterioro en que se encontraban, la mayoría prefirió dormir en el suelo. Acondicionaron su espacio para hacerlo lo más confortable posible. Latife extendió el tapete, puso encima la colchoneta y pensó en utilizar el mantel como una cortina pero necesitaba conseguir una cuerda o algo parecido para colgarlo. Ahí acomodó sus pertenencias; a la vez se abrió el vestido para que Yusuf dejara de llorar y pudiera tranquilizarse succionando su pecho.

Murad y Kamil dieron una vuelta de reconocimiento. No imaginaban que sobre ellos, en los pisos superiores, se desplegaba un lujo impresionante. El salón de baile con sus vitrales en el techo, el gran comedor donde los mejores *maîtres* de Europa preparaban las viandas más exquisitas y donde la imaginación se daba vuelo al son de la música. Los camarotes confortables se consideraban una innovación: oficinas de día que se convertían en dormitorios por la noche.

Al recorrer el lugar llegaron hasta las máquinas: el navío engullía carbón desesperadamente, las calderas enormes hacían un ruido estrepitoso, por lo que decidieron salir de ahí. Una vez en el salón se dieron cuenta de que otros judíos viajaban en el mismo barco, algunos provenientes de Alepo o Qamishli. Se sorprendieron gratamente al encontrarse con varios de sus vecinos: los hijos de Tofik Rayek, Víctor Salame y Dib, el hijo de Abu Jelil. A lo lejos Abdo Rahmane, el hijo de Daud, saludó a Latife con una inclinación. Todos viajaban con sus esposas e hijos pequeños. Kamil notó que también Bulín Salame se había quedado en Damasco. ¿Qué será de ella sola, con su único hijo lejos?, pensó sin encontrar respuesta a su inquietud.

Por suerte un rabino de Alepo, el *jaham* Cohen, los acompañaba. Así que los hombres se pusieron de acuerdo para llevar a cabo la tarea imprescindible: acondicionar un espacio como lugar de rezo. Tendrían la bendición del Altísimo en su sinagoga flotante.

Feride y Musa corrían uno tras otro cuando la enorme casa empezó a moverse. No entendían por qué de pronto tropezaban con otras personas. Varios señores se enfurecían e intentaban pegarles, pero ellos corrían hasta que el movimiento fue tal que acabaron mareados y felices en uno de los rincones del barco.

No se contaminen
con alimentos prohibidos

En cuanto se sirvió la comida comenzó la rebatiña. Los que se formaron tranquilamente acabaron desplazados por hombres más robustos y más hambrientos que ellos. La ley de la selva imperaba en la tercera clase.

Kamil y Murad, después de varios insultos y empujones, lograron acercarse a analizar el contenido de las enormes ollas que descendían con rapidez del montacargas para vaciarse con la misma premura. Se entreveía un mejunje pastoso, producto de la acumulación de sobras de la primera y la segunda clase. Los hermanos, impresionados, contemplaron el revoltijo. Jamás habían visto esa cantidad de alimentos prohibidos y mucho menos integrados en un solo platillo. El simple olor a cerdo mezclado con mariscos les revolvió el estómago. Si tuvieran que alimentarse con esa bazofia quebrantarían las leyes de *kashrut;* pecarían, en un solo bocado, por todo el año. Se retiraron, silenciosos; no eran capaces ingerir ese potaje. Latife había guardado jocoque, pan, aceitunas y fruta suficiente para ese día, pero, ¿qué harían el resto del viaje? ¿Cómo alimentarse sin incurrir en una transgresión?

Todos los judíos tenían el mismo dilema: al grito constante de *¡haram, haram!* ninguno aceptó probar la comida prohibida. Así que Murad decidió resolver la situación con los demás hombres del grupo, unidos hallarían una solución. Dib Salame opinó que podrían hablar con el capitán del barco. Los marineros respondieron que era un hombre muy importante y que se encontraba muy ocupado. Jamás abandonaba la primera clase y le sería imposible reunirse con ellos.

Kamil observaba a los más jóvenes. Siempre audaces, ya habían trabado amistad con los guardias apostados en escaleras y elevadores. Las salidas se mantenían custodiadas constantemente para que nadie se atreviera a subir. De esa forma evitaban que la gentuza se mezclara con los pasajeros de categoría. Los muchachos no perdían la esperanza de convencer a alguno de los guardias y deslizarse subrepticiamente a cubierta. Kamil se dio cuenta de que ellos serían los emisarios ideales. Así que decidieron mandarlos por alimentos que les estaban permitidos. Les pidieron que utilizaran todos sus recursos. Los hombres no desistieron: harían lo que fuera necesario con tal de no infringir las leyes.

Mientras intentaban persuadir a los guardias, explicándoles sus circunstancias, la marea interna de cada emigrante empezó a hacer efecto. Una enorme ola humana se apresuró a los sanitarios para vaciar el estómago. La náusea se contagió como epidemia y cada vez más gente se acercó a los servicios tratando de controlar el vómito, proeza que la mayoría no consiguió. Ríos de desechos malolientes se unieron al oleaje.

A Latife le habría parecido divertida la escena si no fuera por la pestilencia que lentamente se apoderó del buque. También ella procuraba dominar el asco, temerosa de volcarse al sanitario. Su preocupación más inmediata consistía en controlar a Yusuf, quien demandaba a gritos ser liberado de la custodia materna para gatear a sus anchas, pero ¿cómo dejarlo?, pensaba ella mirando el piso sucio, cubierto de inmundicia.

Luego de un amplio regateo los jóvenes regresaron felices de su misión. Efectivamente lograron ciertos privilegios, pero debían pagar por ellos. El contrabando de productos de la primera clase que fluía hasta los emigrantes se había convertido en un gran negocio. Un mercado negro de francos y dólares para que la comida "bajara" hasta el fondo del navío. Con gran pesar, las familias reunieron las pocas monedas que traían para ofrecerlas a los marineros, quienes aseguraron conseguirles pan, queso, huevo duro y algo de verdura.

El grupo organizó su territorio. Los miembros de la comunidad empezaron a reunirse, como lo hacían siempre, hasta quedar vecinos en un espacio cercano a su sinagoga. Las mujeres tuvieron con quien compartir sus desdichas: en sus relatos se disputaban el premio a la víctima más sufrida; magnificaban sus desgracias al grado de convertirlas en verdaderas tragedias. Unos y otros se apoyaron en el cuidado de sus pertenencias porque si quedaban abandonadas, aunque fuera por unos segundos, desaparecían con una rapidez inaudita. Había que permanecer atentos, día y noche. Los bebés se entretuvieron con más facilidad y se confundieron al grado de no saber de qué madre succionaban el pecho.

Latife no tenía que preocuparse por Feride y Musa. Inmediatamente reconocieron a sus compañeros de juegos y armaron una poderosa pandilla que se colaba por todos lados. Feride regresaba con su madre a contarle historias de los príncipes y hadas que desfilaban en los pisos superiores. Siempre traía con ella una fruta o un pastelillo.

—No lo robaste, ¿verdad, hija? —preguntaba la madre devorando el postre.

—No, *emi,* me lo regaló una princesa.

Algunos pasajeros, al ver la forma en que los judíos se habían organizado, se sintieron excluidos del pequeño clan. Decidieron hacer lo mismo y, en grupo, atenuar la terrible situación que apenas comenzaba. Se organizaron para imponer cierto orden. Una cuadrilla de voluntarios se dio a la tarea de limpiar. A partir de ese momento el área de inodoros sería vigilada para mantenerla en buen estado. La comida se repartió equitativamente, sin necesidad de tumultos, y lo mismo el agua. Se establecieron territorios y nuevas alianzas: gente extraña se convirtió en familia.

Marsella, 1926

¿A QUIÉN ENVIARÉ
Y QUIÉN IRÁ POR VOSOTROS?

El grito de *Marseille, Marseille, nous sommes arrivés!* los despertó de su sueño. Todos los pasajeros se dispusieron a pisar tierra firme. Los emigrantes alistaron sus cosas, reunieron a sus hijos y esperaron.

Varios aprovecharon para despedirse de sus conocidos. Unos a otros se deseaban buena suerte: todos la anhelaban. El puente de madera ocupó de nuevo su lugar y el apretujado grupo comenzó a descender. Sólo a unos cuantos los esperaban; el resto estaba confundido, no sabía a dónde dirigirse pero todos debían aguardar hasta el día siguiente a que el barco volviera a zarpar; ahora, rumbo a Cuba.

Latife buscaba con la mirada entre la multitud. Se preguntaba si finalmente se encontraría con su hermana Badía y con Marie. Calculó el tiempo que llevaba sin verlas: nueve años. Una vida entera. ¡Habían ocurrido tantas cosas desde entonces! ¿Y si no llegan?, pensaba angustiada. ¿Qué haríamos? Sin dinero, ¿dónde dormir? ¿Cómo conseguir algo de comer? No, sí vendrán…

Abajo, en el puerto, la multitud se apretujaba aún más. Todos querían ver a los recién llegados, identificar entre ellos a un familiar o un amigo. Kamil señaló a dos mujeres elegantemente vestidas que, a lo lejos, esperaban recargadas en un automóvil. Lucían unos pequeños y graciosos sombreros adornados con largas plumas. Parecía que los pájaros habían anidado en su cabeza.

—¡No! —gritó Latife, emocionada—. ¡No pueden ser ellas! Era difícil reconocerlas. ¡Badía ha crecido tanto!, pensó Latife. Su hermana parecía una de esas princesas de las que hablaba Feride. ¡Y Marie! Su vestido dejaba al descubierto buena parte de sus piernas y la tela suave se adhería a sus formas. El cabello corto la hacía lucir más joven, pero… se volvió a mirar a Kamil, quien continuaba hipnotizado. ¿Te gustaría verme así, ataviada como ellas, mostrando el cuerpo a la vista de tanta gente? De pronto una extraña comezón la invadió. Era la vergüenza. ¿Cómo presentarse ante las dos finas mujeres, sucia y desaliñada, oliendo a orines? ¿Cómo acercarse en sus condiciones? Me urge un baño, se dijo. Ni pensar en abrazarlas aunque, después de tantos años, lo deseara más que ninguna otra cosa.

A pesar de su aspecto, Marie la abrazó y la besó varias veces en ambas mejillas, igual que a Kamil y a Murad, quienes seguían pasmados.

—¡*Ahlán, ahlán rohi!* —saludó en árabe.

—*Bonjour, je suis Babette* —se presentó muy formal Badía, con una inclinación de cabeza.

—¿Badía? —preguntó Latife, intentando reconocerla. La niña sonrió cortés, pero distante.

—Es tu hermana Latife. ¡Tu hermana! —dijo Marie.

A Badía no le interesó mucho el encuentro. Lo único que deseaba era alejarse de ese tumulto y regresar a la escuela, donde se sentía a sus anchas, con gente como ella. Latife adivinó que la había perdido. Esa niña presumida, con aires de grandeza, no tenía nada que ver con ellos. Se sintió traicionada por Marie, quien había prometido no olvidar el último deseo de Feride, su madre.

Los niños se sorprendieron del aspecto de Yusuf, el hijo de Marie, quien, temeroso, se escondía tras las faldas de su madre. Feride y Musa jamás habían visto un niño como él: exageradamente blanco y vestido de traje; parecía un señor en chiquito. Sin dar importancia a las diferencias, le sonrieron. El niño, en cambio, deseaba levantarles la larga camisola para cerciorarse quién de los dos era hombre y quién mujer.

El que reclamó su alimento fue el otro Yusuf, el bebé de Latife: lloraba, desesperado, en los brazos de su madre.

—*Alors!* —dijo Marie—. He reservado una habitación en el hotel cercano al puerto. Podrán refrescarse y cambiarse de ropa. Ahí mismo ordenaremos algo de comer… y también tú comerás, *petit mignon!*

En el trayecto, los Lisbona se sentían abrumados. Marsella se mostraba como una ciudad moderna, llena de vida. Cientos de personas caminando libres, el ruido de los coches cruzando a gran velocidad, las mujeres que paseaban casi desnudas y con el rostro descubierto. Todo les llamaba la atención y a la vez les atemorizaba. El hotel era un edificio imponente, un antiguo palacio remodelado. Marie había pedido una habitación amplia, de modo que la familia estuviera lo más cómoda posible, y otra pequeña para Murad, con la intención de ofrecerle cierta intimidad. Los dejó en la recepción y comentó que regresaría más tarde.

Latife no podía creerlo. El cuarto le recordó el refugio al final del parque en la mansión Lisbona. El mismo mobiliario y los mismos detalles de buen gusto de la pequeña casa que había sido de Marie. Revisó cada rincón y dio con la sala de baño. Entendió para qué servía la bañera, la que se dispuso a usar de inmediato. Sin embargo, ese mueble de porcelana con un agujero en medio le pareció sumamente extraño, nada que ver con la bacinilla a la que estaba acostumbrada ni con la zanja detrás de las casas. ¿Para qué servirá? Mandó a Feride a averiguar, imaginando distintas maneras de darle uso.

MI AMADO ES MÍO Y YO DE MI AMADO

Feride aún reía de la forma tan seria en que el serio señor de la seriecísima recepción le indicó ruborizado: *C'est pour faire pipí.* Como si orinar fuera un acto inusual, vergonzoso.

—Así, mamá, luego jalas esa cadena y se limpia solo.

Latife tiró de la cadena varias veces comprobando el fenómeno que la llenaba de asombro. Satisfecha, ya no dejó escapar a la niña. Le quitó rápidamente el *robe,* la tomó por la cintura y la metió a la tina.

—Musa… Niña, ¿dónde dejaste a tu hermano?

Feride señaló el escondite, debajo de la cama. Latife jaló sus pies con fuerza y el niño apareció, indefenso.

—¡Serán los *ulad* más limpios de todo el puerto!

Tomó el estropajo, lo embarró con el preciado jabón de Marsella y talló sin piedad: rodillas, hombros, pies, cabezas, orejas… hasta que vio de nuevo relucir la piel de sus hijos.

—*¡Yallah!* ¡A vestirse! Les dio fruta de la que Marie había ordenado con anticipación y un *croissant* a cada uno.

—¿No pueden salir del hotel, *bifam*?

Los niños escaparon sin contestar. Ella amamantó al bebé que se quedó dormido plácidamente.

Kamil la veía hacer. Una energía especial se había apoderado de ella. Vaciaba la tina, la llenaba de nuevo, lavaba la ropa, la ponía a secar en la ventana, hurgaba en los cajones a la búsqueda de tesoros. Reaccionó como una niña al descubrir el agua de lavanda, la crema de almendras, el lápiz labial, el *kehel*.

—Es tu turno —le dijo a Kamil.

—¿También a mí me vas a restregar hasta que duela?

—A ti más, mucho más —sonrió ella despojándose de sus ropas.

Sigue siendo hermosa, pensó Kamil. A pesar de los embarazos, su cuerpo se mantenía firme, las piernas bien torneadas.

En el arroyo de tus delicias
le das de beber

Ella salió de la tina renovada. Se arrebujó en las toallas de algodón egipcio y se sentó en la cama, por unos minutos, disfrutando el momento. Se secó y aplicó la crema por todo el cuerpo. Aspiró la loción de lavanda: se dio el lujo de ponerse un poco. En los lóbulos de los oídos, en las muñecas y detrás de las rodillas, tal como Marie le había enseñado. Se vistió. Observó su imagen en el espejo. Volvía a ser Latife, aunque con la cabellera enmarañada. Buscó un peine, no lo encontró. Le pareció extraño que, habiendo cuidado hasta el último detalle, Marie olvidara algo tan necesario. Revisó obsesiva: en cada pequeña puerta del mueble, en los burós pegados a las camas, en los cajones, hasta que Kamil, fastidiado con tanto abrir y cerrar, sugirió:

—Busca en el ropero. También debe haber cajones ahí dentro. En este cuarto hay cajones por todos lados.

Así fue como descubrió el vestido en ese juego a las escondidillas que Marie había preparado para ella. Lo acarició: sobrio, de manga larga. Lucía, como único adorno, un encaje en el cuello y en la falda. Le pareció ideal que fuera oscuro; si se manchaba, no se notaría tanto. Como la tela era delgada, podría lavarlo y pronto se secaría. Lo atrajo a su cuerpo; olía a nuevo. Se sintió privilegiada, bendecida. Se lo puso y, al contemplar de nuevo su imagen reflejada en el espejo, emocionada, no pudo contener las lágrimas.

QUE VUELVA SU ROSTRO HACIA TI Y TE CONCEDA LA PAZ

Un par de horas más tarde, de acuerdo con las instrucciones de su protectora, esperaron a la entrada del hotel. Latife sintió un alivio cuando salieron de ese lugar de perdición. En el comedor, a pesar de la hora tan temprana, mujeres y hombres bebían un líquido burbujeante y reían sin recato. Ellas, exageradamente maquilladas, se inclinaban mostrando los pechos o se sentaban sin cuidado alguno, dejando las piernas al descubierto. ¡Qué vergüenza!, pensó. Vieron llegar tres automóviles lujosos y estacionarse junto a ellos. Se imaginaron que vendrían a recoger a algún personaje importante; sin embargo, cuál sería su sorpresa al darse cuenta de que choferes, todas mujeres, descendieron alegres de los autos y fueron a su encuentro:

—*Bonjour, monsieur* Lisbona —saludaron a Kamil, invitándolos a subirse. Musa y Feride corrieron a ocupar sus lugares.

¡Un auto! Jamás habían paseado en uno. Para todos representaba la gran aventura. Del último bajó Marie, esparciendo su aroma en el ambiente.

—Murad, ven tú conmigo, serás mi copiloto —dijo ella, alegre.

Murad pensó que algún día él sería el dueño de un flamante auto como ése.

Después de un trayecto accidentado —los niños sentían un grato vacío en el estómago— llegaron al *petit atelier* de Marie, el que había instalado meses antes en Marsella, parecido al de París, aunque más pequeño. Se encontraron con un elegante salón donde cuatro mujeres, junto con ella, diseñaban y manufacturaban los sombreros más extraños.

—La idea nació durante la guerra. Trabajaba en la fábrica de armamento ensamblando cascos para los soldados; los hacíamos de cobre. Un buen día pensé: ¿y si en vez de sombreros para la guerra, los hiciéramos para los tiempos de paz?

Marie se prometió que si salía con vida de esa época de locura y violencia, diseñaría sombreros. Humanizaría su forma ovalada y, mientras apilaba los cascos, los imaginaba de lana, de distintos colores, con plumas o moños.

—He tenido éxito pero todavía no he podido devolver el préstamo al banco. Aunque parezca que vivo con desahogo, nada de lo que ven es mío realmente, ni siquiera la ropa que visto.

—Y nosotros venimos a darte molestias… —dijo Kamil, apenado.

—*Pas du tout!* —contestó ella.

Kamil no comprendía esa idea del débito, y aunque su padre se dedicó durante años a prestar dinero, lo hacía por el simple deseo de ayudar, nunca con la intención de generar una ganancia. Ellos, en cambio, estaban acostumbrados a no endeudarse. O tenían y gastaban, o no tenían y se apretaban; así de simple.

Latife escuchaba fascinada, ¿tener un negocio propio? Imposible, su única empresa serían su marido y sus hijos. ¿Trabajar? Ni en sueños, pensaba, probándose todos los sombreros de la tienda, en especial los más exóticos.

—¡Me olvidaba! —reaccionó Marie—. *Les cadeaux!*

Pantalones para Murad y Kamil; ropa nueva para los niños.

—Es demasiado —arguyó Kamil—. No podemos aceptarlo.

—Sí pueden, *habibi.* Durante años fui la esposa de tu padre. A ti y a tu hermano los vi crecer. Y Latife... ustedes son familia para mí.

Latife la abrazó agradecida a pesar de guardarle cierto rencor. Era su culpa que Badía se hubiera olvidado de ellos. ¿También ella olvidó la educación, los principios?

—Hemos sido víctimas de las circunstancias, nos vimos obligados a aprender a vivir con los cambios de nuestro tiempo —dijo Marie, adivinando lo que su protegida pensaba, y a manera de disculpa—: No tuvimos opción, *ma cherie.*

Y ME RODEAN LAS AGUAS, ME ENVUELVE EL ABISMO

Latife sintió aprensión al ver de nuevo el barco. No quería revivir la pesadilla de la tercera clase. Sin embargo, por más que suplicó a Kamil que se quedaran en Francia, él alegó que *jawaj'a* Ámbar los estaría esperando. Kamil, desde mucho tiempo antes de que el viaje comenzara y sin saber exactamente por qué, había decidido que su destino final sería México. Algo le atraía de ese lejano país aunque no pudiera definirlo con exactitud. Murad estaba de acuerdo. México sería su patria, lo presentía. Así que, a pesar de los ruegos de Latife y las ofertas de Marie, embarcaron rumbo a Cuba. Ellos y muchos otros más. Un número de pasajeros a todas luces mayor del que había llegado. La población de la tercera clase alcanzó su tope: mil cuatrocientas personas.

El barco, para Latife, se convirtió en lo más parecido al infierno que su imaginación pudo concebir. A bordo, el hacinamiento se volvió insoportable. Los servicios, insuficientes, la comida todavía más espantosa y el agua insalubre. Después de cientos de manos que se servían de las enormes garrafas, quedaba en el fondo un líquido lodoso capaz de propagar toda clase de enfermedades.

Rodeados de desconocidos, no había nadie con quién intimar. A su lado se acomodaron varias familias italianas que apestaban a ajo y a orines y que gritaban hasta embotarla. Los niños no gozaban de libertad. El hacinamiento les impedía moverse, y en esta travesía la seguridad fue todavía más estricta. Cada vez que lo intentaban, se les impedía subir a los otros pisos.

Musa y Feride, aburridos y molestos por la proximidad de tanta gente, permanecían la mayor parte del tiempo echados, con la mirada perdida, deprimidos. De repente, sin ningún motivo específico, rompían en llanto. A Latife le parecía terrible porque nadie era capaz de contener ese flujo de emociones que podía durar horas a pesar de que ella los abrazara y Kamil intentara tranquilizarlos, prometiendo que todo estaría bien.

Por las noches, cuando apenas lograban conciliar el sueño, comenzaba la picazón. Las chinches se introducían en los rincones más inconvenientes, en especial en los pliegues de la piel. Latife aplastó varias, pero era imposible acabar con ellas. El escozor se implantó también en su cabeza; el cuero cabelludo se llenó de liendres que se convirtieron en piojos: voraces, arremetían contra ella y sus niños. Los insectos habían viajado de una familia a la otra. Latife gritaba, desesperada. Kamil estuvo sentado varias horas deshaciéndose de los indeseables bichos que, necios, regresaban a hacer su voluntad. Piojos y pulgas encontraron el hogar perfecto: las ratas. La propagación se aceleró. Gracias a esta cofradía indeseable, la naturaleza hizo su trabajo con eficiencia.

ÉL SANA A LOS QUEBRANTADOS
DE CORAZÓN
Y VENDA SUS HERIDAS

La comezón se intensificó a medida que aparecieron ronchas en todo el cuerpo, dejando libres únicamente las palmas de las manos y las plantas de los pies. Latife miraba a sus hijos con inquietud. Al tocarlos la piel le quemaba, el escalofrío intenso los hacía oscilar en consonancia con los movimientos del barco. Dormían la mayor parte del tiempo y sólo despertaban para quejarse y llorar. Le pidió a Kamil que consiguiera paños fríos. Cuando él regresó con las manos vacías, le gritó que todo era su culpa. Reclamó por los vecinos sucios y desagradables, la comida apestosa y el lugar: un retazo del infierno. Ahora, para colmo, estaban enfermos. Le echó en cara su necedad de no quedarse en Francia, poniendo a sus pequeños en peligro. Su decisión había sido egoísta y lo único que deseaba era que Dios no castigara su soberbia con terribles consecuencias. Después de una arenga que a Kamil le pareció eterna, dijo lo que nunca hubiera querido decir:

—Te odio como jamás he odiado a nadie, ojalá no te hubiera conocido. Hubiera preferido casarme con un perro que contigo. *¡Erefet menak!* —le gritó—. ¡Me das asco!

Durante varios días la fiebre no cedió. Los habitantes de la tercera clase seguían viviendo el letargo de la debilidad y los terribles dolores en el cuerpo. El prurito disminuyó hasta desaparecer y las ronchas rosadas se convirtieron en manchas oscuras. El médico a bordo revisó a algunos enfermos y negó con la cabeza. Después de analizar la forma y la localización de las excoriaciones en la piel, con una sola palabra definió un panorama aterrador.

—Tifus —prosiguió, negando con la cabeza—. No hay nada que hacer.

—Tifus —repetían, como un murmullo que también se contagiara.

La suerte se echa en el regazo, pero del Eterno viene toda decisión

Murad despertó de repente y su primera reacción fue lavarse la cara y las manos, tomar su libro de rezo y salir al pasillo. Contempló el mar impasible, tan azul y ajeno a las preocupaciones de los pasajeros que surcaban sus aguas. El joven abrió el *Sidur,* el libro de rezo. Quería agradecer a Dios por su vida, deseaba bendecir Su nombre. Antes de embarcarse había copiado en una hoja el calendario de las festividades religiosas, misma que insertó en medio. Al revisarla le llamó la atención que precisamente ese día se celebrara *Purim,* fecha en que se conmemora la salvación del pueblo judío de manos del rey persa, Asuero. *Purim,* la sola palabra trajo a su memoria imágenes de su niñez, cuando en su casa se festejaba con todo esplendor. Recordó los dulces, los pastelillos y el dinero que recibía:

—¡*Furie!* ¡*Furie!* —gritaban alegres los niños por las calles del *hara,* persiguiendo a los mayores.

—¡*Jel el kis u atiná!* ¡Aflojen la bolsa y denos! —¡qué suerte! Cambiarían unas cuantas monedas por golosinas.

Se imaginó a sí mismo, todavía niño, corriendo a la plaza para comprar un helado. Era un espectáculo emocionante ver al vendedor haciendo toda clase de suertes con esa masa pegajosa y deliciosa que no caía al suelo a pesar de las volteretas que el heladero hacía con ella. Un helado espeso… ¡de fresa! Kamil vio a su hermano a lo lejos y se acercó a preguntarle cómo se sentía. La enfermedad no había hecho mella en el joven, quien tuvo la suerte de sanar rápidamente. Los dos sonrieron y se abrazaron, recuperándose el uno al otro.

—Es *Purim* —comentó Murad, mostrando la fecha.

—Extraño lugar para celebrar una fiesta de alegría —suspiró Kamil—. La fiesta de la suerte.

Murad sonrió. Para bien o para mal, la suerte está echada, pensó. Sólo el Creador puede dirigir el curso de los acontecimientos.

A los pocos días el movimiento en el fondo del barco los sorprendió de nuevo. La mayoría de los emigrantes había entrado en remisión. Desapareció la fiebre junto con el prurito. Los hombres vociferaban, se abrazaban felices y pedían comida a gritos. Sin embargo, la enfermedad se ensañó con varios. Para muchos continuaron los malestares: la fiebre, los insoportables dolores de cabeza y de cuerpo, el escalofrío y la tos.

Feride se levantó y sonrió. Se apresuró a despertar a su compañero de juegos, pero Musa seguía sin moverse. Los cuidados de Latife habían sido inútiles. La niña se desprendió de los exagerados mimos maternos para buscar a su padre.

—¡Papá! —le llamó Feride—, Musa no quiere jugar conmigo. No quiere despertarse.

En esta ocasión Kamil consiguió paños húmedos y los puso sobre la frente y el estómago de su hijo, pero la fiebre no cedió. Por el contrario, se intensificó, igual que los dolores musculares y la náusea. Musa, aún dormido, se quejaba lastimeramente con sonidos ahogados. Los dolores se volvieron tan intensos que el niño sentía que le estallaba la cabeza.

VOCES DESESPERADAS
QUE ARREBATA EL VIENTO

Kamil exigió a los marineros que el doctor viera a su hijo. Muchos hombres demandaron sus servicios igual que él y, para evitar un tumulto, accedieron. Finalmente el médico se presentó.

—Tifus. Lo siento mucho, no hay cura posible —sin dar más explicaciones se retiró, dejando a varias familias consternadas.

Latife, de forma paulatina, entendió el significado de su respuesta. Si los enfermos no tenían cura, si Musa no tenía cura…

—¿Morir? ¿Mi hijo se va a morir? *¡Ya haram! ¡Ya haram!* ¡Mi Musa se va a morir! —repetía como una posesa.

Tomó al niño en sus brazos y lo acercó a su pecho. Las lágrimas resbalaron por su cuello y siguieron su camino, incontenibles, hasta el cuerpo de su hijo.

—¿Por qué estás triste, mamá? —el pequeño abrió los ojos y preguntó.

—No, *habibi,* no estoy triste. Tú vas a estar bien, ya verás. Todo va a ser muy bonito, alma de mi alma.

Musa sonrió y se durmió hasta que el dolor de cabeza lo aquejó de nuevo.

—¡Mamá! —gritaba, retorciéndose—. ¡Ayúdame, mamá!

Tampoco Feride se despegó de su hermano. Cambiaba los paños y le decía palabras de aliento.

—¡Apúrate, Musa! Ya convencí a los guardias y nos van a dejar subir. Te estoy esperando para ir juntos. Buscaremos a la princesa de los dulces y nos dará un pastel de chocolate a cada uno.

El niño temblaba en sueños, tosía desgarradoramente. Abría y cerraba los ojos, gritaba espantado, gritaba hasta que el cansancio lo vencía para volver a gritar de nuevo. Kamil relevaba a Latife en el cuidado de su hijo. También le prometía una vida de felicidad al otro lado del océano. Empezaron las convulsiones. Se repetían. Duraban más cada vez. Musa se estremecía, se contorsionaba, su rostro se desfiguraba.

Una tarde se incorporó, miró a su madre feliz.

—La princesa de chocolate —sonrió.

Se desvaneció suavemente y cayó en un sueño profundo. Latife pensó que dormía.

¿QUIÉN IRÁ AL OTRO LADO DEL MAR Y NOS LO TRAERÁ?

Con la muerte de su hijo, para Kamil había sucedido lo inconcebible. Para Latife, lo imperdonable. Él, con lágrimas en los ojos y a pesar del dolor, se postró ante el Eterno y rezó por el alma de Musa ben Latife. "Envía a su encuentro a los ángeles de gracia y con voz de piedad, bienvenido le dirán." Ella guardó silencio. El sufrimiento la atravesó como flecha venenosa.

Su hijo, sin ser entregado a la tierra.

Su hijo, sepultado en el fondo del océano.

Su hijo, un pequeño bulto que se hundió lentamente hasta desaparecer.

Durante varios días se mantuvo de pie, en el pasillo, vigilando el horizonte. Una idea la obsesionaba: lo vería resurgir en medio de las aguas como al Moisés bíblico. Días de silencio, con la vista perdida en los azules del océano, vislumbrando el fondo. Ella permaneció tan ajena a todo lo que la rodeaba que si no hubiera sido por Feride también su bebé habría enfermado. La niña cuidaba del pequeño Yusuf y le avisaba a su madre cuando debía amamantarlo. El roce de esa piel suave, la boca succionando de su pecho, se convirtió en su consuelo. El único vínculo con la realidad que aún la ataba a la vida.

No permanezcas mudo
ante mis lágrimas

La llegada a Cuba significó un suceso feliz para la mayoría de los emigrantes. Después de varias semanas navegando en la inmensidad del océano, ver tierra se convirtió en un gran aliciente... aunque no pudieran pisarla. Las leyes cubanas eran muy estrictas. Únicamente quienes gozaran de un permiso por parte de las autoridades podrían desembarcar y obtener un visado para entrar a la isla. El requisito se había convertido en una tarea imposible, en especial para aquellos que provenían de Oriente. Cuba se plegaba, de esta manera, a la política norteamericana.

De la tercera clase, sólo unos cuantos españoles descendieron. Contaban con el permiso ya que habían elegido La Habana como su lugar de residencia permanente meses antes de abandonar Lugo, su suelo natal. Después de mucho bregar, obtuvieron la visa. Sin embargo, el resto de los pasajeros permaneció a bordo, contra su voluntad. A pesar de la prohibición, un mundo lejano y lleno de magia se desplegó frente a ellos. Desde el buque divisaban el Castillo del Morro, los bellos edificios coloniales resguardados por cañones, las calles limpias y bien trazadas. Una ciudad blanca habitada por mulatos. Los nativos ofrecían su mercancía pregonando en un lenguaje incomprensible pero lleno de cadencia: les pareció que cantaban. Desde sus lanchas mostraban su producto: rebanadas de piña fresca, lista para saborearse. Los pasajeros, curiosos, intercambiaron lo primero que encontraron. Una manta, un vestido viejo, un libro; lo que fuera a cambio de la fruta. El hallazgo pasó de boca en boca, el sabor inaudito de la piña les provocó una sensación imposible de definir. Una explosión, comentaban entre ellos.

Murad quedó sorprendido. No podía describir lo que sus papilas gustativas revelaban. En cambio, Kamil y Latife no se dieron por enterados del arribo a Cuba, se mantenían ensimismados en su aflicción. Ambos habitaban su isla personal, impenetrable. Kamil intentó acercarse a Latife, confortarla, expresarle cuánto amaba a su hijo ausente. A su vez él necesitaba consuelo. Sin embargo, una sola mirada de ella bastaba para apartarlo. Latife no estaba dispuesta a compartir su dolor, ése, al menos, le pertenecía por derecho.

El Oro, 1926

Sea el favorito entre sus hermanos

Hacía un par de años que Isaac Cohen y Jaime Serur, amigos entrañables, habían elegido el poblado de El Oro como lugar de residencia. Después de trabajar un tiempo como aboneros en la Ciudad de México pensaron que en provincia tendrían mejores oportunidades, y así fue. Habían encontrado el paraíso en la tierra. El Oro, una población minera del Estado de México, al tener un crecimiento económico importante, necesitaba de todos los servicios que una ciudad en desarrollo requiere. Así que los dos amigos decidieron probar suerte e invertir sus ahorros en un negocio: una pequeña camisería. Afortunadamente tuvieron mucho éxito, por lo que ampliaron el negocio para hacerlo más completo y ofrecieron también trajes, corbatas y algunos sombreros que conseguían a buen precio con los paisanos radicados en la capital.

Ya establecidos, cuando las necesidades del cuerpo arreciaron, decidieron probar suerte también en el amor y se casaron con dos hermanas de la familia Levy que Eliahu Ámbar, el protector de Isaac, les había presentado. Hicieron una boda doble en el templo de la calle de Justo Sierra, en el centro de la Ciudad de México, y remataron con una espléndida fiesta a la que asistió toda la comunidad. Después de una breve luna de miel en Veracruz, regresaron a El Oro e instalaron a sus flamantes esposas en dos casas contiguas. Ellas disfrutaban del pueblo, que más bien parecía la muestra de una ciudad cosmopolita donde a un tiempo se mezclaban franceses, españoles, judíos y mexicanos. Cuando su presupuesto lo permitía, los esposos las complacían llevándolas al Teatro Juárez a ver las representaciones del momento y, aunque les aburriera soberanamente la ópera y no les dijera nada el nombre de Enrico Caruso, ellas estaban decididas a asistir. A donde iban los vecinos prominentes se proponían ir ellas también; como se vestían las damas, querían vestirse también ellas. Aspiraban a parecer más europeas que las propias francesas.

Por otra parte, las mujeres se negaban a presenciar una corrida de toros. El solo hecho de plantear la posibilidad se había convertido en motivo de discordia. A ellos les divertía el espectáculo mientras a ellas las hacía sufrir, desesperadas, al ver tanta crueldad. En el fondo lo que realmente disfrutaban Isaac y Jaime era llevar de la mano a sus respectivas parejas y caminar por las calles apacibles del poblado. A los dos amigos les gustaba encontrarse en el café cercano a la plaza principal donde degustaban del mejor pan dulce elaborado, por supuesto, por manos francesas. Esa mañana Isaac tenía una noticia que compartir con Jaime. El hombre que le surtía la mercancía en México, el señor Ámbar, le había mandado una carta. En ella le pedía que fuera a Veracruz, donde debía recoger a los hermanos Lisbona, unos conocidos suyos, recién llegados, para llevarlos a la Ciudad de México. Recordaban vagamente a los Lisbona, todavía niños, cuando ellos partieron de Damasco. Al que no olvidarían nunca sería a su padre, Yusuf, un *akaber,* un líder en la comunidad. El patriarca generoso que todos los sábados los colmaba de dulces y les sonreía con ternura. Isaac y Jaime, agradecidos por las bondades que habían recibido a su llegada, se ocupaban de auxiliar a los emigrantes de la misma forma como alguien lo había hecho con ellos.

—¿Dices que el barco llega la semana que viene? —preguntó Jaime.

—Sí, apenas me dará tiempo de organizar mis asuntos para ir a Veracruz.

—No pensarás ir solo, ¿verdad? No pienso lidiar sin ti con las dos hermanas.

—Claro que no —sonrió Isaac—, cuento contigo.

Terminaron su café y se dirigieron a la estación de ferrocarril. Apartaron un convoy que saldría la siguiente semana con destino a la Ciudad de México. Compraron los boletos y corrieron a sus casas a prepararlo todo. En especial a contentar a sus esposas, quienes sufrían terriblemente cada vez que ellos se alejaban.

—¡Más vale que regresen, y pronto! —corearon las dos mujeres, preocupadas por sus respectivos embarazos a pocas semanas de llegar a término.

Inclina, Dios mío, tu oído y escucha

Una tormenta hizo estremecer el barco. Luchaba por mantenerse contra el viento, se enfrentaba al peligro de acercarse demasiado a tierra y encallar en los arrecifes. El capitán tuvo que realizar las maniobras pertinentes. Reforzaron las amarras, pusieron más peso en la popa para que la proa recibiera menor impacto y utilizaron todo el esfuerzo humano al alcance con el fin de sortear las olas gigantescas y mantenerse a flote. Las órdenes de los marineros contrastaron con los gritos de histeria de los pasajeros, quienes se golpeaban contra los muebles mientras intentaban recuperar sus pertenencias. Las sacudidas se volvieron tan violentas que era imposible mantener la calma a pesar de las instrucciones de los oficiales. Los niños lloraban refugiándose en los brazos de sus madres, incapaces de consolarlos. También ellas estaban al borde de la histeria. Los hombres exigían a gritos equipo salvavidas para sus familias. Haciendo uso de los altavoces, se les pidió a los pasajeros refugiarse en el salón de baile. Ahora, los privilegiados también parecían formar parte de la tercera clase, apiñados en un solo lugar. El sonido del cristal al romperse, el estruendo orquestado por el metal de ollas y cubiertos, los objetos y el mobiliario chocando desde distintas latitudes y la incansable sirena de alerta acompañaban la furia del océano que bramaba desde su interior. Yo impongo mi ley, decía. No eres más que un molusco indefenso en mi inmensidad. Yo decido tu vida y tu muerte.

La reacción inmediata de Latife fue tomar a su bebé en brazos y estrecharlo contra su pecho. A gritos llamaba a Feride y a Kamil. Murad se acercó a ellos y formaron un círculo. Trataban de protegerse unos a otros, procuraban abatir el temporal desde su pequeña trinchera. Kamil abrazaba a su familia: lo único que realmente poseía. Latife se sentía furiosa. Al Creador no le bastaba con haberse llevado a su hijo. ¿No ha sido suficiente?, reclamó. Nada te basta. Nunca es suficiente para ti. Si eso es lo que te propones, enviarnos a la muerte, ¡hazlo de una vez! ¡Eres un monstruo que engulle a sus criaturas! ¿Para qué nos diste la vida si pensabas arrancárnosla en medio del más terrible sufrimiento? ¿Qué quieres de mí? ¡Contesta! La agitación se tornó insoportable. El pánico se apoderó de todos los habitantes de esa casa que indefensa viajaba a la deriva, perdida en el océano interminable.

Murad rezaba. En sus oraciones rogaba al Altísimo: Sálvame, no dejes que me hunda. Libérame de las profundidades de las aguas. Que no me arrastre la corriente ni me trague el abismo. Que el foso no cierre su boca sobre mí. Kamil se unió a las plegarias de su hermano pero las recitó en árabe para que también Latife y Feride entendieran, para que se unieran a su fervor. Dios escucha a las mujeres, pensó, sus lágrimas son como perlas valiosas, su sufrimiento es capaz de derribar montañas. Los Salmos se repitieron como eco por el barco, en diferentes idiomas, en voces distintas. Las mismas palabras suplicaban al mismo Dios. En esos momentos aciagos, las diferencias de religión y de clase se diluyeron: ante el peligro, todos eran iguales.

Una fuerte sacudida los cimbró de nuevo. El ruido insoportable del viento clamaba sin tregua. El agua empezó a filtrarse por las hendiduras. Más allá de su profunda cólera, Latife se dio cuenta del peligro. Perdería todo. Se perdería a sí misma. Con humildad inusitada, nacida del miedo infinito, también ella inclinó la cabeza. Dios mío, pidió, no me quites a mi familia, no te lleves a mis hijos, y si en tus planes incomprensibles está dejarme con vida sin ellos, no lo hagas… ¡Llévame a mí, pero sálvalos a ellos!

Llegó el día, tan oscuro como la noche, y la tormenta no cedió. Los vientos seguían su curso y el barco oscilaba con violencia inaudita. Sin embargo, gracias a la pericia de los marineros, se mantenía a flote. Los pasajeros seguían rezando, confortándose unos a otros, sacando fuerza de la debilidad, esperando un milagro. Después de ese día, una noche más. El llanto y la desesperación parecían tan incontenibles como la borrasca. Y Dios dijo: Que se calmen las aguas y vuelva la luz… y así se hizo. Y fue tarde y fue mañana: día segundo.

Veracruz, 1926

ÉL RECOGE COMO UN DIQUE
LAS AGUAS DEL MAR

Incrédulos, Isaac Cohen y Jaime Serur observaron la aparición del sol después de dos días sumidos en la oscuridad. Se habían refugiado en el cuarto de hotel, y desde ahí observaron el mar embravecido que había borrado todo rastro de tierra en la plaza, difuminando el kiosco y el edificio de Sanidad. El viento silbaba la atroz melodía de la destrucción y la furia de la tempestad retumbaba en los cristales; en cualquier momento podrían romperse y ellos quedar al descubierto. Es una advertencia, aseguraban. Así ha de ser el día del juicio final. Presas de pánico se escondieron detrás de los muebles donde se sentían más protegidos, a pesar de que en cualquier momento podrían caerles encima.

En medio del huracán se sintieron culpables, así que clamaron pidiendo perdón. Prometieron enmendar sus correrías. Nunca más volverían a fijarse en mujeres que no fueran sus esposas; juraron trabajar de sol a sol y donar el diezmo a la comunidad. Es más, se propusieron fundar una sinagoga en El Oro. En cuanto al negocio, jamás se aprovecharían de un cliente: prometieron vender a precio justo. Tampoco se irían de la lengua; decidieron evitar la maledicencia y los enredos. Respetarían el *Shabat* y por ningún motivo volverían a ingerir comida que no fuera *kasher*. Humildes, declararon en señal de agradecimiento: si es que salimos de ésta, ayunaremos al menos una vez al mes. Por último, aunque les costó trabajo asumir este compromiso, tratarían de contenerse sexualmente, algo que para ambos significaba un verdadero sacrificio.

Después de las dos noches más espantosas de sus vidas, los amigos volvieron a la normalidad: tenían sed y hambre, deseaban asearse y beber una buena taza del famoso café veracruzano. Mientras se lavaban y vestían, desechaban cada una de sus promesas. A pesar de que se encontraron con una plaza desolada, las calles del centro inundadas, los árboles arrancados desde la raíz y todos los establecimientos vacíos, los dos amigos sintieron una alegría inmensa al divisar a lo lejos al Rotterdam. En cuestión de unas horas arribaría a puerto y podrían cumplir con su cometido, lo que deseaban por sobre todas las cosas: volver a casa sin mayores contratiempos. En cuanto vieron el buque olvidaron la sed, el hambre, el cansancio y la preocupación. Estaban vivos, ellos, y los viajeros en el mar. Se preguntaban si además de los Lisbona se encontrarían con otros paisanos.

Milagrosamente, en cuestión de unas horas y como si nada hubiera ocurrido, la plaza se llenó de tenderetes y los vendedores llamaron a los clientes con su tonada cotidiana. ¡Quesadillas, sopecitos, gorditas, café de olla! Opciones deliciosas para aplacar su hambre. En cuanto notaron que el edificio de Sanidad abría sus puertas, corrieron en busca de los inspectores. Después de tantas veces de visitar el puerto, ya los conocían y los saludaban amistosos.

—¿Qué pasó, güeritos? ¿Ahora por quién vienen?

—Ya sabe —respondió Jaime—, unos brimos.

—Senior si usted tenga el favor de ayudarnos… —dijo Isaac en su mal español.

—Ustedes dos otra vez por aquí… ¿pos cuántos familiares tienen?

A los funcionarios les llamaba la atención la solidaridad de los "paisanos" que no abandonaban a su gente. Por eso los ayudaban, no tanto por los regalos que los dos amigos les hacían… aunque nunca venía mal una camisa nueva o un buen corte de casimir.

—La próxima vez me traes algo para mi novia, porque ya pronto me voy a casar.

—¡*Mabruk!*—respondieron al unísono felicitándolo.

Nunca olvides
que eres un viajero en tránsito

Dos horas tardaron en descender los pasajeros de primera y segunda clase. Ningún conocido. Nadie del *Sham* hubiera tenido el dinero suficiente para pagar una cabina. Esperaron. Se acercaron al edificio de ferrocarriles a indagar la salida del tren con destino a la Ciudad de México. Tuvieron suerte. Esa misma noche saldría un convoy. ¿Cuántos boletos compramos?, se preguntaron. ¿Cuántos más vendrán? No imaginaban que entre judíos damasquinos y alepinos se habían reunido en ese barco alrededor de setenta personas.

El comité de recepción creció, para suerte de los dos amigos. También llegaron los hermanos Smeke y los Blanga a recibir a los inmigrantes.

—¿Traen el dinero? —preguntaron.

—Un giro de cien pesos que nos mandó *jawaj'a* Ámbar.

Varios, en cuanto descendían, se arrodillaban y besaban la tierra en señal de agradecimiento. Un cielo claro les prometía, en silencio, un futuro esperanzador. La fila de pasajeros se alargó desde el buque hasta el edificio de Sanidad. A pleno sol, con sus pertenencias y los niños en brazos, esperaron su turno. La revisión se proponía ser exhaustiva aunque realmente lo que buscaban era evitar la entrada al país de una enfermedad llamada tracoma. Afectaba la vista al grado de dejar ciegas a sus víctimas, y era muy contagiosa.

Isaac y Jaime preguntaban en árabe a aquellos que les parecían conocidos:

—¿*Intu min il Sham? ¿Intu min il Blad?*

Algunos respondían a su llamado y se iban uniendo a ellos. Kamil y Murad los reconocieron a distancia. ¡Cómo no distinguirlos, si iban a la escuela con ellos!

—¡*Ahlán!* ¡Bienvenidos! —los abrazaron.

El reencuentro con los suyos los animó. A gritos, las mujeres reanudaron la conversación como si jamás se hubiera interrumpido. A Kamil le dio gusto encontrar sanos y salvos al rabino y a su familia. A Dib, hijo de Abu Jelil, quien había llegado con su joven esposa; a Fuad Rahmane, el primo de Latife, quien a pesar de los deseos de su padre prefirió embarcarse en esa aventura, y le dio especial satisfacción ver también a Dib Salame, quien seguía tan bromista como siempre, a pesar de todo lo vivido, y lo demostró con su primera "danza de vientre" en suelo mexicano.

Latife esperaba. Apenas podía sostener al bebé que se había quedado dormido recargado en su hombro. Le hubiera sido de gran ayuda un rebozo como el que usan las madres del puerto. Esa especie de hogar ambulante, donde los bebés viven cómodos por largo tiempo. Las mujeres lamentaron en lo más profundo la pérdida de Musa. La muerte había acechado demasiado cerca como para no condolerse.

—¡*Ya haram!* ¡Qué desgracia! —la abrazaban por turnos.

Latife aceptaba sus muestras de consuelo, intentando contener las lágrimas que asomaban sin remedio.

Los niños al fin se sintieron a sus anchas, corrían por toda la plaza mientras que sus padres, inútilmente, procuraban mantenerlos en la fila. Varios chiquillos del puerto se les unieron y comenzaron a perseguirlos. Se entendían mediante señas; no necesitaban más. Se relacionaban de forma natural, como si se conocieran de toda la vida: para ellos no había fronteras ni nacionalidades.

De pronto se escucharon gritos de desesperación. Los que habían sido rechazados amenazaban con tirarse al mar si los regresaban. Víctimas de tracoma, la ley mexicana les impedía el ingreso para evitar el contagio con el resto de la población.

—*Vous ne comprenez pas!* —se escuchaba en francés—. ¡Si vuelvo me van a matar!

Kamil temía que alguien de su familia tampoco pasara el examen. Pedía benevolencia convencido de que en ese momento su destino estaba en manos del Eterno.

Murad los llamó. Su turno había llegado. Los médicos se comportaron amables y discretos. Unas enfermeras se hicieron cargo de las mujeres. Feride, atemorizada, sin entender dónde se encontraba o por qué la exploraban, hacía toda clase de preguntas pero nadie tenía la intención de contestarle. Ante la insistencia de la niña, Latife, contra su costumbre, tuvo que gritar:

—¡Jresi, ente!

Auscultaron el ritmo cardiaco y escudriñaron ojos, oídos, nariz y garganta. Uno de los oficiales anotó en su cada vez más larga lista.

—Usted va a vivir por muchos años. Goza de una salud a toda prueba —comentó el médico a Kamil, quien asintió sin entender.

Los mandaron al área de migración. Mostraron su pasaporte y el giro de cien pesos que les habían prestado. Como último trámite pasaron al registro, donde un empleado que gozaba de gran creatividad se dedicaba a hispanizar los apellidos extranjeros, lo que dificultaba aún más que los inmigrantes mantuvieran su identidad. Por suerte, el Lisbona le sonó bastante latino, así que Kamil y Murad no sufrieron ninguna transformación en su apellido. Pudieron seguir siendo ellos.

Salieron. El sol veracruzano los cegaba. No podían creer que, libres, pisaban suelo mexicano, aunque en sus manos tuvieran el permiso de entrada y en sus pasaportes un sello estampado. Murad, satisfecho, leyó varias veces el documento. Pasó sus dedos sobre el sello de su pasaporte, que permaneció indeleble. *¡Baruj Hashem!* Su primer pensamiento en México fue para agradecer al Todopoderoso.

Los agredió el fuerte olor a agua estancada y a desechos. La podredumbre después de la tormenta se intensificó, revolviendo todo a su paso. Igual que en su pueblo, a pesar de las grandes construcciones, se evidenciaba el caño de aguas negras al aire libre. Se sorprendieron de la suciedad en contraste con la pulcra blancura de sus habitantes. A Latife le llamó la atención que las mujeres anduvieran descubiertas y mostraran el rostro y los brazos. ¿Se comportarán aquí tan libertinas como en Marsella? ¿Será que eso es lo normal y las atrasadas somos nosotras?, se cuestionó. A Kamil le dolió desprenderse del dinero que lo había hecho rico durante unos minutos, pero debía entregarlo para que otra familia lo utilizara. Así que lo devolvió y se quedó de nuevo con las manos vacías. Desde ahí debía empezar a construir, de cero.

Isaac y Jaime subrepticiamente lo entregaron a otra familia, quienes a su vez lo cedieron a alguien más. Así, de mano en mano, llevó a cabo su labor: demostrar la solvencia económica de cada inmigrante. Los inspectores cerraban un ojo y abrían las puertas del país. Después de superar un obstáculo tras otro, la ciudad de Veracruz, su puerto de arribo, los aceptó sin demasiados trámites. México los recibía mostrando su rostro generoso. Sin embargo, a pesar de su buena suerte, los invadió un sentimiento de incertidumbre. ¿Cómo sería la vida en este país desconocido, donde se hablaba un idioma que ellos no comprendían? Feride seguía sin captar tanta novedad, aunque a su vez todo le fascinaba. Ahora veía a los niños corriendo casi desnudos, parecían changos dispuestos a trepar a los árboles. Les impresionó la exuberancia de la naturaleza en contraste con la aridez acostumbrada. Los árboles enormes relucían a pesar de la tormenta.

Isaac Cohen se acercó a Kamil y se ofreció a llevarlos a su hotel para que pudieran asearse y refrescarse. Murad le señaló los puestos y preguntó en árabe.

—¿*Shu hada?*

—¡Quesadilla! ¿Quieren probar?

—¿*Hada kasher?*

—Los vamos a llevar a un lugar *kasher,* no se preocupen —respondió Jaime.

En los portales del hotel Diligencias llamaron su atención los señores tan elegantes bebiendo el aperitivo, mientras que en la acera de enfrente, apenas cruzando la calle, se apreciaban los puestos y las personas humildes. Limosneros, vestidos con andrajos, sin zapatos.

Mujeres sentadas en la acera mostraban la palma esperando recibir una moneda. Pensaron que se parecía a Damasco, donde los ricos eran unos cuantos, en tanto que la mayoría vivía en la miseria.

—*Ferchi* —dijo Latife.

A Murad le extrañó ver el edificio del Palacio Municipal en ruinas. Una construcción que en sus buenos tiempos debió ser de gran belleza.

—También aquí hubo guerra —explicó Isaac—. La Revolución.

—¿También aquí? —preguntó Kamil con tristeza—. Nadie se salva. La guerra sólo engendra destrucción y muerte.

—Pero no tengan miedo —añadió Jaime—, hace mucho se terminó, aunque las cosas malas siempre dejan recuerdos.

Lo dijo sin mencionar esa otra lucha que se estaba gestando en el Bajío y que sembraba muertos por doquier. La Cristiada, le llamaban. ¿Cómo explicarles ese absurdo? Ni ellos comprendían por qué el gobierno castigaba a su propia gente y les prohibía ejercer su culto con libertad, mientras a los extranjeros, entre ellos a los judíos, los trataban con deferencia.

Les alegró escuchar el pregón constante de los vendedores: "¡A cinco son las trompadas! ¡Carbón a peso! ¡Cómpreme las tortillas, recién hechecitas!" Dentro de muy poco tiempo, ellos estarían pregonando tonadas parecidas.

EL AMIGO ES COMO UN HERMANO EN TIEMPO DE ANGUSTIA

En el Café de la Parroquia les ofrecieron pan dulce y café con leche. A pesar de que aún les incomodaba la idea de sentarse juntos hombres y mujeres en la misma mesa, lo hicieron. En el puerto se respiraban aires de libertad a los que no estaban acostumbrados. Las mujeres todavía no los apreciaban, pero más adelante harían que su vida diera un giro radical. Por ahora bromeaban y disfrutaban. Las mujeres señalaban, con asombro, las enormes cafeteras de cobre: eran aún más grandes que las que, en Damasco, llevaban los vendedores de té, ofreciéndolo por las calles del *hara*.

Los meseros tuvieron que darse prisa: el sonido de varios vasos, golpeados con las cucharillas, repiquetearon a un tiempo. Los niños aplaudían cada vez que dejaban caer el café desde lo alto, sin derramar ni una sola gota. El pan dulce les supo a maná del cielo.

—Tan preocupados por la comida, como si cuidar las leyes *kasher* fuera tan importante. Se nota que apenas llegan —comentó Isaac en un susurro a su gran amigo.

—Es mejor cuidarse, no de lo que entra a tu boca sino de lo que sale de ella —aseguró Jaime.

Un grupo jarocho se apostó en la puerta y empezó a interpretar una melodía para ellos totalmente desconocida. La marimba vibraba. Nunca habían visto un instrumento tan grande. Los niños saltaban de gusto. Feride, acompañada de sus primos, se acercó a ver la ejecución. Algunos se contoneaban rítmicamente, haciendo suya la que les parecía una música extraña.

Ciudad de México, 1926

Te alabaré entre las naciones

Apenas despuntaba el alba cuando llegaron a la Ciudad de México. En el camino, antes de que oscureciera, alcanzaron a avistar algunos pueblos con sus rancherías. Los campesinos veían pasar el tren y los miraban a ellos como si los reconocieran: los mismos pasajeros de todos los días. En el trayecto todavía se apreciaban algunas fincas en ruinas, incendiadas durante la Revolución.

Kamil comentó con Jaime Serur la pobreza que se percibía a lo largo del camino.

—Esta tierra está naciendo. Aquí hace falta de todo y eso es bueno para nosotros —explicó Jaime.

—Se necesita de todo, lo que traigas se vende —confirmó Isaac—. Nosotros conseguimos lo que ellos requieren. La ventaja es que sabemos trabajar. Ya verán cómo, más rápido de lo que imaginan, se harán de un capital.

Kamil no estaba tan convencido de que esa miseria fuera buena. Si la gente no tiene dinero, ¿cómo va a comprar?, pensaba.

—No te preocupes —lo tranquilizó Jaime—. En la ciudad es diferente, ya te explicará *jawaj'a* Ámbar.

A Murad le preocupaban otras cosas. Después de haber vivido en carne propia las políticas de un régimen despiadado y sin escrúpulos, quería informarse al respecto.

—Y el gobierno, ¿cómo trata a los *yehud*?

—En México no se meten con nosotros —explicó Isaac—. Al contrario, la gente es muy amable. Un grupo de la comunidad estaba muy preocupado de rezar sin permiso y fueron a entrevistarse con los principales de Gobernación. No sólo les dijeron que sí, que no había problema: incluso enviaron a un distinguido funcionario a cuidar la sinagoga para que no nos suceda nada malo.

—Ya lo verán cuando vayan al *knis* —confirmó Jaime—. Se presenta en la sinagoga elegantemente vestido todos los sábados y los días de fiesta. Sin decir una palabra se sienta en la banca final y se despide cuando terminan los rezos.

Los hermanos Lisbona no podían creer lo que escuchaban. Los judíos eran respetados, algo que ellos nunca habían vivido.

—¿Y en el trabajo? —preguntó Kamil—. ¿Nos dejan trabajar?

—Este país es un paraíso —sonrió Isaac.

Oscureció y con el rítmico bamboleo del tren llegó el descanso tan anhelado. Todos se quedaron dormidos menos Latife. El ferrocarril, en su monótono andar, hacía que su mente viajara a lugares lejanos, en otras épocas. En los momentos decisivos de su vida el tren había tenido que ver con ella. Recordó la primera vez que viajó con los Lisbona, embarazada de Feride, todavía no nacía Musa. ¡Musa! ¿Dónde está mi pequeño? ¡Musa, mi hijo! Las preguntas sin respuesta volvían obsesivamente; implacables golpeaban en su cerebro. ¿Es posible que todo haya terminado para él cuando se hundió en el mar? ¿Lo devoraron los tiburones? ¿Será cierto que su alma está con el Eterno? ¿A dónde va el alma? ¿Volverá a nacer en otro cuerpo? ¿Alguien cuida de mi niño?

A pesar de que llevaba en brazos a Yusuf, sintió frío. Desolada, no encontraba paz ni consuelo. Mientras permanecía dolida, Kamil se alejaba de ella cada día un poco más. Ocupado en sus asuntos lo notaba animado, parecía haber superado la pérdida de Musa con facilidad. Los hombres viven el mundo hacia afuera, pensó, en el universo de las sorpresas y los descubrimientos. Las mujeres nos quedamos en casa a esperarlos. Así continuaba la vida: él, experimentando en el exterior; ella, rumiando la tragedia en su interior.

Al viajero he abierto mis puertas

Recogieron las pocas pertenencias que llevaban y abandonaron la estación, no sin antes maravillarse de su grandeza. Un joven cargador, por la suma de cincuenta centavos, llevó el baúl en su espalda y el tapete enrollado bajo su hombro. Caminaron un largo rato. Todo lo que veían les llamaba la atención, observaban con curiosidad las tiendas e intentaban leer los anuncios, los cuales a veces entendían, ya que algunas palabras se parecían al francés. Les impresionó la majestuosidad de las iglesias y las casonas antiguas. El centro de la Ciudad de México con sus calles limpias, ordenadas, ahora con varios vehículos estacionados. Llegaron hasta casa de Ámbar, en la calle de Justo Sierra, donde la comunidad había construido su templo.

Jawaj'a Ámbar y Yemile, su esposa, ya los esperaban. A ella le dio una gran satisfacción recibir a dos niños en casa; deseaba que la llenaran de alegría. El matrimonio había experimentado la soledad por demasiado tiempo, prisionero en mansiones enormes que no tuvo manera de poblar. Ámbar los recibió con gran emoción. Sentía que recuperaba una parte de su tierra y un pedazo de Yusuf Lisbona, al que extrañaba como a nadie. Veía en Murad los rasgos de su amigo, la gracia en su mirada, aunque no podía ser injusto con Kamil, él había heredado el arrojo y la decisión de su padre.

—Bienvenidos a mi casa.

Yemile se acercó a Latife y la invitó a pasar. Se sentaron a la mesa como una gran familia. Isaac Cohen y Jaime Serur también departían con ellos. Sirvieron café, pastelillos y un plato de fruta con algunas variedades que aún no conocían, como el mango.

Agradecidos y satisfechos, los dos amigos se despidieron decididos a no aplazar por más tiempo el regreso a sus casas. Kamil y Murad los abrazaron efusivamente.

—No tengo cómo pagarles, pero yo nunca olvido una deuda —dijo Kamil convencido.

—No hay nada que saldar —sonrieron los dos, sabiendo de antemano que la vida se encargaría de cobrarles con otros que la necesitaran más que ellos.

Ámbar les mostró las habitaciones. En medio de los dos cuartos contaban con un baño completo. Las mujeres pudieron asearse. Esta misma noche bañaré al bebé, pensó Latife, feliz de tener servicios modernos: no había necesidad de llenar palanganas ni de tirar los desechos en una zanja. La mujer de Ámbar les proporcionó cojines y cobijas que ellos acomodaron en el suelo, sobre el tapete, su fiel acompañante. Al fin podrían descansar a sus anchas.

Se sentaron de nuevo a la mesa que ya estaba servida con varias entradas. La plática recayó en la situación de Damasco.

—¿Cómo dejaron a tus padres? —preguntó Ámbar.

—Tranquilos y bien de salud, gracias —respondió Kamil.

—Hubiéramos querido que vinieran con nosotros, pero en el último momento se negaron —añadió Murad—. Ahora trabajaremos, juntaremos el dinero y volveremos por ellos.

Jawaj'a Ámbar permaneció en silencio. Sabía lo que les esperaba: años de esfuerzo donde apenas ganarían para cubrir las necesidades más inmediatas.

—Aquí podrán quedarse por un tiempo hasta que consigan juntar el dinero de una renta. Y ahora, cuéntenme... ¿Cómo dejaron el *Sham*?

—En manos de franceses, como usted sabe... —respondió Murad—. Cuando el poder y la ambición se alían, el resultado suele ser muy peligroso. ¿Qué le podríamos contar? El bombardeo del año pasado fue aterrador, hasta hoy, en sueños, escucho el sonido incesante de las granadas y el eco terrible de la destrucción.

—*¡Allah isaadna!*

—La bella ciudad de Damasco tardará años en recuperarse —comentó Kamil—, y eso sólo si tiene la suerte de que llegue algún mandatario con la visión y el deseo de reconstruir. Lo que pretenden los franceses es dividir para debilitar. Por eso separaron el Líbano del resto de Siria.

—Son tiempos difíciles —concluyó Ámbar, pensando en Siria y también en México.

Llevaban varios días sin descansar lo suficiente, así que esa noche durmieron un sueño profundo del que les costó un esfuerzo enorme despertar. Lo hicieron al escuchar los gritos destemplados que provenían de la cocina.

—¿Tú crees que éstos van a saber trabajar? —alegaba Yemile—. Toda la vida los mimaron, los trataron como príncipes... ¿Sabes qué va a pasar? Se van a quedar aquí sin hacer nada para que tú los mantengas y yo sea su sirvienta... ¿No lo crees? ¡Lo verás tan claro como me estás viendo a mí ahora!

—¡Deja de gritar como una loca! Aquí se hace lo que yo diga y ellos se quedan el tiempo necesario —vociferó a su vez Ámbar.

—¿De cuánto tiempo estás hablando? ¿Semanas? ¿Meses? ¡Que *Allah* me ayude a soportarlo! —clamó la mujer.

—¿Y a ti, qué mal bicho te picó? ¿Por qué tanta prisa? Ayer estabas feliz de recibir a los niños, de tener una familia en casa, ¿y ahora, cuál de las vecinas te convenció de cambiar de opinión? ¿Será que tuviste un mal sueño?

Ámbar hizo un gran esfuerzo por calmarse y con un tono más sosegado intentó convencerla.

—Ellos son los hijos de mi mejor amigo, podría decir de mi hermano. Son familia para mí y necesitan ayuda.

—¿Y a mí? ¿Quién me ayuda a mí?

Un solo gesto de Kamil la hizo comprender. Latife se levantó, se arregló lo mejor que pudo y se acercó a la cocina, donde la discusión, por suerte, languidecía.

—Buenos días, *sitt* Ámbar, ¿necesita algo?

—Ay, hija, qué pena... ¿podrías lavar el piso? A mí me cuesta mucho trabajo agacharme.

Latife, sin contestar, tomó los implementos de trabajo y empezó a escobetear la escalera, tal como lo hacía en casa de sus padres y en la mansión Lisbona. Las lágrimas dóciles resbalaban por su rostro. Entendió con claridad las intenciones de Yemile Ámbar. Como perra en celo, en vez de dejar desperdigada su orina, marcó su territorio con gritos y reclamaciones. Haría todo lo posible por convertirla en su sirvienta, algo así como una esclava. ¿Sufrimos tanto para llegar hasta aquí y seguir viviendo de la misma manera? Tal vez éste sea mi destino, pensó. Servir a otros.

En Tu palabra
HE PUESTO MI ESPERANZA

Durante la mañana, la casa de Justo Sierra se llenaba de paisanos. Los hombres salían de la sinagoga y se dirigían a saludar a Ámbar con la intención de pedir ayuda y artículos para vender. Como si fuera parte del negocio, todos tenían una historia que intercambiar: la esposa de nuevo embarazada, los hijos enfermos, la mesa vacía, los agujeros en las suelas de los zapatos... ¿Cómo vamos a ahorrar si apenas alcanza para comer?

Ámbar anotaba en su libro. La lista de los deudores se alargaba sin remedio. El patriarca trataba a todos con dureza, pero también con condescendencia.

—Pides crédito y todavía no le pagas al chaparrito Atri lo que te fió... Sólo por esta vez te voy a prestar.

Despedía a uno y las quejas continuaban con el siguiente:

—Pero... ¿cómo voy a seguir caminando con esta pierna que desde la guerra no me sirve para nada?

—Tus hijos ya no son tan niños, que te ayuden... *¡Yallah!* ¡Enséñales a trabajar! —les aconsejaba.

—No tengo forma de alimentar a mi familia. El *shojet* cobra más caro por matar de lo que cuesta el pollo.

—Es una injusticia —respondía—. Veré qué puedo hacer...

—Y conociendo nuestras condiciones, ¿se atreven a pedir el pago de la *arijá*? ¿Cómo pretenden que les demos una cuota si no nos alcanza?

—La comunidad la estamos creando entre todos —contestaba—, cada uno debe cooperar de acuerdo con sus posibilidades.

—Me enteré por una señora que acaba de llegar a México de que mis padres nunca recibieron el dinero que tanto trabajo me costó mandarles.

—No hay que mandar, a menos de que lo hagas con una persona conocida —contestaba, como si hubiera alguno que pensara regresar.

—*Jawaj'a* Ámbar, mi situación es tan terrible que he pensado radicar en Tampico. Aunque no me decido, por el bienestar de mi familia. No quiero apartarlos de la comunidad.

—A veces es necesario un pequeño sacrificio; si tiene usted suerte en provincia, encontrará la forma de regresar.

Cuando los vendedores se retiraban, llegaban los miembros de la mesa directiva con otros asuntos:

—Hay que preocuparse por los que no tienen, pero también por los que tienen demasiado. Hay dos muchachos del grupo de los solteros que se pasean muy engreídos con las coristas del Bataclán. El exceso de dinero los hizo olvidarse de quiénes son y de dónde vienen —se quejaba el rabino.

—Habrá que buscarles novia y casarlos lo más pronto posible.

—Algunos inscriben a sus hijas en colegios de monjas y luego lloriquean porque quieren ir a la iglesia y hacerse católicas como sus amigas.

—¿Qué necesidad hay de mandarlas a la escuela? Que se queden en sus casas y aprendan las labores que las mujeres deben conocer.

—Yo no entiendo lo que esos padres tienen en la cabeza… Por otra parte, en provincia, hay quienes intentan, por todos los medios, mantener a sus hijos dentro del judaísmo. A ellos hay que ayudarles.

—Sin embargo, con lo que obtenemos de *arijá,* apenas alcanza para cubrir las necesidades aquí en la ciudad.

—Pediremos donativos, iremos de casa en casa si es necesario.

PRESTARÁS Y NO PEDIRÁS PRESTADO

Al término de su sesión de "estadista", Eliahu Ámbar quedaba exhausto, apenas le daba tiempo de reponerse para comenzar la misma historia al día siguiente. Kamil y Murad se dieron cuenta de que, igual que su propio padre en el *Sham,* este hombre se había convertido en el timón de la comunidad, quien procuraba encauzarla hacia aguas más dulces. Murad pensó que en cuanto las circunstancias lo permitieran, él también se integraría al trabajo comunitario. Su labor en *Matán ba seter* debía continuar aquí en México. Las necesidades apremiaban a la mayoría de los inmigrantes.

Ámbar decidió que ya era el momento de que sus protegidos salieran a trabajar. Así que les proporcionó la mercancía y les explicó cuánto debían pedir por ella.

—Las corbatas a 1.50, de los cuales ganaban un peso; el resto lo devolvían para cubrir el costo. Las medias a 2.50 y los baberos a dos pesos.

Murad se preguntó por qué a ellos no les ofrecía cortes de tela donde la ganancia era muy superior. El patriarca, adivinando sus dudas, comentó:

—Es mejor que aprendan primero, luego será más fácil. Ya llegará el momento en que puedan hacerse de su clientela.

Dios es tu sombra,
junto a tu mano derecha

Kamil se despidió de Latife con otra más de sus promesas:

—Pronto mejorará la situación y nos iremos de aquí; tendremos nuestra propia casa, lo juro —intentó abrazarla, pero ella lo alejó con un gesto; sin embargo, le deseó suerte.

—*Allah maac,* que Dios te acompañe —dijo Latife, y volvió a sus labores pensando que ya era tiempo de que Feride la ayudara. También ella debe aprender a trabajar, algún día se casará y no quiero que sea una inútil.

Bien aleccionados, los hermanos Lisbona salieron de la casa de Justo Sierra. Llevaban varias corbatas colgando del cuello, algunos delantales que sostenían de los brazos y dos o tres pares de medias enrolladas dentro de los bolsillos del pantalón. Avanzaban con lentitud procurando descifrar ese mundo que los rodeaba y que les parecía tan ajeno. Pensaron que les convenía aventurarse por el rumbo de La Merced, siguiendo el mismo trayecto que habían recorrido para llegar desde la estación hasta casa de Ámbar. No obstante, y a pesar de la cercanía, confundieron las calles. Las distracciones eran demasiadas; los desconcertaban impidiéndoles prestar atención al camino. Se mantuvieron absortos en los gritos de los ambulantes, gente sencilla del campo que ofrecía toda clase de productos: el vendedor de pavos que los persigue y haciendo aspavientos con las manos intenta arrinconarlos. Los pavos cloquean, desesperados, como si adivinaran su destino fatal: la olla de una cocinera desconocida. El pajarero, imitando el sonido de las aves, lleva sobre la espalda una pila de jaulas tan alta que roza las azoteas. A Kamil, ver los pájaros encerrados de esa manera, le provocaba cierto desagrado. Le parecía una extraña manera de ganarse la vida a costa de la libertad de otros. El limpiabotas, ajeno a los cuestionamientos que experimentaban los recién llegados, esperaba con paciencia a que aparecieran los clientes mientras fumaba un cigarrillo. Los mendigos pululaban, los niños huérfanos también salían a la calle a ganarse el sustento. Los hermanos se toparon con un puesto de ollas de barro y canastos; burdo trabajo comparado con el que se producía en el *Sham*. ¡Qué extraños sombreros! ¡Apenas se les ven los ojos!, comentaron, al ver pasar a un grupo de hombres humildes. Siguieron por un rumbo desconocido, aturdidos con el tumulto y el paso de los autos a toda velocidad; rodeados de sonidos estridentes, acosados por niños y jóvenes que corrían a clases y tropezaban con ellos.

El olor a pulque, proveniente de las cantinas, les pareció sumamente desagradable y más a horas tan tempranas. A Murad lo invadió la náusea, aunque después de unos minutos logró controlarla. Desde las puertas entreabiertas escuchaban risas exageradas y discusiones.

—Ellos no tienen prohibido beber como los musulmanes y los judíos; nosotros sólo lo hacemos en contadas ocasiones… —comentaban.

Justo frente a una cantina, intentaron ejercer su negocio por primera vez. Ámbar les había enseñado algunas palabras que debían gritar a todo pulmón, mientras mostraban la mercancía. ¡Lleve las corbatas! ¡Medias baratas! ¡Mandiles a dos pesos! *¡Shuf* senior!

Su acento sonaba tan distinto que, en cuanto decían una frase, se sentían ridículos. Los transeúntes se reían de su tonada y su aspecto extranjero. En su sentimiento de persecución, además de extrañeza o burla, percibieron una sutil hostilidad a la que no dieron mucha importancia. Se trataba de vender y eso harían. Si a los habitantes de la ciudad les parecían simpáticos o raros, eso podría beneficiarlos.

La realidad era que la mayoría no se fijaba en ellos. Todo el mundo caminaba de forma apresurada; tenían un sitio a donde llegar. Kamil y Murad sintieron que solamente ellos permanecían a la deriva, flotando en las calles. Se encontraron frente al

Zócalo. El gentío parecía no terminar nunca. Varios se formaban a la espera de transporte. ¿Hasta dónde llegará ese tranvía?, se preguntaron.

—Algún día lo tomaremos para ver hacia dónde nos lleva —sugirió Kamil.

Camiones, autos privados y taxis impedían el paso libre hasta el jardín. A medida que avanzaban les parecía que lentamente se habían introducido en un manicomio. Se situaron junto a la improvisada terminal y reiniciaron su venta. Recibieron, como respuesta, rostros curiosos y algunas caras largas. Al cabo de unas horas, un hombre elegante se apiadó de ellos y les compró un delantal pensando en regalarlo a la primera oportunidad. Felices por su única venta, cruzaron hasta la plaza. A los cuatro costados, las esculturas de Pegaso resguardaban fuentes y jardines. Unos cuantos árboles sin frutos se apostaban en las orillas. Observaron el Palacio Nacional incapaz de competir con la sólida presencia de la Catedral. Se mantuvieron en silencio, impresionados ante esa majestuosidad. Pasada la emoción, la realidad se impuso. De nuevo los invadió el miedo a lo desconocido, de nuevo irrumpió la incertidumbre, el saberse perdidos en una ciudad capaz de tragárselos de un solo bocado. Sin embargo, esta vez no estaban dispuestos a darse por vencidos: una fuerza interior los obligaba a resistir. Trabajarían de día y de noche si fuera necesario. Harían todo lo que estuviera en sus manos para ganarse un lugar en el mundo. Kamil pensó en Latife. Ella representaba su aliciente: sería capaz de cualquier esfuerzo con tal de recuperarla.

Con la intención de proseguir su camino, volvieron la vista a los costados de la plaza.

—¿Y ahora, hacia dónde vamos? —preguntó Murad—. ¿A la derecha o a la izquierda?

La mujer sabia edifica su casa

Tres semanas después de vivir en casa de Ámbar, de soportar su arrogancia y los abusos de Yemile, la esposa, Dib, el hijo de Abu Jelil, convenció a Kamil de rentar una vivienda en la vecindad donde ellos se habían acomodado. En un principio Kamil dudó, apenas le alcanzaba para lo indispensable, pero preocupado por la situación de Latife y por la guerra que se había entablado con Yemile Ámbar, pensó que valía la pena tomar el riesgo.

—No es lejos y la renta es justa —comentó Dib a los dos hermanos cuando salían de la sinagoga.

—Pero no tengo cómo pagarla —se quejó Kamil.

—¿Y el tapete que trajimos? —reaccionó Murad—. Tal vez ha llegado el momento de venderlo. Bastante hemos recibido de Ámbar, me apena decirlo, pero a veces da la impresión de que no está muy a gusto con nosotros. Es tiempo de comenzar nuestra vida sin su ayuda, tenemos que arriesgarnos.

—¿Tienen un tapete? —reaccionó Dib, contento—. Yo sé quién te lo comprará sin pensarlo ni un minuto siquiera... ¿se acuerdan de Raful Dhabbas? Uno chiquito, delgado...

—¿El que era una bala en las carreras? ¡A ése no había quién lo alcanzara! —sonrió Murad.

—*¡Yallah!* Ni me lo recuerdes, con los corajes que hacía —reclamó Kamil—. Siempre me dejaba atrás.

—Pues su papá tiene la tienda de telas más grande que hayan visto. No pierden nada si le hacemos una visita.

Kamil y Murad quedaron muy impresionados no sólo por el tamaño del negocio, sino también por la variedad de mercancías y la calidad de las telas. ¿Cómo le habrá hecho *jawaj'a* Dhabbas, ahora un hombre tan respetado por la comunidad?, preguntaban los dos hermanos.

—Es fácil —respondía Dib—. Llegó antes de la guerra con suficiente oro en sus bolsillos.

Raful recibió con cariño y nostalgia a los amigos de la infancia, y gracias a él su padre aceptó la compra que le ofrecían al contado y con un pago razonable: cincuenta pesos. Una cantidad que nunca soñaron poseer. Por un tiempo podrían estar tranquilos.

Después de cerrar la venta, Raful sirvió el café turco como dictaba la costumbre. La plática recayó en los recuerdos mutuos y en la penosa situación de los hermanos. Su amigo ofreció beneficiarlos con mercancía a consignación.

—No es lo mismo vender un delantal a dos pesos que un corte de tela. Ganarían el doble...

Se despidieron con las palabras amables de rigor. Kamil deseaba regresar. Su pensamiento estaba puesto en Latife, deseaba ver la expresión de su rostro al saber la noticia.

Latife reaccionó muy animada al escuchar la buena nueva. Por vez primera tendría una casa a la que podría llamar suya. No importaba el tamaño ni el lugar: será mía, se dijo.

Kamil se sentía satisfecho de verla sonreír después de haber estado sumergida en el silencio y la desesperanza. Valió la pena el negocio: un tapete por esa sonrisa.

Por la tarde, sentados alrededor de la mesa, los hermanos anunciaron la buena nueva a *jawaj'a* Ámbar. Él respondió con frases amables, aunque ellos percibían que lo que hablaba su boca no lo decían sus ojos.

—Ésta es su casa el tiempo que ustedes lo deseen. Aquí siempre tendrán alimento y un techo donde refugiarse. Aunque, por otra parte, me parece excelente su decisión de independizarse...

—¡Qué voy a hacer sin Latife! —reaccionó Yemile Ámbar—. ¿Quién vendrá a ayudarme? *Ana mana jasne,* yo ya no puedo con tanto trabajo.

Latife se mantuvo en silencio mientras sentía un enojo que a duras penas podía contener. Ya vendrá otra necesitada como yo a soportarte, pensó. No profirió palabra, pero su mirada la delataba, al grado de que *sitt* Yemile bajó la cabeza, le daba miedo caer fulminada por el odio que emanaba de su protegida.

A Latife le asombró el cálido recibimiento de los vecinos. Acostumbrados a ver a los no judíos como enemigos, agradecieron la amabilidad de la portera y las muestras de solidaridad. La vecina de al lado los obsequió con unas galletas, una más trajo dulces para los niños. Latife se sintió apenada, ella no tenía algo que dar a cambio, no tenía cómo agradecer sus atenciones. Aunque, pensó, llegará el día…

Los niños no tardaron en detectar a otros de su edad. El avioncito y las canicas se volvieron sus juegos preferidos.

Entre las familias judías un aire de hermandad flotaba en el ambiente. La vecindad se parecía al *hosh* donde habían vivido en el *Sham*. Igual gozaban del patio comunal, aunque aquí cada señora tenía su cocina particular. Los chismes ya no se sazonaban como antes, al hervor de los guisos, así que optaron por hacer del patio su lugar de reunión.

A menudo se escuchaba a las mujeres comunicarse a gritos de un departamento al otro. Como la puerta de la vecindad permanecía abierta, el ruido se mezclaba con el de vendedores ambulantes y con el bullicio de los niños creando una alegre sinfonía que llenaba de vida cada rincón.

El primer *Shabat* se reunieron todos en el patio. Cada señora hizo las veces de anfitriona con un platillo. Los padres de familia recitaron al unísono la bendición al Creador y saborearon de los guisos, los mismos que acostumbraban en Damasco, como si los hubieran traído con ellos. Un ambiente de alegría hizo explosión en forma de chistes, bailes y anécdotas. Juntos disfrutaban de la vida. Poco a poco se recuperaban a ellos mismos. Nada les faltaba, a pesar de sus carencias.

Con el tiempo se convirtieron en sus propios maestros. En una libreta pequeña escribían las palabras que escuchaban con su respectivo significado en árabe. El diccionario multiplicó sus vocablos hasta que ya no fue necesario. Gracias al francés que habían aprendido en la escuela, más parecido al español que el árabe, en pocos meses dominaron el idioma. La libreta les sirvió para anotar su estado financiero y la cartera de clientes: La sirvienta de la reja verde debe $1.00, la señora de la escalera amarilla debe $2.00…

Ajustaban el precio con una clienta, cuando Murad escuchó la frase que ahora se repetía en su cerebro sin descanso: "El casado casa quiere". En México y en el *Sham,* pensó, los dichos son muy sabios… tal vez estorbo. Kamil y Latife necesitan estar solos, sin que nadie se interponga.

En la sinagoga se enteró de que varios jóvenes de su edad habían llegado solos, por lo que crearon "La casa del soltero", rentaron una vivienda de buen tamaño y contrataron una mujer para que los atendiera. Entre todos, el costo no era tan alto y la convivencia les daba esa sensación de pertenencia que tanto necesitaban.

A pesar de los ruegos de Kamil, Murad se mudó a la conocida casa, donde además de divertirse con las ocurrencias de sus miembros encontró pasto fértil para sus intenciones: crear un grupo de jóvenes al servicio de la comunidad, con ideas progresistas. Estaba bien rezar, como lo hacían los viejos, pero no era lo único que hacía falta. Con ayuda de los jóvenes lograría trasladar *Matán ba seter,* la ayuda secreta, desde Damasco a México. Otra de sus ilusiones era crear la escuela, en ello pondría todo su esfuerzo. Una escuela de la comunidad donde niños y niñas se sintieran a sus anchas sin ser señalados.

Para Kamil el pozo de los sueños no se secaba nunca. Quería vestir un traje nuevo como los que lucían sus conocidos en el templo. Acariciaba la idea de tener un negocio propio y una casa más cómoda. También pretendía comprar un auto: imaginar a Latife paseando en él le provocaba un gozo enorme. Pero por lo pronto su anhelo más inmediato era traer a casa las bolsas del mercado colmadas, con todo lo que se le antojara, y conseguir carne o pollo para su familia al menos una vez por semana. La lista de deseos parecía interminable, así como su esfuerzo por lograrla. Pero su más preciado sueño, el que alcanzaría tarde o temprano, era ver a su padre, Yusuf Lisbona, franquear la puerta de su casa. Los traeré a México, se dijo, lo prometo.

Sus anhelos se convirtieron en el motor que lo impulsaba a trabajar el día entero con su mercancía a cuestas.

Veía a los vecinos entrar al estanquillo y comprar un "cachito" de lotería con la esperanza de "salir de pobres", así escuchaba que decían. Yusuf comprobaba que desperdiciaban su dinero sin obtener nada a cambio. No estaba de acuerdo en dilapidar. Sus sueños eran más realistas: La suerte no lo hace a uno, uno hace su suerte, pensaba.

Yo soy el Señor tu Dios
y estaré contigo
dondequiera que vayas

Así como los ciclos lunares ocasionaban cambios en su cuerpo, Latife intuía que los embarazos provocaban cambios en su vida. ¿Cómo será esta vez?, pensaba con inquietud, mientras acariciaba la apenas visible protuberancia.

Ese viernes por la mañana, Latife se dirigió a la sinagoga. Todavía le asombraba el hecho de andar sola por las calles. No había límites que los apartaran del resto de los habitantes. En México judíos y católicos convivían con respeto y, aunque no faltaba quien los mirara con extrañeza o desprecio, a ellos no les importaba, porque aquí eran considerados ciudadanos como todos. No había leyes especiales, ninguna restricción que los hiciera sentirse humillados.

Latife caminaba unas cuadras más para observar con detenimiento los edificios. Cada detalle le parecía importante. Leía los nombres de las calles y procuraba memorizarlos. Sentía que de esa manera se adueñaba poco a poco de la ciudad. Paseaba libre, nada la intimidaba, nadie tenía que protegerla, al menos durante el día. De noche, las calles oscuras se volvían peligrosas, merodeaban los borrachos; era mejor guarecerse.

En la sinagoga se acercó a una mesa donde habían preparado varios pabilos que flotaban en pequeñas vasijas con aceite y agua. Algunas ya estaban encendidas. Los viernes, a partir del mediodía, el *knis* se atiborraba de mujeres, todas requerían algo, aunque no necesariamente para ellas. Pedían bienestar para los hijos, una vida mejor para sus familias y salud para los mayores. Latife prendió una mecha y observó la luz surgir y acrecentarse. Ella no venía a pedir, deseaba agradecer este embarazo. Una vida que nace siempre representa una oportunidad, pero ¿agradecer a quién?, se preguntaba. ¿Dios, existes realmente? A pesar de sus dudas, invocaba al Todopoderoso:

¿En qué parte del universo te encuentras? Si es cierto que eres todo y no tienes fin, ¿me escuchas? No lo creo… ¿acaso te molestarías en fijarte en una criatura sin importancia como yo?

A menudo me parece que juegas con los humanos y te alimentas de nuestro sufrimiento. Eres capaz de segar la vida de un niño y, como si nada hubiera pasado, un buen día ofreces otra. ¿Juegas conmigo? ¿Me quitas y me das? Voy a ser madre de nuevo y me pregunto por qué, para qué… ¿Piensas arrancarme a este hijo también?

Tengo miedo, lo confieso. Sé que me encuentro en Tus manos, que deben ser inmensas: con ellas lo abarcas todo, pero ¿eres realmente el Dios de bondad que yo tanto necesito? Kamil reza todos los días al Creador misericordioso y yo observo su fervor, pero no puedo compartirlo. No te conozco y te temo. Desearía creer en Ti, sentirme confiada de que nos protegerás bajo tu sombra.

Mientras tanto, la cabeza de Kamil está llena de sueños que no has interpretado todavía. ¿Hacia dónde nos llevas? En este fluir de la vida somos como guijarros que arrastra la corriente. Pero no todo es oscuro; por otro lado, a pesar de la tormenta nos has traído a una tierra de bondad, donde podemos construir un futuro y apaciblemente esperar a que llegue el tiempo de la cosecha. Estamos apenas surcando la tierra, ya hemos puesto la semilla y justo ahora, Tú nos bendices con este hijo. Ansío verlo, tenerlo en mis brazos, asegurarme de que ha nacido sano y fuerte. Aún falta tanto y la incertidumbre me domina, me llena de angustia. Señor, te lo ruego, cuida de él.

Dicen que las almas retornan. En *Pesaj*, la historia asegura que somos los mismos que salieron de Egipto. ¿Será verdad? ¿Me estás devolviendo a mi Musa? Su alma era tan pequeña como esta luz, cualquier soplo podría apagarla. ¿Cómo haré para cuidarla de nuevo? Sé que Tú conoces todas las respuestas, muéstrame el camino, ayúdame a lograr el milagro: convierte mi miedo en confianza y mi dolor en fe.

No puedo explicarlo, pero siento que ahora será diferente. Yo también soy distinta. Ya no soy la niña que se entregó a un hombre por órdenes de otros. Después de todo lo que he vivido, no estoy dispuesta a hacer nada contra mi voluntad. Si he recibido a Kamil por las noches es porque él enciende mi deseo y sé que lo amo. Todos dicen que nuestra unión estaba predestinada. ¿Será cierto? ¿Tú, desde el no sé dónde lo dispones? ¿Eres el casamentero celestial? Si es así, te agradezco haber elegido para mí un hombre que me trata con cariño. Un hombre justo, capaz de hacer el mayor de los esfuerzos con tal de complacerme. Con este hijo que llega, nuestra unión será más fuerte todavía.

Gracias por permitirme compartir Contigo el milagro de la vida.

Bendito seas, Dios mío, por haberme hecho mujer.

Glosario

Agunot: Mujeres cuyo esposo no ha podido concederles el divorcio.

Ahlán: Bienvenidos.

Hmar: Burro.

Akaber: Los grandes. Persona de alto rango.

Akruta: Maldita.

Al Hamidiye: Mercado en la vieja ciudad de Damasco, cercano a la mezquita de los Omeyas.

Alors: Maldita.

Allah: Dios, en la novela se usa tanto por los judíos como por los musulmanes.

Allah hu akbar: Dios es grande.

Allah ijelí: Dios lo guarde.

Allah ijeliha: Dios la guarde.

Allah ijelihon: Dios los guarde.

Allah ikun mao: Dios esté con él.

Allah irjamo: Dios tenga misericordia de él.

Allah isaadna: Dios nos ayude.

Allah Karim: Dios proveerá.

Allah ma igüerj'ina: Que Dios no lo traiga a nosotros.

Allah maac: Dios esté contigo.

Allez, cherie: (francés) Vamos, querida.

Ambaelak: Te lo digo en serio.

Amalek: Nieto de Esaú en el Antiguo Testamento, los miembros de su pueblo son llamados amalequitas.

¡Amut ana!: ¡Me muero!

Ana mana jasne: No tengo energía.

Anglizi: De origen inglés.

Arak: Bebida de anís.

Arijá: Cuota que paga una familia a la comunidad.

Bar mitzvá: (hebreo) Cuando el niño es considerado adulto, a los 13 años.

Baruj Hashem: Bendito sea Dios.

Bate: Ajuar de la novia.

Bateau mouche: (francés) Barco fluvial.

Belawa: Pastel árabe elaborado con varias hojas de harina.

Berra min hon: Fuera de aquí.

Bet: Casa, primera letra de la Torá.

Bet Hajaim: Casa de la vida: el panteón.

Bet maalme: Casa donde enseñaban a las niñas labores domésticas.

Bidi ashuf: Quiero ver.

Bij'enen: Hermoso.

Brit milá: Ceremonia de la circuncisión.

Bonjour, je suis Babette: (francés) Buen día, yo soy Babette.

Bonjour, monsieur: (francés) Buen día, señor.

Bume: Prostituta.

C'est la guerre, ma petite: (francés) Es la guerra, mi niña.

C'est la loterie noir: Tener mala suerte.

C'est pour faire pipí: Es para orinar.

Confitures: (francés) Mermeladas.

Darush: Discurso en honor al difunto durante la primera semana de duelo.

Dejilak: Déjala.

Dhimmis: Condición de los judíos: ciudadanos de segunda clase y a la vez protegidos del sultán.

Dyafe: Dulces que se ofrecen para agasajar a los invitados.

Dú: Prueba.

Efendi: (turco) Señor de importancia.

Ein: Ojo.

Eji: Hermano.

Elbéreke: Abundancia.

¡Elbi!: Me duele.

Emi: Mi madre.

Ente kesab, mana andak haya: Eres un mentiroso, no tienes vergüenza.

Erefet menak: Me das asco.

Eshet jail: (hebreo) La mujer soldado, la mujer virtuosa.

Felah: Campesino.

Ferah: Fiesta de mucha alegría.

Ferchi: Es lo mismo.

Franzawi: Francés.

Frengie: Europea.

Furie: Dinero.

Galabiye: Vestido para los hombres, más entallado que el *mbas.*

Gan ha eden: (hebreo) El jardín del Edén.

Greibe: Pastelillo árabe parecido al polvorón, elaborado con mantequilla.

Habibi: Mi querido.

Hada kasher: Estos son kosher.

Halab: Alepo, Siria.

Halajá: (hebreo) El conjunto de leyes religiosas.

Hamdela: Gracias a Dios.

Hamdela, uladi: Gracias a Dios, mis hijos.

Hammam: El baño público de Oriente.

Hara: Distrito, colonia.

Hara el yehud: Barrio de los judíos.

Haram: Pecado.

Hazazel: El ángel caído, el demonio.

Hejal: Armario perfilado en dirección a Jerusalén donde se guardan los rollos con los pergaminos de la Torá.

Hijaz: Región al este de Arabia Saudita donde se encuentran Medina y La Meca.

Hmara: Burra, bruta.

Hosh el Basha: La vecindad del *pashá.* Cerca de la sinagoga, la zona de los ricos.

Hupá, hupot (plural): (hebreo) Palio sagrado, se utiliza en las bodas para cubrir a los novios.

Ibn keleb: Hijo de perro.

Insh' Allah: Dios lo quiera.

¿Intu min il Blad?: ¿Ustedes son mi tierra?

¿Intu min il Sham?: ¿Ustedes son del *Sham?*

Jaham: Sabio, inteligente.

Jaham Bashi: Rabino principal.

Jawaj'a: Señor, alguien de importancia.

Jebrá: Hermandad sagrada.

Jel el kis u atiná: Afloja el bolsillo y danos.

Jelihon: Los guarde, los cuide.

Jemil Pashá hu akbar: Jemil Pashá es grande.

Jmara: Bruta, burra.

¡Jrasi!: ¡Cállate!

¡Jresi, ente!: ¡Cállate tú!

Kaak: Rosca de harina, aceite y sal.

Kadish: (hebreo) Plegaria de alabanza a Dios, se recita cuando alguien muere.

Kasher: Que cumple con las reglas de alimentación.

Kashrut: Reglas de alimentación.

Kehel: Pintura vegetal de color negro. Se utiliza en los ojos.

Kesab: Mentiroso.

Kibbe: Bocadillo de carne con trigo o arroz.

Kibbe biseníe: Kibbe preparado en una charola.

Kidush Hashem: (hebreo) Un acto sagrado en nombre de Dios.

¡Kis emmak!: Insulto contra la madre.

Kis emmo: Insulto contra su madre.

Kitab: Escuela primaria religiosa judía para niños varones.

Knis: Sinagoga.

Kohelet: Eclesiastés.

Lel sebet: La víspera del séptimo día.

Les cadeaux: (francés) Los regalos.

Les enfants de l'ennemi: Los hijos del enemigo.

Les petites filles modèles: (francés) Las pequeñas niñas modelos.

Ma cherie: (francés) Mi querida.

Ma'amul: Pastelillo árabe relleno de nuez elaborado con sémola.

Ma baaref: No sé.

Ma petite amie: Mi pequeña amiga.

Ma très chère: (francés) Mi muy querida.

¡Mabruk!: ¡Felicidades!

Mafi mitlo: No hay como él.

Maîtres: Reconocidos camareros expertos en preparación de comidas y bebidas.

Maktub: Está escrito.

Mana andak haya: No tienes vergüenza.

Marseille, nous sommes arrivés!: ¡Marsella, hemos llegado!

Matán ba seter: (hebreo) El que ayuda en silencio, sin decir a quién ayudó.

Matzá: Pan ácimo que se utiliza en la festividad de Pascua.

Ma 'zzahr: Esencia de azahar.

Mazal Tov: (hebreo) Buena suerte, buen destino.

Mbas: Vestido largo de lino que usan los hombres.

Merci: (francés) Gracias.

Merhaba: Hola.

Mert 'ammi: Suegra.

Midrash: Colegio religioso judío.

Mikva: (hebreo) Baño de inmersión, necesario en los rituales de pureza.

Min hon: De aquí.

Mohel: Encargado de practicar la circuncisión.

Mozat: Carne de res (espaldilla).

Muslem: Musulmán.

N'est ce pas?: ¿No es así?

Narguile: Pipa de agua con tabaco.

Nesib: Destino, fortuna.

Nous sommes arrivés: (francés) Hemos llegado.

Oui, cela serait cruel: Sí, sería cruel.

Pas du tout: (francés) Para nada.

Pashá: (turco) El gobernante, rango superior el ejército o poseedor de tierras.

Perashá: (hebreo) Capítulo de la Biblia.

Pesaj: La Pascua judía.

Petit atelier: El pequeño taller.

Petit mignon: Pequeño hermoso.

Petite alouette: (francés) Pequeña alondra.

Purim: Festividad judía que celebra la salvación de los judíos.

Raha: Dulce de pistache y almidón.

Robe: (francés) Vestido, también utilizado por los hombres.

Roh elbi: El alma de mi corazón.

Rohi: Querido, alma mía.

Rosh Hashaná: (hebreo) Cabeza del año. Celebración del año nuevo.

Seder: Orden. Se refiere a la cena que conmemora la salida de Egipto.

Sefer: (hebreo) Libro.

Selem diatek: Saludo a tus manos. Honor para quien prepara un buen guiso.

Sendak: El padrino.

Sendú: Baúl.

Shabat: (hebreo) Sábado.

Shabat shalom: (hebreo) Sábado de paz.

Shabuot: Fiesta que conmemora la entrega de la Torá y la época de la cosecha.

Sham: Territorio sirio que incluye Damasco.

Shamosh: (hebreo) El guardián de la sinagoga.

Shebbe: Piedra de alumbre. Se utiliza contra el mal de ojo.

Shojet: Matarife.

Shrab: Bebida de almendra o chabacano que se usa en las bodas.

¿Shu?: ¿Qué? ¿Qué pasa?

¿Shu hada?: ¿Qué es esto?

Shuf: Mire…

Shuf arkon: Que el difunto los vea (a ustedes).

Sidur: Libro de rezos.

Sitt: Señora.

Slieh: Dulce de trigo entero. Al hervir semeja pequeños dientes.

Strij: Tranquilízate.

Sura: Verso que se recita del Corán.

Tao la'andi: Vengan a mi casa.

Tarbush: Sombrero típico del Imperio otomano.

Taule: Mesa o juego de mesa backgammon.

Tefilim: (hebreo) Filacterias.

Tfú 'alena: ¡Qué asco de nosotros!

Tfú alek: ¡Me das asco!

Tikún olam: (hebreo) Reparar el mundo.

Timjé et zejer Amalek mi tajat ashamaim: (hebreo) Borra el recuerdo de Amalek por debajo del cielo.

Tjine: Salsa de ajonjolí tostado.

Torá: (hebreo) El Pentateuco.

Tzedaká: La caridad con justicia.

Ulad: Los niños.

Ulí: Qué desgracia.

Ulí alena: La desgracia cayó sobre nosotros.

Vehí she amda: Pasaje corto de la Haggadá que ha brindado esperanza a los judíos por siglos en tiempos de opresión.

Vous ne comprenez pas: (francés) Usted no entiende.

Waj'eb: Honrar a alguien.

Welad: Niños.

¿Wen?: ¿Dónde?

Ya benti: Mi hijita.

Ya ebni: Mi hijito.

Ya eji: Mi hermano.

Ya ej'et el hmar: Ya llegó el burro.

Ya habibi: Mi querido.

¡Ya haram!: ¡Qué pecado!

Ya mama, strij: Mamita, cálmate.

Ya mert 'ammi: Mi suegra.

Ya rohi: Mi alma.

Yahre dinhon: Que se destruya su religión, sus creencias.

Yallah: Ya, vamos.

Yebarejejá Adonai veishmereja: Que Dios te bendiga y cuide de ti.

Yehud: Judíos.

Yihad: La guerra santa.

Ytgadal veytkadash shemé rabá: Magnificado y santificado sea Su gran Nombre.

Zaatar: Condimento preparado con varias especias.

A donde tú vayas, iré de Victoria Dana
se terminó de imprimir en el mes de septiembre de 2022
en los talleres de Diversidad Gráfica S.A. de C.V.
Privada de Av. 11 #1 Col. El Vergel, Iztapalapa,
C.P. 09880, Ciudad de México.